Heidner · Der lange Weg nach Ithaka

Martin Heidner

Der lange Weg nach Ithaka

Zeichnungen von Klaus Witte

Loewe

CIP-Kurztitelaufnahme der Deutschen Bibliothek

Heidner Martin:
Der lange Weg nach Ithaka / Martin Heidner.
Zeichn. von Klaus Witte. –
1. Aufl. – Bindlach: Loewe, 1987.
ISBN 3-7855-2134-0

ISBN 3-7855-2134-0 – 1. Auflage 1987

Umschlagillustration: Klaus Witte
Umschlagtypographie: Creativ GmbH U. Kolb, Stuttgart
Satz: Spintler, Weiden
Druck und Bindung: Wiener Verlag, Himberg
Printed in Austria

Inhalt

Die Irrfahrt beginnt

Seit sechs Tagen war das Meer so glatt wie ein Spiegel und der Himmel darüber so leer, wie er nur leer sein konnte: wie eine azurblaue, umgestülpte Riesenschüssel hing er über dem Ozean, und nicht die allerkleinste Wolke war zu sehen. So, wie sich auch seit sechs Tagen nicht der mindeste Windhauch regte.

Die Flotte lag still.

Die Segel der gut einhalb Dutzend Schiffe hingen schlaff an den Masten. Dann und wann knarrte Holz oder spannte sich ein Tau, und manchmal, wenn eine einsame Welle herangerollt kam, hob und senkte sich die ganze Flotte wie ein Schwarm hölzerner, schreiend bunter Riesenfische, die ein vergeßliches Götterkind auf der hohen See zurückgelassen hatte.

Über den in lockerer Unordnung nebeneinander dümpelnden Schiffen lag eine tiefe Stille. „Als wären wir eine Flotte von Toten, die den Styx überquert und sich dabei gründlich verirrt hat, und nicht die sieben gewaltigen Kriegsschiffe Ithakas", überlegte Odysseus düster. Natürlich war die endlose Wasserwüste vor ihnen nicht der Styx, aber das war auch so ungefähr das einzige, was er mit Bestimmtheit wußte. Und daß dieser Ozean gut und gerne zu ihrer aller Grab werden konnte, wenn die Götter nicht bald ein Wunder geschehen ließen, das wußte er auch.

Verärgert wandte er sich um, spie in hohem Bogen ins Wasser und stieg steifbeinig von seinem Aussichtsplatz im Bug des Schiffes herunter auf das Deck. Er hatte Durst, und seine Augen brannten vom langen, angestrengten Starren. Was er auf dem Weg zu dem kleinen hölzernen Aufbau im Heck des Schiffes sah, hob seine Laune auch nicht gerade. Kaum einer der Männer an Bord hatte noch genügend Energie, sich auf den Beinen zu halten, geschweige denn die zentnerschweren Riemen zu heben und das Schiff damit von der Stelle zu rudern. Die meisten hatten versucht, irgendwo ein Stückchen Schatten zu ergattern oder sich irgendeinen Stofffetzen über das Gesicht zu ziehen, um wenigstens der ärgsten Sonnenhitze zu entgehen. Die wenigen, die noch aufrecht saßen, hockten teilnahmslos da und hatten kaum die Kraft, seinen Gruß zu erwidern. Und auf den anderen sechs Schiffen sah es kaum besser aus, wie Odysseus wußte. Ganz im Gegenteil. Am Morgen hatte es den ersten Toten gegeben, einen Mann, der einfach eingeschlafen und nicht wieder aufgewacht war. Er würde nicht der letzte bleiben, wenn nicht das Wunder geschah, um das er die Götter gebeten hatte: Regen und Wind.

Nein, dachte Odysseus, während er – sehr vorsichtig, um nicht auf einen der schlafend daliegenden Männer zu treten – das Schiff durchquerte. Wenn dieser Haufen zerlumpter, zu Tode erschöpfter Männer der Stolz Ithakas sein sollte, dann mußte er sich überlegen, ob er nicht das falsche Königreich sein eigen nannte.

Natürlich war er sich darüber im klaren, daß solcherlei Gedanken ungerecht waren, denn die Männer hatten wirklich alles gegeben, wozu sie imstande waren, und noch ein gehöriges bißchen mehr – aber zum Hades, er war selbst müde und erschöpft und enttäuscht und hatte Durst und eine ohnmächtige Wut. Und all dies zusammen gab ihm wohl das Recht, ungerecht zu sein – zumal er keinen dieser Gedanken laut ausgesprochen hätte, und wenn sein Leben davon abhinge.

Aufgebracht wie er war, stieß er sich kräftig den Kopf an der niedrigen Tür zu seiner Kajüte, aber er unterdrückte den Fluch, der ihm auf den Lippen lag. Nach dem grellen Sonnenlicht draußen war er im ersten Moment fast blind und fiel mehr auf sein Lager, als daß er sich setzte.

Daß er nicht allein in der Kabine war, merkte er erst, als er sich seufzend auf seinem Lager ausstreckte und ein halblautes Lachen zur Antwort bekam. Halb erschrocken, halb verärgert setzte er sich kerzengerade hin, riß die Augen auf und sah, wie sich ein Schatten neben der Tür bewegte. Metall klirrte leise, und ein verirrter Sonnenstrahl spiegelte sich auf einer Oberarmspange.

„Bist du das, Eurylochos?" fragte Odysseus.

„Ich bin es", antwortete Eurylochos. „Wer sonst würde es wagen, unangemeldet und ungefragt in Euer Gemach zu kommen, o edler Odysseus, König von Ithaka und größter aller Helden?"

Odysseus legte den Kopf auf die Seite und starrte den Schatten neben der Tür an. „Höre ich da Spott in deiner Stimme, lieber Freund?" fragte er.

„Aber nein, nein, nicht doch." Eurylochos lachte, ein Laut, der in der schattigen Wärme der Kabine sonderbar düster klang; fast wie eine Drohung. „Nie würde ich es wagen, dem großen Odysseus, Bezwinger Trojas und Sieger über den gewaltigen Zyklopen, Herrscher über Ithaka und – "

„Und der Mann, der dich gleich an einen Strick binden und die nächsten fünf Tage hinter dem Schiff herschwimmen lassen wird", unterbrach ihn Odysseus drohend. „Was willst du, Eurylochos? Wenn du gekommen bist, um herauszufinden, wie groß meine Geduld ist, hast du dir einen schlechten Zeitpunkt ausgesucht."

„Vielleicht den letzten überhaupt", sagte Eurylochos, und plötzlich war in seiner Stimme ein Ton, der Odysseus aufhorchen ließ. „Es wird allmählich Zeit, daß du eines deiner Wunder tust, Odysseus. Die Männer beginnen zu sterben."

„Einer von siebenhundert", antwortete Odysseus. „Das ist nicht mehr, als zu erwarten war, bei einer Fahrt wie der unseren."

„Du weißt genau, daß es nicht so ist", widersprach Eurylochos scharf. „Morgen früh werden es zehn sein, und am Tag danach hundert. Die Hitze und der Hunger bringen die Männer um. In vier Tagen ist dies eine Flotte von Totenschiffen."

Für einen Moment riefen Eurylochos' Worte einen hilflosen Zorn in Odysseus wach. Er ballte die Faust, starrte den neben der Tür zusammengekauerten Hauptmann an und überlegte sich eine scharfe Antwort. Aber dann senkte er den Blick. „Ich weiß", sagte er. „Aber was können wir schon tun? Solange die Flaute anhält, liegen wir fest. Wir können nur zu den Göttern beten, uns Wind zu schicken."

„Die Götter?" Eurylochos lachte. „Seit wir von Ilions Küste fortgesegelt sind, scheinen sie ein wenig schwerhörig zu sein, was unsere Gebete angeht, findest du nicht?"

„Sprich nicht so", sagte Odysseus streng. „Möglicherweise hören sie besser, als du glaubst."

Eurylochos gab einen Laut von sich, der schwer zu fassen war. Es konnte ein Lachen sein, aber auch etwas gänzlich anderes. „Seit wann glaubst du an die Götter des Olymp, Odysseus?" fragte er. „Wir sind allein. Laß uns wie vernünftige Männer miteinander reden."

Odysseus lächelte, obgleich der andere es in der Dunkelheit nicht sehen konnte. „Ich habe nicht gesagt, daß es sie gibt", sagte er sanft. „Aber ich habe keinen Beweis, daß es sie nicht gibt. Man muß vorsichtig sein."

Eurylochos schnaubte. „So oder so, wir müssen etwas tun, Odysseus. Wir müssen von hier weg."

„Aber sicher", sagte Odysseus wütend.„Glaubst du nicht, ich hätte mir seit sieben Tagen nicht selbst den Kopf zerbrochen, wie von hier fortzukommen ist, Eurylochos?" fauchte er. „Solange kein Wind kommt, sind wir dazu verdammt hierzubleiben. Vielleicht, bis wir sterben."

„Und vielleicht ist es so bestimmt", fügte er in Gedanken hinzu. Vielleicht war das, was ihnen nun geschah, nichts als die Strafe der Götter dafür, daß sie Troja verbrannt hatten.

Vielleicht hätten sie auf all die Warnungen hören sollen, die sie bekommen hatten. Vielleicht hätten sie diesen Krieg niemals beginnen sollen, nur um einer Frau willen!

Hilflos ballte er die Fäuste, ließ sich wieder auf sein Lager aus Decken und Fellen zurücksinken und starrte die hölzerne Decke über seinem Kopf an. Seine Stimmung schlug in Verzweiflung um, dann in Niedergeschlagenheit. Eine Niedergeschlagenheit, wie sie nur ein Mann wie er verspüren konnte. Er war vom höchsten Gipfel des Triumphes in die tiefsten Abgründe der Hoffnungslosigkeit gestoßen worden. „Es ist einfach nicht gerecht", dachte er. Keiner der fast siebenhundert Männer in seiner Begleitung hatte die Heimat gesehen in den letzten zehn Jahren, sondern nur den sonnendurchglühten Sand des Hellespont und die gewaltigen Mauern Trojas. Zehn Jahre lang hatten sie sie vergebens berannt, und wahrscheinlich würden sie es noch heute tun, wäre er nicht auf die Idee mit dem Pferd verfallen.

Der Einfall war möglicherweise nicht sonderlich ehrenhaft, aber sehr wirkungsvoll gewesen. Sie hatten gesiegt. Und wie sie gesiegt hatten! Nach zehn Jahren Schmach und Niederlage hatten sie die Stadt geschleift und hatten sich für jede Stunde gerächt, die Trojas Verteidiger sie verspottet und verhöhnt hatten. Sie hatten den Schweiß und die Tränen eines Jahrzehntes mit Strömen von Blut abgewaschen.

Und jetzt waren sie hier – in einem Teil des Meeres, von dem sie nicht wußten, wo er war, unter einem Himmel, an dem des Nachts Sternbilder standen, die keiner von ihnen je gesehen hatte, die nächste Küste vielleicht eine Pfeilschußweite, vielleicht eine Ewigkeit entfernt.

Dabei hatte alles so gut begonnen – sie waren als Sieger losgesegelt, den Rauch von Trojas brennenden Ruinen wie einen schrecklichen Wegweiser im Rücken. Sie hatten – sozusagen im Vorbeisegeln – die Zikonenstadt Imaros geschleift, deren widerspenstige Bewohner (und wohlgefüllte

Schatzkammern) allen Griechen schon immer ein Dorn im Auge gewesen war. Und nicht einmal der Orkan, der die gewaltige Flotte der Bezwinger Trojas in alle Winde verstreut hatte, hatte seinen, Odysseus Schiffen, wirklichen Schaden zugefügt: ein paar gebrochene Masten und Beine, ein paar ausgeschlagene Planken und Zähne – welcher Preis war das für einen Sieg wie den ihren? Und selbst danach war ihnen das Glück hold geblieben. Sie hatten die Insel des Zyklopen erreicht und diesem ein schreckliches Ende bereitet. Als wären sie dadurch zu Lieblingen der Götter geworden, waren sie weitergesegelt und von König Äolos, der allerorten als eigenbrötlerischer alter Starrkopf galt, über die Maßen freundlich aufgenommen und beköstigt worden.

Vor nunmehr elf Tagen, mit dem ersten Licht des neuen Morgens, war die vertraute Küstenlinie Ithakas vor ihnen am Horizont erschienen, und dann hatte sie ein Sturmwind, der jäh aus dem Nichts über sie hereinbrach, mit der Geschwindigkeit eines durchgehenden Pferdes ins Meer zurückgeschleudert.

Als der Sturm sich nach vier Tagen legte, waren sie hier gewesen — wo immer sie hier auch sein mochten. Von ihren anfänglich zwölf Schiffen waren noch sechs dagewesen, das siebente war am nächsten Morgen zu der reichlich zerrupften kleinen Flotte gestoßen. Die übrigen fünf waren offensichtlich gesunken oder vom Sturm so weit fortgetrieben worden, daß sie sie aufgeben mußten.

„Was haben wir falsch gemacht?“ dachte Odysseus. Waren sie hochmütig gewesen? Hatten sie den Zorn der Götter herausgefordert? Er war zwar ganz und gar nicht davon überzeugt, daß es die Götter gab, aber wenn es sie gab – vielleicht hatten sie dann eine Stadt zuviel geschleift, dem Schicksal einmal zu oft ins Gesicht gelacht? Oder hatten sie einfach nur Pech gehabt?

Odysseus wußte es nicht, obgleich er während der letzten

sieben Tage über beinahe nichts anderes als diese eine Frage nachgedacht hatte.

Müde setzte er sich auf, griff nach dem Wasserschlauch und trank einen einzigen Schluck. Das Wasser war warm und schal und schmeckte nicht, aber es war alles, was sie noch hatten. Der Wein, den sie in Imaros mitgenommen hatten, hatte schon vor drei Tagen in den Fässern zu gären begonnen. Sie hatten ihn ins Meer geschüttet, um wenigstens dem Geruch zu entgehen.

Odysseus dachte mit Zorn an die Laderäume seiner Schiffe, die mit Trojas' und Imaros' Gold gefüllt waren, das die Schiffe schwer werden ließ. Sie hätten besser daran getan, sie mit Brot und Dörrfleisch zu füllen statt mit Schätzen.

„Worüber denkst du nach?" fragte Eurylochos plötzlich. „Über eine Möglichkeit, hier wegzukommen – oder tust du dir einfach nur leid?"

Odysseus ignorierte den Ärger, den Eurylochos' respektlose Worte in ihm wachrief. Von all den Helden und Königen, den großen Kriegern und Halbgöttern, die mit und neben ihm gegen Trojas Mauern angerannt waren, war der schwarzhaarige Hauptmann vielleicht sein einziger Freund. Vielleicht war er der einzige Mensch auf der Welt überhaupt, der so mit ihm sprechen durfte, seine Frau Penelope und seinen Sohn Telemach einmal ausgenommen. Aber die waren so weit weg. So unendlich weit weg. Und vielleicht würde er sie niemals mehr wiedersehen.

„Wenn es gar nicht mehr anders geht, müssen wir rudern", riß ihn Eurylochos unsanft in die Wirklichkeit zurück.

Odysseus machte sich nicht einmal die Mühe, zu ihm aufzusehen. „Die Männer haben kaum mehr die Kraft, auf eigenen Beinen zu stehen", sagte er müde. „Wie, glaubst du, sollen sie die Schiffe rudern?"

„Wenn wir die Hälfte der Schiffe zurücklassen, können sich immer zwei Männer in ein Ruder teilen", entgegnete Eurylochos. „Es muß gehen. Sie werden es schaffen, weil sie wissen, daß sie sonst sterben!“

Einen Moment lang dachte Odysseus ernsthaft über Eurylochos’ Vorschlag nach. Aber nur einen Moment. Dann schüttelte er resignierend den Kopf. Auf jedem ihrer sieben Boote befanden sich schon jetzt gut doppelt so viele Männer, als eigentlich normal gewesen wäre. Die Enge war nach dem Durst und der Hitze das nächstgrößte Problem. „Zweihundert Männer auf einem Schiff, das nur für fünfzig gut ist?“ Er seufzte. „Das ist unmöglich, mein Freund. Nach zwei Tagen würden sie anfangen, sich gegenseitig umzubringen.“

„Was willst du dann?“ fragte Eurylochos zornig. „Willst du aufgeben? All die Männer, die dir ihr Leben anvertraut haben, einfach ihrem Schicksal überlassen? Das ist nicht der Odysseus, den ich kenne, der so etwas sagt.“

„Vielleicht gibt es diesen Odysseus auch nicht mehr, mein Freund“, dachte Odysseus. „Möglicherweise ist er einfach nur müde geworden in all den Jahren. Möglicherweise hat es ihn auch niemals gegeben.“ Aber das sprach er nicht aus.

Was hätte er auch schon sagen sollen? Daß er des Kämpfens müde war? Daß er sich manchmal – und in den letzten Tagen immer öfter – dabei ertappte, wie er sich zum Schlafen niederlegte und sich insgeheim wünschte, nie wieder aufwachen zu müssen.

Er sah Eurylochos an und fragte sich, was dieser wohl sagen würde, wüßte er, wie es jetzt in ihm wirklich aussah.

Für Eurylochos – und jeden einzelnen Mann an Bord – war er ein Vorbild, nicht nur ein Führer, nicht nur ein Mann, dem sie zu gehorchen hatten, sondern Freund, Vertrauter und – vielleicht ein bißchen so etwas wie ein Vater. Und er spürte die drückende Last dieser Verantwortung wie ein Zentnergewicht, das schwerer wurde. Schwerer mit jedem Tag, jeder Stunde, die sie nicht nach Hause kamen.

Ob auch nur einer dieser Männer wirklich wußte, was es

bedeutete, so viel Verantwortung zu tragen? Wie oft er sich insgeheim gewünscht hatte, mit ihnen tauschen zu können?

Für sehr lange Zeit – sicher einer Stunde oder mehr – herrschte Schweigen in der kleinen, stickigen Kabine am Heck des Schiffes, nur dann und wann unterbrochen vom Klatschen einer Welle, die sich am Bootsrumpf brach, dem gelegentlichen Ächzen von Holz oder dem leisen, gedämpften Stöhnen eines Mannes. Schließlich stand Odysseus auf, stieg umständlich über Eurylochos' Beine hinweg, der eingeschlafen war und nun, da seine Züge sich entspannten, noch müder und erschöpfter aussah als ohnehin, und trat wieder auf das Deck hinaus.

Die Sonne stach wie mit kleinen, heißen Nadeln in seine Augen, und er merkte erst jetzt, wie kühl und schattig es im Vergleich drinnen in der Kabine gewesen war. Einen Moment lang überlegte er ernsthaft zurückzugehen, aber dann schob er statt dessen die Tür mit einer entschlossenen Bewegung hinter sich zu und ging wieder zu seinem einsamen Aussichtsplatz unter dem schlaff vom Mast hängenden Bugsegel des Schiffes.

Lange Zeit stand er so da und blickte aufs Meer hinaus, ohne es indes wirklich zu sehen. Wo die kaum erkennbare Horizontlinie war, da glaubte er den vertrauten Schatten Ithakas zu sehen. Wo Himmel und Meer in fast nicht zu unterscheidendem Blau miteinander verschmolzen, waren da nicht die Türme seiner Burg, die er vor zehn Jahren verlassen hatte und in deren Mauern Penelope und sein Sohn – der mittlerweile ein Mann sein mußte – auf ihn warteten. Und dort, wo die Möwe kreiste, konnte das der zerklüftete Gipfel des Neriton sein, auf dem die – „Möwe?!“

Odysseus fuhr so abrupt hoch, daß einige der Männer auf dem Deck hinter ihm erschrocken die Augen aufrissen oder sich aufsetzten. „Eine Möwe!“ flüsterte er. „So seht doch – da ist eine Möwe!“

Und als hätte das Tier seine Worte verstanden und käme näher, um sich begutachten zu lassen, glitt es ein Stück in die Tiefe und mit weit ausgebreiteten Schwingen auf die reglos daliegende griechische Flotte zu.

Odysseus' Ruf war gehört worden, und mit einem Male drängelten sich mehr und mehr Männer im Bug des mächtigen Schiffes, erst wenige, dann Dutzende von Armen und Händen hoben sich und deuteten zu der einsamen Möwe empor, die jetzt den Hauptmast umkreiste und wohl nichts anderes im Sinn hatte, als einen Leckerbissen zu ergattern. Bald wurde man auch auf den anderen Schiffen auf das Tier aufmerksam, und schon kurze Zeit darauf hallte das Meer, das die kleine Flotte bisher wie ein gewaltiges, schweigendes Leichenhaus umgeben hatte, unter dem Geschrei von fast siebenhundert Männern wider. Denn jeder an Bord der sieben Schiffe wußte, was die Möwe zu bedeuten hatte: nichts anderes als Land, das wohl noch hinter dem Horizont, aber nicht mehr sehr weit entfernt liegen konnte. Möglicherweise war es nur eine Insel – aber welche Rolle spielte das schon? Wo diese Möwe herkam, da mußte Land sein, und Möwen fliegen nicht sehr weit.

Dem Vogel wurde der Lärm bald zuviel. Mit einem schrillen Schimpfen, das im Lärm der Mannschaft allerdings hoffnungslos unterging, schwang er sich hoch empor in den Himmel und flog davon, bis er zu einem kleinen weißen Punkt zusammenschrumpfte und bald ganz verschwunden war.

Auf den Schiffen indes hielt das Schreien und Lachen noch lange Zeit an, und viele Männer begannen auf der Stelle zu beten und die Götter zu preisen, die ihnen im Augenblick der höchsten Not diesen Boten geschickt hatten. Selbst Odysseus, der dafür bekannt war, wie rasch ihm in solchen Situationen das Wort Zufall von den Lippen kam, wurde für eine Weile sehr schweigsam und blickte nicht nur in den Himmel hinauf, um das Wetter zu prüfen.

Sie erreichten das Land an diesem Tag nicht mehr, denn die Männer, denen der Anblick der Möwe noch einmal neuen Mut gemacht hatte, ruderten zwar weiter, aber sieben Tage Entbehrungen und Furcht hatten ihren Preis gefordert. Selbst die Euphorie, in die so mancher bei dem Gedanken an die nahe Rettung verfiel, gab ihnen nicht genug Kraft, die Schiffe auf nennenswerte Geschwindigkeit zu bringen; sie bewegten sich kaum schneller voran als ein Mann, der gemächlich seines Weges schlenderte, und auch als die Sonne sank, war das Land noch nicht sichtbar geworden.

Aber in der Nacht sahen sie Lichter, wie kleine gelbe Katzenaugen, die über den Horizont lugten, und dieser Anblick gab ihnen noch einmal neue Kraft. Für einige war die Anstrengung zu groß, und sie starben, bevor die Sonne aufging und ihre Kameraden die schroffe Küste eines fremden Landes vor sich liegen sahen. Odysseus befahl, die Toten mit aller gebührenden Ehrfurcht aufzubahren, um sie später an Land bestatten zu können, wie es Helden zukam.

Vorerst aber sahen sie sich einem ganz anderen Problem gegenüber: der Küste selbst. Die Gnade der Götter, die ihnen zuteil geworden war, war knapp bemessen, denn das rettende Land entpuppte sich als eine gut hundert Manneslängen hohe, lotrecht aus dem Meer aufsteigende Steilküste, deren Fuß mit spitzen Riffen und Klippen gesäumt war, so daß sich die Wellen schon weit vor der eigentlichen Küste schaumig brachen und Odysseus es nicht wagte, auch nur eines seiner Schiffe bis an die Steilwand heranfahren zu lassen.

Den Morgen hindurch, bis zur Mittagsstunde, und auch bis weit in den Nachmittag hinein ruderten die Männer an der Küste entlang. Ihr Mut, kaum wieder ein wenig gestärkt, sank erneut, und selbst Odysseus begann sich zu fragen, ob sie nicht den Tod im offenen Meer mit dem Tod unter dieser nicht enden wollenden Steilküste eingetauscht hatten. Nach und nach schickten die Kapitäne zu ihm, jeder mit anderen

Fragen und anderen Vorschlägen, wie der scheinbar unüberwindlichen Barriere aus Granit beizukommen sei. Eurylochos selbst schlug schließlich vor, sich an ein langes Seil binden zu lassen und zu versuchen, die tödliche Barriere aus Riffen schwimmend zu durchqueren. Er war ein guter Kletterer, und die Wand war zwar steil, aber so zerklüftet, daß er eine gute Chance hatte, sie zu ersteigen.

Odysseus dachte eine Weile über diesen Vorschlag nach. Die Lichter, die sie in der Nacht gesehen hatten, bewiesen, daß es hinter dieser Küste Menschen gab, so daß sie allerschlimmstenfalls vielleicht die Schiffe zurücklassen und versuchen konnten, auf dem von Eurylochos vorgeschlagenen Wege wenigstens das nackte Leben zu retten. Aber selbst dieser Ausweg blieb nur den allerwenigsten. Kaum einer der Männer hatte noch die Kraft, die Brandung zu durchschwimmen, geschweige denn die Felsen zu ersteigen. Und auch, wenn es ums nackte Leben ging – die Vorstellung, die Schiffe zurückzulassen, widerstrebte ihm zutiefst. Sie waren die Besieger Trojas. Sie hatten den Verlockungen der Lotophagen widerstanden und den Zyklopen besiegt — er würde sich nicht von einer Felswand schlagen lassen!

Trotzdem begann die Situation während des Nachmittags kritisch zu werden. Die Flotte, ohnehin nicht besonders schnell, wurde immer langsamer, und einmal konnte im letzten Moment ein Ungück verhindert werden, als eines der Schiffe den Riffen zu nahe kam und seine Backbordruder an den Felsen zersplitterten, die unter der Wasseroberfläche lauerten. Es gab Verwundete und Tote, und nicht wenige der Männer waren abergläubisch genug, dieses Mißgeschick als böses Omen zu werten.

Dann – der Tag neigte sich schon seinem Ende zu – gewahrte der Mann, den Odysseus in den Mastkorb hinaufgeschickt hatte, einen Einschnitt im Felsen. Eine halbe Stunde später lag eine gewaltige Schlucht vor ihnen, ein granitener

Schlauch, hundert Mannslängen hoch und so schmal, daß die Schiffe nur hintereinander hindurchfahren konnten. Er war nicht besonders lang, und an seinem jenseitigen Ende war das Wasser eines gewaltigen, still daliegenden Sees zu erblicken. Trotzdem zögerte Odysseus lange, den Befehl zum Einlaufen in diesen natürlichen Hafen zu geben.

„Warum warten wir, Odysseus?“ fragte Eurylochos, dem das Zögern nicht entgangen war. Er deutete mit einer Kopfbewegung auf die Felsenschlucht. „Ich sehe das Grün von Gras und Büschen hinter den Felsen, und sicher gibt es reichlich Wild dort drüben. Und Schatten.“

„Sicher“, bestätigte Odysseus halblaut. „Ich frage mich nur, was noch.“

Eurylochos runzelte die Stirn. Sie standen zwar allein im Bug, aber doch nicht so weit von den anderen entfernt, daß niemand ihre Worte hören konnte. Instinktiv senkte er die Stimme, als er weitersprach. „Du befürchtest einen Hinterhalt?“

„Dieses Land – wenn es ein Land und keine Insel ist – ist bewohnt“, sagte Odysseus anstelle einer direkten Antwort. „Hast du die Lichter vergessen, die wir gesehen haben, Eurylochos? Wir wissen nicht, ob die Menschen, die hier wohnen, uns freundlich gesonnen sind.“ Er seufzte, beschattete die Augen mit der Hand und deutete auf den schmalen Streifen freien Himmel, der sich wie ein stahlblaues Seidenband über der Schlucht spannte. „Möglicherweise bin ich zu mißtrauisch, nach allem, was uns zugestoßen ist, mein Freund. Aber diese Schlucht ist wie eine Falle: Eine Handvoll Krieger, die uns von dort oben mit Steinen bewerfen, können unsere ganze Flotte zerstören, sind wir erst einmal darin.“

Odysseus sah es Eurylochos an, daß er heftig widersprechen wollte. Aber dann seufzte er nur, schüttelte den Kopf und blickte wieder nach vorne, zu dem lockenden Grün am Ende der Schlucht. „Du siehst zu schwarz, Odysseus“, be-

hauptete er. „Wenn dieses Land bewohnt ist und wenn sie uns gesehen haben, dann werden sie in ihren Hütten liegen und vor Angst zittern.“

„Vielleicht ist es gerade das, was ich fürchte“, antwortete Odysseus. „Wie würdest du reagieren, Eurylochos, wenn eine Flotte von Kriegsschiffen vor dem Hafen Ithakas erschiene, bemannt mit Aberhunderten von Kriegern?“

Er zögerte einen Moment, und ehe er weitersprach, drehte er sich einmal um seine Achse und blickte jedes der sechs Schiffe, die sie begleiteten, einen Moment lang an.

„Das beste wäre, wir würden hier ankern und nur wenige Männer auf einem Boot dort hineinschicken, um das Land zu erkunden.“

„Das kannst du nicht!“ widersprach Eurylochos impulsiv. „Die Männer würden dir den Gehorsam verweigern, Odysseus, wenn du diesen Befehl geben würdest!“

„Ich fürchte, du hast recht“, sagte Odysseus kopfschüttelnd. „Und ich könnte es ihnen nicht einmal verdenken. Auch ich sehne mich nach nichts mehr, als wieder festen Boden unter den Füßen zu haben und den Geruch von frischem Gras in der Nase. Aber ich kann etwas anderes tun“, fügte er mit veränderter Stimme hinzu. „Gib Befehl, die Schiffe einzeln und in großen Abständen in die Schlucht einfahren zu lassen, so daß immer nur eines zwischen den Felswänden ist. Aber unser Schiff soll hier sicher verankert werden und die Männer auf die anderen verteilt. Dieses Schiff bleibt hier.“

Eurylochos nickte, in einer Art, als hätte er nichts anderes erwartet. Er wandte sich um und ging, um Odysseus’ Befehl an die Mannschaft weiterzuleiten.

Wie Odysseus es befohlen hatte, glitt eine Stunde später das erste Schiff in den steinernen Kanal hinein. Odysseus, Eurylochos und einhundert ausgesuchte Krieger standen mit bereitgehaltenen Waffen hinter der schildbesetzten Reling, fünfzig weitere Männer, die Bögen im Anschlag, standen

hinter ihnen und behielten die Ränder der Schlucht über ihnen im Auge.

Sie fuhren sehr vorsichtig, denn auch hier gab es Felsen und Riffe, die wie steinerne Speerspitzen unter der Wasseroberfläche lagen. Trotz aller Vorsicht brach eines der Ruder ab und verletzte den Mann, der es bedient hatte, schwer.

Davon abgesehen jedoch verlief die Durchfahrt ruhig, und als die Felsen endlich vor ihnen zur Seite wichen, offenbarte sich ihnen ein Bild, das sie für alle überstandene Unbill entschädigte.

Was vom Meer her wie ein See ausgesehen hatte, entpuppte sich als Teil eines gewaltigen, an drei Seiten von himmelhohen Felswänden umschlossenen natürlichen Hafens, groß genug, nicht nur sechs, sondern sechshundert Schiffe auf einmal aufzunehmen. Genau vor dem Bug ihres Schiffes erstreckte sich ein flacher, schneeweißer Sandstrand, der schon nach wenigen Schritten in grasbewachsenes Land und kurz darauf in einen dichten, schattigen Wald überging. Ein breiter, kristallklarer Fluß ergoß sich murmelnd in den See, und die gewaltigen Felswände, die den granitenen Kessel einfaßten, spendeten wohltuenden Schatten.

Der Mann im Mastkorb schwenkte einen Wimpel – das Zeichen für das nächste Schiff, in den Kanal einzufahren –, während die Ruder ein letztes Mal klatschend ins Wasser tauchten und das Schiff so rasch auf den Strand zutrugen, daß der Kiel scharrend über den Sand fuhr und das gewaltige Schiff mit einem sehr harten Ruck zum Halten kam. Die Männer begannen, vor Freude zu rufen und zu schreien; mehr als ein Dutzend sprang kurzerhand über Bord und lief jauchzend über den Strand, ohne irgendeinen Befehl abzuwarten. Odysseus versuchte erst gar nicht, Ordnung in das Chaos zu bringen, das sich unter der Mannschaft ausbreitete. Auch in ihm flüsterte eine Stimme immer stärker, es den Männern gleichzutun und endlich an Land zu gehen, wo

Schatten und klares, kaltes Wasser und vielleicht auch Wild lockten, das eine gute Mahlzeit abgeben mochte. Und nach einem weiteren Augenblick des Zögerns gab er nach; mit einem Satz sprang auch er über Bord, watete die letzten Schritte den Strand hinauf und ließ sich mit einem erleichterten Aufschrei im Schatten der ersten Bäume niedersinken.

Für die nächsten Minuten tat er nichts anderes, als einfach dazuliegen und das Gefühl zu genießen, festen, sicheren Boden unter sich zu fühlen, keine schwankenden Schiffsplanken, die zu lange ihrer aller Heimat gewesen waren. Er atmete die kühle, nach Wald und Schatten riechende Luft in tiefen Zügen ein. Er spürte weiches Moos unter den Fingern, nicht das Metall von Waffen oder Holz, das von Salzwasser zerfressen und hart und spröde geworden war. „Vielleicht“, dachte er, „gibt es die Götter des Olymp doch.“ Und vielleicht hatten sie im allerletzten Moment ein Einsehen mit ihm und seinen Männern gehabt.

Und doch ...

Mit jedem Augenblick, der verging, wurde das bohrende Gefühl in Odysseus stärker, in eine Falle zu tappen.

Die Lästrygonen

Erst als die Sonne sank, hatte auch das letzte Schiff den natürlichen Hafen erreicht. Alle Männer waren von Bord gegangen, und längs des sanft geschwungenen Sandstrandes begannen Dutzende von Feuern aufzulodern, kaum daß sich das erste Grau der Dämmerung am Himmel zeigte. Die Männer waren in ausgelassener Stimmung, von einer Fröhlichkeit, die schon fast an Hysterie grenzte und die nicht einmal durch die schreckliche Bilanz getrübt werden konnte, die Odysseus und seine Hauptleute an diesem Abend zogen: nämlich, daß Hitze und Entbehrungen allein an diesem einen Tag das Leben von fast dreißig Männern gefordert hatten. Dazu kamen noch einmal zehn, die so schwach oder schwer verwundet waren, daß sie den nächsten Morgen kaum erleben würden. Doch der Strand hallte wider von Gesang und Gelächter, und als die Sonne vollends sank, strahlte der Himmel über dem See im roten Widerschein zahlloser, viel zu hoch prasselnder Feuer. In den Geruch von Salzwasser und Wald mengte sich das köstliche Aroma von gebratenem Fleisch: Sie hatten einige Rehe und ein paar Dutzend Hasen und Rebhühner schießen können, ehe der Lärm der Truppen auch das letzte Tier aus der Nähe der Küste vertrieben hatte. Die Beute war viel zu gering gewesen, um siebenhundert hungrige Mäuler zu stopfen, aber allein das Wissen, daß es hier Wild und eßbare Früchte in Hülle und Fülle gab, schien die Männer ihren Hunger und ihre Erschöpfung vergessen zu lassen. Kaum einer beschwerte sich darüber, daß sein Anteil allenfalls reichte, seinen Hunger richtig anzufachen, statt ihn zu stillen. Sie hatten frisches Wasser und einen Schlafplatz im Schatten, und für diesen ersten Abend schien das genug.

Odysseus hatte all seine Macht einsetzen müssen, überhaupt genügend Männer zu finden, um eine Nachtwache

rings um das Lager aufzustellen. Und vielleicht war er an diesem Abend der einzige, der nicht ausgelassener Stimmung und frohen Mutes war.

Das schlimme war, daß er nicht einmal wußte, woher seine Bedrückung kam. Bei all seiner Besorgnis und Vorsicht schien es doch wahrscheinlich, daß Eurylochos recht hatte und allein ihr Anblick und der ihrer Schiffe ausreichte, die Bewohner dieser Küste in heller Furcht davonlaufen zu lassen. Sie mochten vielleicht ein Haufen zu Tode erschöpfter Männer sein, aber auf einen Außenstehenden machten sie noch immer den Eindruck eines gewaltigen, ehrfurchtgebietenden Heeres.

Trotzdem wuchs seine Unruhe eher noch, und Eurylochos, der ihn am Strand vermißte und ihn suchen kam, fand ihn allein auf einem moosbewachsenen Felsbuckel sitzend, ein Stück abseits des Lagers an einer Stelle, an der er den Strand und den größten Teil des Hafenbeckens übersehen konnte. Der Hauptmann schien zu spüren, daß etwas in Odysseus vorging, denn er sagte kein Wort. Stumm ließ er sich mit untergeschlagenen Beinen neben Odysseus nieder und reichte ihm ein Stück Fleisch, das so heiß war, daß er es in ein Tuch hatte einschlagen müssen, um sich nicht die Finger zu verbrennen.

Odysseus griff dankbar danach, biß vorsichtig hinein und begann sehr langsam zu kauen. Er war hungrig wie jeder der siebenhundert Männer; trotzdem regte sich sein Gewissen, während er den Fleischgeschmack auf der Zunge spürte, denn diese zweite Portion, die Eurylochos für ihn besorgt hatte, ging jetzt einem der anderen ab. Vielleicht war es sogar Eurylochos' Ration selbst, die er für ihn aufgespart hatte. Aber dann siegte sein Hunger über alle Skrupel, und er biß ein zweites Mal und kräftiger in das Fleisch und vertilgte es bis auf die letzte Faser.

„Was hast du, Odysseus?“ fragte Eurylochos, als er fertig

war. „Noch immer Angst, daß sich diese Küste als Hinterhalt erweisen könnte?“

Odysseus antwortete nicht gleich. Sein Blick glitt über die still daliegende Wasserfläche und die Durchfahrt, durch die sie gekommen waren, und verweilte einen Moment auf den Schiffen. Mit ihren aufgerollten Segeln und den halb ins Wasser gesenkten Rudern sahen sie in der Dunkelheit, die ihre Farben verschlang und ihre Konturen verwischte, wie bizarre, riesige Insekten aus, fand er. Wie Käfer, die sich im unsichtbaren Netz einer ebenfalls unsichtbaren, aber sehr giftigen Spinne verfangen hatten.

Er verscheuchte das Bild. „Ja“, gestand er, ohne Eurylochos dabei anzusehen. „Aber das ist es nicht allein, was mir Sorge bereitet, mein Freund. Wir sind genug, uns jeden Angreifers zu erwehren, und wer immer über diesen Teil der Welt herrscht, wird sich sehr gründlich überlegen, ob es nicht besser wäre, uns zum Freund zu haben statt zum Feind.“ Er seufzte. „Ich wäre froh, wäre ein feindliches Heer unsere einzige Sorge.“

Eurylochos nickte. „Du sorgst dich darum, wie wir von hier fortkommen.“ „Und nach Hause“, bestätigte Odysseus. „Ich bin des Herumirrens müde, mein Freund. Ich will zurück nach Ithaka, in meinen Palast und zu meiner Frau. Zu meinem Sohn, Eurylochos.“ Er sah den Hauptmann ernst an. „Ich habe ihn zehn Jahre nicht gesehen. Er muß ein Mann geworden sein in dieser Zeit. Ich will endlich nach Hause!“

„Das will jeder dieser Männer“, antwortete Eurylochos und deutete auf das Lager hinab. „Du bist nicht der einzige, der Frau und Kinder zurückgelassen hat. Aber warum zerbrichst du dir schon wieder den Kopf über morgen, Odysseus? Noch vor Tagesfrist sah es so aus, als würde keiner von uns den heutigen Abend erleben, und nun sind wir an Land und haben Wasser und Nahrung. Du solltest dich freuen, am

Leben zu sein. Statt dessen suchst du verzweifelt nach dem nächsten Problem, mit dem du dich herumplagen kannst." Er seufzte. „Wirst du es denn nie lernen, einfach einmal den Augenblick zu genießen, Odysseus?"

„Nein", antwortete Odysseus ernst. „Nicht, solange ich König bin. Ich bin für jeden einzelnen dieser Männer verantwortlich, Eurylochos. Sie sind mir gefolgt, als ich sie zu den Waffen rief. Das war vor zehn Jahren. Jetzt bin ich es ihnen schuldig, sie wieder nach Hause zu bringen."

Eurylochos wollte antworten, doch in diesem Moment knackte im Wald hinter ihnen ein Ast, ein Laut, wie ihn ein menschlicher Fuß verursachen mochte, der auf trockenes Gras trat. Odysseus sprang auf und zog sein Schwert. Eurylochos meinte für einen Moment einen huschenden Schatten zu sehen, war sich aber nicht gänzlich sicher. Trotzdem zog er wie Odysseus seine Waffe aus dem Gürtel. Mit einer knappen Geste befahl er die am nächsten stehende Wache heran, und im Schein der Fackeln, die die beiden Männer mitgebracht hatten, drangen sie in den Wald ein.

Das Unterholz war dicht und starrte von dornigen Zweigen, so daß sie sich mit ihren Klingen einen Weg hindurchbahnen mußten und trotzdem nur sehr langsam vorankamen. Aber sie sahen schon nach kurzer Zeit, daß sie nicht die ersten waren, die hier entlanggingen: Im hellen, wenn auch nicht sehr weit reichenden Licht der Fackeln waren deutlich die Spuren eines Menschen zu erkennen, der vor nicht langer Zeit durch den Wald gebrochen sein mußte.

„Ein ungewöhnlich kräftiger Mann", dachte Odysseus besorgt, „den Ästen und Zweigen nach zu schließen, die er geknickt hat."

Nach einer Strecke von vielleicht hundert Schritten lichtete sich der Wald, und sie kamen besser voran. Trotzdem gab Odysseus nach weiteren wenigen Augenblicken den Befehl stehenzubleiben.

„Warum halten wir?“ fragte Eurylochos. „Der Weg wird besser, und –“

„Für den anderen auch“, unterbrach ihn Odysseus. Einen Moment lang starrte er aus nachdenklich zusammengepreßten Augen in die Dunkelheit hinaus, dann schüttelte er den Kopf, rammte sein Schwert in den Gürtel zurück und drehte sich langsam um. „Zurück zum Lager!“ befahl er. „Es ist sinnlos, die Verfolgung bei Nacht fortzusetzen.“

Die beiden Krieger in ihrer Begleitung gehorchten wortlos, aber Eurylochos sah ihnen die Erleichterung an, mit der sie Odysseus' Worte erfüllte. Alles war viel zu schnell gegangen, als daß er Zeit zum Nachdenken gefunden hätte. Aber im Nachhinein mußte auch er zugeben, daß ihm der Gedanke, bei Nacht und in diesem Wald einem Unbekannten zu folgen, alles andere als gefallen hätte.

Im Lager am Strand herrschte helle Aufregung, als sie zurückkamen. An die hundert Männer waren aufgesprungen und hatten zu ihren Waffen gegriffen. Odysseus mußte ein paarmal mit vollem Stimmaufwand rufen, um sich über dem Chor wild durcheinanderschreiender Stimmen überhaupt Gehör zu verschaffen. Die Kapitäne der sechs Schiffe und ein gutes Dutzend seiner Hauptleute bedrängten ihn, und einige rieten gar, vorsichtshalber zurück an Bord der Schiffe zu gehen, um vor einem überraschenden Überfall sicher zu sein.

„Es besteht überhaupt kein Grund zur Sorge“, sagte Odysseus eindringlich, nachdem er sich endlich Gehör verschafft hatte. „Vielleicht war es nur ein Bauer, der neugierig war, oder ein Kind.“ Er wies mit einer weit ausholenden Geste hinunter zum Strand. „Ihr alle habt die Lichter gesehen in der vergangenen Nacht. Diese Küste ist bewohnt, und natürlich werden die Menschen hier nachsehen, wer da so unversehens aus dem Meer gekommen ist. Was habt ihr erwartet?“ Er lachte halblaut. „Wir sind siebenhundert. Selbst wenn uns die Menschen hier feindselig gesonnen sind, werden sie es

sich gründlich überlegen, uns anzugreifen. Nun geht wieder zu euren Lagern zurück und schlaft. Morgen bei Sonnenaufgang werden Eurylochos und ich nach dem Rechten sehen." Tatsächlich legte sich die Unruhe unter den Griechen nach diesen bestimmten Worten allmählich.

Trotzdem dauerte es noch lange, bis Eurylochos und Odysseus endlich wieder allein waren, und das Lachen und Reden, das wie das Geräusch einer fernen Brandung vom Strand zu ihnen heraufdrang, klang merklich gedrückter.

„Weißt du eigentlich, daß du genau das Gegenteil dessen gesagt hast, was du mir selbst noch vor weniger als einer Stunde anvertraut hast?" fragte Eurylochos, nachdem auch der letzte Mann aus ihrer Hörweite verschwunden war.

Odysseus nickte. „Natürlich, mein Freund. Ich verstehe ihre Furcht nur zu gut. Sie fürchten nichts anderes als ich auch." Er drehte sich um und sah Eurylochos ernst an. „Aber es ist zu spät, sich Gedanken darüber zu machen, was wir hätten tun sollen. Morgen früh werden du und ich die zehn tapfersten Krieger auswählen und zusammen mit ihnen nach den Bewohnern dieser Küste suchen. Dann wird sich erweisen, wer von uns recht hatte."

Das Mädchen stand an der Quelle, ein wenig nach vorne gebeugt und mit nur einer Hand den Krug haltend, mit dem sie Wasser schöpfte. Den anderen Arm hatte sie nach hinten gestreckt, um so das Gleichgewicht zu halten, und selbst über die große Entfernung, die noch gute dreißig oder auch vierzig Schritte betragen mochte, war deutlich zu erkennen, wie groß sie war. Wenn Odysseus gerade jemals eine Riesin gesehen hatte, dann sie.

Trotzdem zögerte er nur wenige Augenblicke, bevor er aus der Deckung des Busches hervortrat, hinter dem er mit Eurylochos und den anderen gewartet hatte. Er näherte sich dem Mädchen und gab sich keine Mühe, leise zu sein oder gar zu

schleichen. Aber die schwarzhaarige Fremde schien so in ihr Tun vertieft, daß sie seine Annäherung nicht einmal bemerkte. Selbst als er so dicht hinter ihr stand, daß sein Schatten den ihren berührte und sie ihn einfach sehen mußte, äußerte sie kein Anzeichen von Überraschung oder gar Schrecken, sondern schöpfte in aller Ruhe den Krug voll, ehe sie ihn absetzte und sich fast gemächlich zu ihm umwandte. Einen Moment lang blickte sie aus ihren sehr großen, dunklen Augen auf ihn herab, dann runzelte sie die Stirn, lächelte gleichzeitig und fragte: „Wer bist du, kleiner Mann?"

Odysseus schluckte überrascht. Wer ihn zum ersten Male sah und dann seinen Namen hörte, war manchmal überrascht, denn er war alles andere als ein Hüne, sondern ein normal großer, wenn auch sehr kräftig gewachsener Mann, in dem man nicht unbedingt den berühmten Odysseus vermutete – aber mit „kleiner Mann" hatte ihn denn doch noch niemand angesprochen.

Allerdings war er auch noch nie einem Mädchen von Statur und Wuchs eines fünfzehnjährigen Kindes begegnet, das gut drei Köpfe größer war als er...

„Sprichst du unsere Sprache nicht?" erkundigte sich die Riesin freundlich, als er nicht gleich antwortete, sondern sie nur weiter verwirrt anstarrte.

„Doch, doch, natürlich", beeilte sich Odysseus zu versichern, der sich nun seinerseits wunderte, wieso die Fremde seine Sprache sprach. „Ich war nur so überrascht, Euch..." Er lächelte freundlich, schüttelte den Kopf und setzte von neuem an: „Verzeiht meine Unhöflichkeit. Ich bin Odysseus, der Sohn des Laertes und König von Ithaka."

„Und mich nennt man Mandria", erwiderte das Mädchen. „Tochter des Aminus, des Königs aller Lästrygonen. Ihr gehört sicher zu den Zwergen, deren Boote das Meer gestern angespült hat."

Odysseus atmete hörbar ein, dann setzte er zu einer schar-

fen Antwort an. Doch plötzlich begriff er: Wenn alle Bewohner dieses sonderbaren Landes so groß waren wie dieses Mädchen, dann waren sie wahrlich Zwerge. Er lächelte erneut, blieb aber auf der Hut.

„Die Lästrygonen?" fragte er. „Nennt man Euer Volk so?"

Mandria nickte zur Antwort. Sie hob den Tonkrug auf, der fast so groß wie ein normaler, ausgewachsener Mann war und mit Wasser gefüllt seine drei Zentner wiegen mußte – und lud ihn sich auf die Schulter. „Der Palast meines Vaters liegt gleich hinter jenen Hügeln dort. Wenn Ihr wollt, bringe ich Euch zu ihm, Odysseus. Und Eure Kameraden, die sich dort drüben in den Büschen verbergen, auch", fügte sie mit einem verschmitzten Lächeln hinzu.

Odysseus war entsetzt: Woher wußte dieses Mädchen Bescheid?

Einen Moment lang wurde das Gefühl, in eine Falle zu tappen, wieder übermächtig. Aber dann sah er in die freundlichen Augen des Mädchens. „Und selbst wenn es ein Hinterhalt ist", dachte er, „ist es besser, seine Feinde zu kennen."

Er drehte sich herum und gab Eurylochos das vereinbarte Zeichen, aus seinem Versteck hervorzutreten. Der Hauptmann gehorchte, und kurz nach ihm traten auch die zehn Krieger hervor, die zu ihrem Schutz mitgekommen waren, aber keiner von ihnen näherte sich der Riesin auf mehr als fünf Schritte. Obgleich die Männer alles taten, äußerlich beherrscht zu erscheinen, gelang es ihnen nicht ganz, die Furcht zu verbergen, die Mandrias Anblick in ihnen wachrief.

Dem riesenhaften Mädchen entgingen die Blicke nicht, mit denen die waffenstarrenden Krieger sie musterten. Aber was immer sie dabei empfinden mochte, sie ließ sich nichts anmerken, sondern lud sich nur den zweiten Tonkrug auf die andere Schulter, deutete mit einer Kopfbewegung auf die Hügel, die sie Odysseus schon vorher bezeichnet hatte, und ging ohne ein weiteres Wort los.

„Du willst ihr doch nicht wirklich folgen?“ fragte Eurylochos erschrocken, als Mandria außer Hörweite war.

„Warum nicht?“ entgegnete Odysseus. „Ihre Einladung war sehr freundlich, oder?“

„Aber das sind Riesen!“ keuchte Eurylochos. „Und sicherlich Menschenfresser...!“

„Unsinn!“ fiel ihm Odysseus zornig ins Wort. „Nur weil sie groß sind, müssen sie nicht schlecht sein, oder? Wären sie es, hätten sie uns gestern abend mit Leichtigkeit überfallen können.

Nein, Eurylochos, du siehst Gespenster. Und selbst wenn du recht hättest — sollen wir hier warten, bis sie uns angreifen? Besser, wir sehen mit eigenen Augen, was uns bedroht.“ Trotzdem winkte er einen der Männer zu sich. „Du“, sagte er. „Gehe zurück zum Lager und berichte, was du gesehen hast. Sage den Männern, daß dieses Land von Riesen bewohnt wird und sie nicht erschrecken sollen, sollten sie sie zu Gesicht bekommen. Und“, fügte er nach einem kurzen Zögern hinzu, „gib Befehl, die Schiffe für einen schnellen Aufbruch bereit zu halten.“

Mittlerweile hatte Mandria schon fast den gegenüberliegenden Rand der Lichtung erreicht, so daß sie sich beeilen mußten, sie noch einzuholen. Mandria ging zwar nicht sehr schnell, aber ihre Schritte waren so gewaltig, daß Odysseus und seine Begleiter ohnehin alle Mühe hatten, ihr zu folgen.

Mandria führte sie ein Stück weit durch den Wald, durch den kein Pfad ging. Sie brach einfach durch das Unterholz, wobei sie es nicht einmal zu bemerken schien, wenn sie Geäst knickte, und mehr als einmal konnte Odysseus gerade noch zurückspringen oder den Kopf einziehen, um nicht von einem zurückschnellenden Ast zu Boden geschleudert zu werden. Er atmete auf, als sie nach einer Weile den Wald verließen und die nur mit Gras und niedrigen Büschen bewachsenen Hügel emporgingen.

Als sie die Hügelkuppe erreichten, sah er das, was Mandria als den Palast ihres Vaters bezeichnet hatte.

Es war eine Stadt.

Eine sehr große Stadt.

Verblüfft blieb er stehen und blickte auf die zyklopischen Mauern herab, hinter denen sich ein Gewirr von Türmen und Zinnen und erkergeschmückten Dächern erhob. Selbst für die Vorstellungen eines Volkes von Riesen mußte die Stadt groß sein. Sein eigener Palast in Ithaka kam ihm unbedeutend vor gegen die kolossale, kilometerlange Wehrmauer, deren Zinnen mit spitzen, nach außen gebogenen, eisernen Dornen versehen waren. Eine große Zahl Bewaffneter patrouillierte hinter ihnen. Hatten Odysseus und seine Männer bisher außer Mandria keinen Bewohner dieses Landes zu Gesicht bekommen, so sahen sie jetzt hinter den offenstehenden Toren eine gewaltige Menschenmenge, die die Straßen der Stadt füllte.

„Ist das... der Palast Eures Vaters?“ fragte Odysseus stokkend.

Mandria lächelte. „Sein Palast und unsere Hauptstadt“, bestätigte sie. „Telepylos. Habt Ihr erwartet, daß wir in Höhlen wohnen, kleiner Mann?“

Odysseus schluckte die wütende Entgegnung auf die neuerliche Beleidigung herunter, die ihm auf der Zunge lag, murmelte statt dessen seinerseits eine Entschuldigung und gab Eurylochos und den anderen ein Zeichen, dichter aufzurükken, während sie sich der Stadt der Riesen näherten.

Ihr Kommen mußte bemerkt worden sein, denn allein auf dem Teil der Mauern, den Odysseus einsehen konnte, hielten sich mehr als fünfzig Wachen auf, aber niemand kam ihnen entgegen oder hinderte sie gar, durch das Tor zu treten. Und auch von den Männern und Frauen, die in den Straßen von Telepylos ihren Geschäften nachgingen, schenkte kaum einer den Fremden mehr als einen flüchtigen Blick. „Es ist, als

seien bewaffnete Fremde, die in Begleitung der Tochter des Königs in die Stadt kommen, hier das Alltäglichste der Welt", wunderte sich Odysseus. „Oder als wüßten sie alle, daß wir kommen."

Er verschwendete an diesen Umstand allerdings kaum mehr als diesen einen einzigen – und auch nur sehr flüchtigen – Gedanken. Er war viel zu sehr damit beschäftigt, zu staunen.

Er sah jetzt, warum ihn Mandria unentwegt „kleiner Mann" genannt hatte – er war klein, ein Zwerg im Vergleich mit den Einwohnern dieser unglaublichen Stadt, von denen ihn mehr als nur einer glattweg um das Doppelte überragte. Mandria konnte, an ihrer Größe gemessen, kaum älter als elf oder zwölf Jahre alt sein, und Odysseus sah ein paar Knaben, die allerhöchstens neun Sommer gesehen hatten, schon jetzt aber so groß waren wie er.

Und entsprechend den Einwohnern war alles in Telepylos. Die Häuser schienen ihm so gigantisch, daß man ein kleines Schiff durch ihre Türen hätte schieben können, und die Brunnen, von denen es überreichlich viele gab, glichen kleinen Seen. Als Mandria ihn und seine Begleiter schließlich die Treppe zum Palast ihres Vaters emporführte, waren die Stufen so hoch, daß er Mühe hatte, sie zu erklimmen und dabei noch einigermaßen würdig auszusehen.

„Wartet hier", sagte Mandria, als sie die Vorhalle betreten hatten. „Ich gehe und sage meinem Vater Bescheid, daß Gäste gekommen sind." Sie setzte ihre Krüge achtlos zu Boden und wollte sich umwenden, aber Eurylochos rief sie zurück.

„Warte, Mandria", sagte er. „Beantworte mir eine Frage."

Das Mädchen legte den Kopf auf die Seite und lächelte gutmütig auf Eurylochos herab. „Ja?"

Der Hauptmann deutete auf die beiden Wasserkrüge. „Warum warst du unten an der Quelle?" fragte er mißtrauisch. „Es gibt mehr Wasser in eurer Stadt, als ihr braucht."

„Weil das Wasser der Quelle unten im Wald besser schmeckt“, antwortete Mandria. „Es kommt frisch aus dem Boden, während das unsere hier warm und schal ist, wenn es aus den Brunnen kommt.“

„Und weil ich es für besser hielt, ein Kind zu eurer Begrüßung zu schicken statt eines Kriegers“, fügte eine andere Stimme hinzu.

Odysseus, Eurylochos und die anderen Griechen fuhren gleichzeitig herum, und Odysseus unterdrückte im letzten Moment einen erschrockenen Schrei, als er den Mann sah, der da gesprochen hatte.

Er war ein Gigant. Selbst in einem Volke von Riesen fiel er noch durch seine Größe auf. Mehr als doppelt so groß wie Odysseus und so breitschultrig, daß er schon fast mißgestaltet wirkte, blickte er wie ein zum Leben erwachter Berg auf die elf kleinen Menschen vor sich herab.

„Wir wollten euch nicht unnötig erschrecken, edle Herren.“ Er lächelte, trat mit einem mächtigen Schritt auf Mandria zu, die neben ihm nun wirklich wie ein Kind wirkte, und legte ihr die Hand auf die Schulter. „Du kannst gehen, meine Kleine“, sagte er. „Du hast deine Sache gut gemacht.“

Mandria entfernte sich rasch, während sich ihr Vater wieder zu Odysseus und den anderen umwandte. „Ich bin Aminus, König von Telepylos und Herrscher dieses Landes“, sagte er. „Und wer seid Ihr, edle Herren?“

„Mein Name ist Odysseus“, antwortete Odysseus – wobei er sich bemühte, seiner Stimme einen festen Klang zu geben, und trat dem Riesen einen halben Schritt entgegen. „Der Sohn des Laertes und König von Ithaka.“

„Ein König also.“ Aminus lächelte, als wäre er mit dem, was er hörte, aufs äußerste zufrieden. „Dann geziemt es sich um so mehr, daß ich Euch in meinem Hause willkommen heiße. Ihr seid der Befehlshaber der Flotte, die in unserem Hafen Zuflucht suchte?“

Odysseus nickte. „Wir sind im Sturm vom rechten Kurs abgekommen und – “

„Und unsere Küste war die letzte Zuflucht, nachdem ihr schon glaubtet, auf dem Meer sterben zu müssen“, unterbrach ihn Aminus mit einem Seufzen. „Ich weiß, Odysseus.“

„Ihr... wißt?“ wiederholte Odysseus verwirrt.

Aminus lächelte, und wahrscheinlich sollte es gutmütig aussehen, aber bei seinem gewaltigen Gesicht wirkte es eher wie eine abschreckende Grimasse. „Ihr seid nicht der erste, den das Schicksal an die Küste unseres Landes wirft“, erklärte er. „Ganz und gar nicht. Das Meer vor unserer Steilküste ist tückisch, und es ist sehr groß. Es vergeht kein Jahr, in dem nicht ein oder zwei Schiffe hierherkommen, und zahllose andere verschlingt der Ozean, ehe sie unsere Küste finden. Allerdings kommt es nicht jeden Tag vor, daß eine ganze Flotte von Kriegern bei uns landet. Ihr kommt doch in Frieden, hoffe ich?“ fügte er hinzu, wenn auch in einem Tonfall, der eher neugierig denn besorgt klang.

Odysseus nickte. „Wir sind die letzten des Heeres, das gegen Troja zog“, sagte er „Doch mit Euch und Euren Untertanen haben wir keinen Streit. Ganz im Gegenteil, König Aminus. Wir... hoffen auf Eure Hilfe.“

„Hilfe?“ Aminus runzelte die Stirn. „Wie können wir Euch helfen?“

„Unser Weg war weit“, antwortete Odysseus zögernd. „Und wir sind viele.“

„Ich verstehe. Eure Vorratskammern sind leer, und ihr seid hungrig.“ Er lachte. „Wir haben hier nicht mehr, als wir selbst brauchen, König Odysseus. Doch unsere Wälder sind voller Wild. Ich kann Euren Männern die Erlaubnis geben, so viel zu jagen, wie sie mögen.“

„Wir... sind sehr viele, Aminus“, sagte Odysseus zögernd. „Wir werden viel Wild brauchen, unsere Schiffe für die Heimreise auszurüsten.“

„Jagt von dem Wild, soviel ihr wollt", sagte Aminus noch einmal. „Wir brauchen es nicht. Aber was stehen wir hier herum und reden", fuhr er in verändertem Ton fort. „Ihr müßt müde und hungrig sein, und ich frage Euch aus wie dahergelaufene Bettler, die an meiner Tür kratzen. Verzeiht meine Unhöflichkeit, Odysseus." Er klatschte in die Hände, und unmittelbar darauf erschien ein halbes Dutzend prachtvoll gekleideter Diener in der Halle, die sich ehrfurchtsvoll vor ihm verneigten.

„Zeigt unseren Gästen ihr Quartier", befahl Aminus. „Bringt Wein und sauberes Wasser und laßt ihnen an nichts fehlen. Später", fuhr er, wieder an Odysseus gewandt, fort, „werden wir zusammen speisen. So lange könnt ihr euch mit allen Wünschen vertrauensvoll an meine Diener wenden. Sie werden sie erfüllen, als wären es meine eigenen."

Und damit wandte er sich um und ließ Odysseus und seine Begleiter einfach stehen.

Eurylochos blickte ihm verwirrt nach und setzte dazu an, etwas zu sagen, aber Odysseus gebot ihm mit einer raschen Geste, still zu sein. Ohne ein weiteres Wort folgten sie den Dienern.

Aminus' Männer führten sie in einen weitläufigen, aber allem Anschein nach vollkommen leerstehenden Teil des Palastes. Die Kammern, die jeweils zweien von ihnen zugewiesen wurden, waren behaglich eingerichtet, wenn auch für die Bedürfnisse von Riesen, so daß Odysseus das Vorhaben, sich auf einen Stuhl zu setzen, rasch wieder aufgab. Aber es gab breite, mit Fellen bedeckte Betten, auf denen sich bequem sitzen ließ. Die Diener schleppten fürsorglich gewaltige Krüge mit Wein und noch gewaltigere Schalen mit klarem Wasser heran, dazu saubere Tücher, die nach kostbaren Ölen rochen. Den Wein ließen sowohl Odysseus als auch Eurylochos zunächst stehen, denn sie wollten beide einen klaren Kopf behalten. Aber sie tranken von dem Wasser und wuschen sich

anschließend ausgiebig. Auch wenn sie danach wieder in ihre schmutzstarrenden Kleider schlüpften, fühlten sie sich doch weitaus sauberer als zuvor.

Eurylochos war sehr schweigsam, während die Diener stumm dabeistanden und ihm und Odysseus frische Tücher reichten, und auch Odysseus sprach kaum ein Wort, bis sie endlich allein waren. Und selbst dann huschte Odysseus zur Tür, schob den innen in Kopfhöhe angebrachten Riegel zur Seite und lugte vorsichtig durch die offene Tür auf den Gang hinaus, ehe er sich wieder zu Eurylochos umwandte.

„Das alles hier gefällt mir nicht“, sagte er langsam. Der Ausdruck auf seinem Gesicht war sehr ernst. „Wir hätten uns zumindest nicht von den Kriegern trennen sollen.“

„Sie sind doch sehr freundlich“, sagte Eurylochos, um ihn zu beruhigen, wenn auch ohne rechte Überzeugung. „Dieser Aminus scheint ein Mann zu sein, der weiß, was sich gehört.“

„Wenn er wirklich so ist, wie er uns glauben machen will, ist er ein kompletter Narr“, sagte Odysseus zornig. „Ich an seiner Stelle würde nicht so gelassen reagieren, wenn ein ausgewachsenes Heer vor meiner Haustür erscheint. Selbst wenn es ein Heer von Zwergen ist“, fügte er finster hinzu, als Eurylochos widersprechen wollte. „Auch ein kleines Schwert kann töten.“

„Du fürchtest noch immer einen Hinterhalt?“

„Ich weiß überhaupt nicht mehr, was ich denken soll“, gestand Odysseus nach kurzem Überlegen.

In diesem Moment erscholl auf dem Gang ein lautstarkes Poltern, und noch bevor Odysseus sich ganz umgewandt hatte, wurde die Tür mit einem heftigen Ruck zugezogen, und ein dumpfes, nur zu vertrautes Scharren drang an sein Ohr: Der Laut, mit dem ein Riegel vorgeschoben wurde.

Odysseus starrte die Tür einen Herzschlag lang an, dann schrie er auf, griff mit beiden Händen an den Riegel und rüttelte mit aller Kraft daran.

Das einzige Ergebnis seiner wütenden Bemühungen waren vier oder fünf abgebrochene Fingernägel.

Draußen erscholl ein meckerndes Lachen, dann öffnete sich eine Klappe in der Tür, die den beiden Gefährten bisher verborgen geblieben war, und Aminus' breitflächiges Gesicht starrte zu ihnen herein, von einem höhnischen, durch und durch bösen Lachen verzerrt.

„Nun, die Herren?“ fragte er hämisch. „Ich hoffe, ihr seid mit dem Quartier zufrieden, das ich euch zuweisen ließ.“

„Was bedeutet das, Aminus?“ fragte Odysseus zornig. „Öffnet sofort die Tür!“

„Fällt mir nicht ein“, antwortete Aminus grinsend. „Macht mich nicht für eure eigene Unvernunft verantwortlich. Ihr hättet den Wein trinken sollen, den ich euch kredenzen ließ, das hätte euch viel Ungemach erspart.“ Er kicherte. „Eure Begleiter waren da klüger.“

Es dauerte einen Moment, bis Odysseus begriff. „Gift?“ murmelte er. „Es war... Gift in dem Wein?“

„Aber nicht doch, Odysseus“, sagte Aminus tadelnd. „Wofür haltet Ihr mich? Nur ein kleines Schlafmittel – wenngleich auch nicht alle Eure Begleiter aus diesem Schlaf wieder aufwachen werden.“

„Du Hund!“ brüllte Odysseus und zog sein Schwert. „Wenn du Mut hast, komm herein und kämpfe mit mir!“

„Kämpfen?“ Aminus starrte ihn an, als zweifle er ernsthaft an Odysseus’ Verstand. „Aber warum sollte ich so etwas Närrisches tun, mein lieber Odysseus?“

„Dafür werdet Ihr bezahlen!“ schrie Odysseus. „Meine Krieger werden Eure Stadt dem Erdboden gleichmachen! Wir werden Telepylos schleifen, daß der Brand von Troja Euch dagegen wie ein Spaß vorkommt!“

„Macht Euch nicht lächerlich, Odysseus“, sagte Aminus ruhig. „Was Eure Krieger angeht, mit denen werdet Ihr rascher wieder vereint sein, als Ihr glaubt. Noch vor dem nächsten Sonnenaufgang, um genau zu sein. Aber anders, als Euch vielleicht lieb ist“, fügte er hämisch hinzu.

Odysseus hieb wütend mit dem Schwert gegen die Tür, aber das Holz war hart wie Eisen, und die Waffe wurde ihm aus der Hand geprellt, ohne auch nur eine sichtbare Scharte darin zu hinterlassen. Aminus lachte dröhnend, während Odysseus seine schmerzende Hand massierte.

„Was bedeutet das, Aminus?“ fragte er, mühsam beherrscht. „Warum bekämpft Ihr uns? Wir sind nicht Eure Feinde. Alles, was wir wollten, war ein wenig Nahrung und wenige Tage Ruhe, um unsere Schiffe instand zu setzen. Ich gebe Euch mein Ehrenwort, daß wir absegeln, ohne Eurer Stadt auch nur nahe zu kommen.“

„Jetzt verlegt er sich aufs Bitten, der kleine Mann“, sagte Aminus kopfschüttelnd. „Aber es nutzt ihm nichts. Habt Ihr schon vergessen, was ich Euch vorhin erzählte? Das Meer spült oft Schiffe an unsere Küste... und noch keines von ihnen ist jemals wieder abgefahren.“

„Dann tötet ihr sie alle?“ murmelte Eurylochos erschrokken.

Aminus nickte. „Von irgend etwas müssen wir schließlich leben“, antwortete er betrübt. „Aber keine Sorge – bis es soweit ist, wird es euch an nichts fehlen.“ Und damit begann er schallend zu lachen, warf die Klappe zu und polterte lautstark davon.

„Was hat er damit gemeint – bis es soweit ist?“ fragte Eurylochos erschrocken.

Odysseus antwortete nicht, sondern starrte die geschlossene Tür einen Moment lang betroffen an. Sein Gesicht hatte alle Farbe verloren. „Kannst du dir das nicht denken?“ fragte er schließlich, sehr leise und mit fast tonloser Stimme. „Erinnere dich an deine eigenen Worte, Eurylochos.“

„Du... du meinst, sie...“, stotterte Eurylochos.

„Aminus hat uns zum Essen eingeladen, oder?“ erinnerte Odysseus. „Er hat nur vergessen, zu sagen, daß wir das Abendessen sein werden.“

Den ganzen Tag sannen sie über eine Möglichkeit nach, aus ihrem Gefängnis zu fliehen. Aber ihre Lage schien aussichtslos: Das einzige Fenster ihres Quartiers war mit daumendikken Eisenstangen vergittert und lag zudem so hoch über dem

Boden, daß ein Sprung hinaus der pure Selbstmord gewesen wäre, und die Tür schien massiv genug, dem Ansturm eines wütenden Bullen standzuhalten. So verlegten sie sich darauf, einen Hinterhalt zu ersinnen, in den sie ihre Bewacher locken konnten, wenn sie hereinkamen, um ihnen Essen und Trinken zu bringen. Eine oder zwei dieser Ideen waren auch wahrhaft genial genug, um Odysseus' Beinamen — der „Listenreiche" — alle Ehre zu machen, aber sie alle hatten einen kleinen, entscheidenden Fehler: Ihre Bewacher betraten die Zelle nicht.

Am frühen Nachmittag wurde ihnen Essen gebracht: Obst, Brot und Käse prasselten durch die Klappe. „Sie wollen uns mästen", entfuhr es Odysseus entsetzt. Eurylochos sprang mit einem Wutschrei zur Klappe und stach mit seinem Schwert hindurch. Die Waffe wurde ihm aus der Hand geprellt und – in zwei Teile zerbrochen – wieder hereingeworfen.

Als sich Odysseus später lauthals schreiend auf dem Boden krümmte und Krämpfe vortäuschte, machten sich ihre Bewacher nicht einmal die Mühe, nach ihm zu sehen – geschweige denn, die Tür zu öffnen.

Odysseus war mutlos wie selten zuvor in seinem Leben, als sich der Tag dem Ende zuneigte und die Sonne vor dem vergitterten Fenster zu sinken begann; zusätzlich zu seiner eigenen ausweglosen Lage, kam die Sorge um das Heer: Aminus' Worte, daß er schon am nächsten Morgen wieder mit all seinen Kriegern vereint sein sollte, konnten nichts anderes bedeuten, als daß die Riesen noch für diesen Abend einen Überfall auf das Lager unten am Stand planten. Es gehörte nicht sehr viel Phantasie dazu, sich den Kampf auszumalen: Odysseus' Krieger waren erschöpft bis zum äußersten. Einen Angriff normaler, menschlicher Gegner hätten sie vielleicht noch abwehren können – gegen ein Heer kampfeslustiger Riesen waren sie machtlos.

So kam es, daß Odysseus das Scharren an der Tür im ersten Moment gar nicht hörte, sondern erst aufmerksam wurde, als Eurylochos plötzlich aufstand und sein abgebrochenes Schwert zur Hand nahm – eine erbärmliche Waffe, aber immer noch besser als gar keine.

„Was ist los?“ fragte er.

Eurylochos schüttelte hastig den Kopf, legte den Finger an die Lippen und deutete zur Tür. Und jetzt hörte es Odysseus auch: ein leises, aber beständiges Scharren und Schaben – fast, als zöge jemand draußen den Riegel zurück und bemühe sich dabei, so wenig Lärm wie nur möglich zu machen.

Odysseus deutete mit einer Kopfbewegung auf den toten Winkel neben der Tür und baute sich breitbeinig und mit vor der Brust verschränkten Armen vor dem Eingang auf, während Eurylochos zu der bezeichneten Stelle huschte, seine eigene Waffe zog und sich eng gegen die Wand preßte.

Das Scharren hielt an, dann ertönte ein leises Poltern, und einen Herzschlag später wurde die Tür nach innen geschoben. Ein rotes, entsetzlich verzerrtes Gesicht lugte zu ihnen herein; tödliches Metall blitzte.

Odysseus sprang so schnell vor, daß Eurylochos der Bewegung kaum folgen konnte. Noch ehe der andere auch richtig begriff, wie ihm geschah, hatte Odysseus die Tür zur Gänze aufgerissen, den Burschen mit der Linken bei der Gurgel gepackt und mit der anderen Hand sein Schwert in die Höhe gerissen.

Aber er führte den begonnenen Hieb nicht zu Ende, sondern erstarrte mit einem überraschten Laut mitten in der Bewegung, blickte den Mann ungläubig an – und ließ ihn fast erschrocken los.

Es war kein Lästrygone. Der Mann war im Gegenteil eher klein gewachsen, selbst für einen Griechen, und trug den schwarzen Lederpanzer von Odysseus’ Kriegern, mit den Insignien eines Hauptmanns auf der Schulter. Sein Gesicht war

blutüberströmt und der Ausdruck darauf eine Grimasse des Schmerzes.

„Andros!" rief Odysseus erschrocken. „Wo bei Zeus kommst du her?"

Der Grieche wollte antworten, aber als er den Mund öffnete, kam nur ein erschöpftes Stöhnen über seine Lippen, und mit einem Male begann er zu wanken und wäre gestürzt, hätte Odysseus ihn nicht gedankenschnell aufgefangen.

Behutsam ließ er den Verletzten zu Boden gleiten, Eurylochos holte ein Kissen und bettete seinen Kopf darauf, während Odysseus zur Tür huschte und einen sichernden Blick auf den Gang hinauswarf, ehe er zurückkam und neben Andros niederkniete.

„Flieh, Odysseus", stöhnte der Hauptmann. „Ihr seid... in Gefahr. Alle. Die Lästrygonen..."

„Sie wollen uns töten, ich weiß", sagte Odysseus ernst, als der Hauptmann nicht weitersprach. „Aber was ist mit dir? Wie konntest du fliehen, und wo sind die anderen?"

„Tot", murmelte Andros. „Sie haben sie... erschlagen. Alle erschlagen... Auch ich sollte... getötet werden, aber ich... konnte fliehen."

„Alle tot?" entfuhr es Eurylochos. Seine Augen weiteten sich vor Schrecken. „Sie haben sie alle erschlagen? So rede doch!" Er begann an Andros' Schulter zu rütteln, als der Hauptmann nicht gleich antwortete, aber Odysseus schlug seine Hand unsanft beiseite.

„Hör auf!" sagte er scharf. „Du siehst doch, daß er verwundet ist."

Aber in diesem Moment hob Andros die Hand und sah Odysseus an, und sein Blick war plötzlich klar. „Laß ihn, Odysseus", sagte er. „Er hat ja recht. Ich... kam, um euch zu warnen. Ich werde sterben, aber ihr müßt fliehen. Ihr müßt zurück zu den anderen und sie warnen. Die Riesen planen, das Heer bei Sonnenaufgang zu überfallen."

„Bei Sonnenaufgang? Bist du sicher?“

Andros nickte. Die Bewegung war so schwach, daß Odysseus sie kaum mehr sah. Er spürte, wie die Kraft des Hauptmanns mit jedem Moment mehr nachließ.

„Ich habe Aminus belauscht“, fuhr Andros fort. „Als sie uns auf den Hof hinausschleiften. Sie... sie hielten mich für bewußtlos, aber ich habe alles gehört. Als die anderen von dem Wein tranken, war ich mißtrauisch und tat nur so, als würde ich meinen Becher leeren. Und als sie dann einschliefen, stellte auch ich mich schlafend.“

„Das war sehr klug“, sagte Odysseus anerkennend. Andros lächelte, und für einen Moment verschwand sogar der Ausdruck von Schmerz in seinen Zügen.

„Was geschah dann?“ fragte Odysseus, als Andros nicht von selbst weitersprach.

Das Gesicht des Hauptmannes verdüsterte sich, als bereite ihm allein die Erinnerung neue Qual. „Sie brachten uns in einen Hof hinunter, wo sie uns hinwarfen“, erklärte er. „Eine Weile ließen sie uns einfach so liegen, dann kamen zwei Burschen und...“ Seine Stimme stockte. „Sie... sie sind Menschenfresser, Odysseus. Sie wollen uns alle töten. Das ganze Heer!“

„Das werde ich verhindern“, versprach Odysseus. „Keine Sorge, Andros. Was geschah weiter?“

Andros atmete hörbar. Sein Gesicht glänzte jetzt vor Schweiß. Seine Hand umklammerte Odysseus' Rechte so fest, daß es schmerzte.

„Als ich an der Reihe war, entrang ich einem von ihnen sein Messer“, berichtete er. „Sie waren so überrascht, daß sie sich nicht einmal gewehrt haben. Ich habe sie erschlagen, alle zwei, und bin geflohen. Hier oben traf ich auf die Wache und erschlug auch sie, aber er... er hat auch mich erwischt. Bei Zeus, ich... ich hätte gesiegt, hätte er fair gekämpft. Aber er war so... so stark.“

„Du hast gegen Lästrygonen gekämpft und sie getötet?“ fragte Eurylochos ungläubig.

„Die zwei unten im Hof und die Wache hier im Gang“, bestätigte Andros. „Sie sind groß, aber sie sind keine Krieger. Sie sind feige. Sie scheuen den Kampf. Aber sie sind so stark. So unendlich... stark.“

Und damit starb er. Es ging ganz schnell, so rasch, daß Odysseus es im ersten Augenblick nicht einmal merkte. Andros schloß die Augen, hörte auf zu atmen und war tot, von einem Moment auf den anderen.

Mit einer beinahe behutsamen Bewegung faltete Odysseus seine Hände auf der Brust. Dann richtete er sich auf und ballte in hilflosem Zorn die Faust. „Dafür werden sie bezahlen“, murmelte er. „Ich schwöre es dir, Andros. Jeder Tropfen Blut von dir wird hundertfach vergolten werden.“

„Bevor wir an Racheschwüre denken, sollten wir versuchen, hier herauszukommen“, sagte Eurylochos vorsichtig. „Seine Flucht kann nicht lange unentdeckt bleiben.“

Einen Moment lang sah Odysseus seinen Hauptmann zornig an, aber dann nickte er, wandte sich um und öffnete vorsichtig die Tür. Der Gang war leer, und auch aus den anderen Teilen des Palastes drang nicht der mindeste Laut. Geduckt huschten sie aus der Zelle. Sie erreichten eine Abzweigung und sahen Tageslicht am Ende einer Treppe schimmern. Auf ihren untersten Stufen lag der Wachmann, den Andros erschlagen hatte. Eurylochos bückte sich nach seinem Messer und zog es aus dem Gürtel; es war groß genug, ein passables Schwert für einen normal großen Mann abzugeben.

Odysseus' Gesicht verdüsterte sich abermals vor Zorn, als er vorsichtig über den reglosen Giganten hinwegstieg. Für einen kurzen Augenblick war er nahe daran, auf der Stelle umzudrehen und nach Aminus zu suchen, um ihn für seinen Verrat zur Rechenschaft zu ziehen. Aber dann siegte doch seine Vernunft. Eurylochos hatte recht – sie hatten andere

Sorgen als Rache. Den siebenhundert Männern unten am Strand nutzte es wenig, wenn er den Lästrygonenkönig erschlug; im Gegenteil – die Rache der Riesen würde nur um so schrecklicher sein.

Mit äußerster Vorsicht schlichen sie weiter. Und das Glück schien ihnen weiterhin hold zu sein: Sie erreichten den Ausgang und fanden sich unversehens auf einem weitläufigen, an allen Seiten von hohen Mauern umschlossenen Hof, der allerdings vollkommen leer war. Von der anderen Seite der Mauer drang der Lärm der Stadt zu ihnen, und auch aus der Festung wehten jetzt verschiedene undeutliche Laute zu ihnen. Von den Riesen jedoch war weiterhin keine Spur zu gewahren. Odysseus sah sich mit klopfendem Herzen um und deutete schließlich auf eine Anzahl übermannshoher, dichter Dornenbüsche, die auf der anderen Seite vor der Mauer wuchsen.

„Und jetzt?“ fragte Eurylochos, nachdem sie den Hof überquert und im dichten Blattwerk Schutz gefunden hatten.

Odysseus sah zum Himmel hinauf. „Jetzt warten wir“, sagte er, „bis es ganz dunkel ist. Dann steigen wir über die Mauer und versuchen, aus der Stadt zu kommen. Wenn wir früh genug am Strand sind, ist vielleicht noch nicht alles verloren.“

Im Palast war erst Unruhe, dann ein regelrechter Tumult losgebrochen, als ihre Flucht entdeckt worden war. Es grenzte fast schon an ein Wunder, daß sie unbehelligt aus Aminus' Königsburg herauskamen. Aber das Glück blieb ihnen treu. Während Telepylos auch nach dem Dunkelwerden nicht zur Ruhe kam und Dutzende von Feuern und Hunderte von Fakkeln die Straßen fast taghell erleuchteten, schafften sie es, die Stadt zu durchqueren, ohne aufgehalten oder gleich auf der Stelle erschlagen zu werden. Es war wohl die Kombination aus Mut und Dreistigkeit, die sie die Stadtmauer erreichen und an einer schwer einsehbaren Stelle überklettern ließ, ob-

wohl der Abend vom Klirren der Waffen und den Stimmen der Krieger widerhallte, die sich auf den bevorstehenden Angriff vorbereiteten.

Doch auch der Wald, der die Hügel von Telepylos von der Küste trennte, war nicht mehr so sicher wie am Morgen. Hunderte von Kriegern waren bereits aufmarschiert, und aus den geöffneten Stadttoren drängte ein Strom von bewaffneten Riesen, die sich dem bereitstehenden Heer anschlossen. Trotzdem legten sie auch den größten Teil dieser Strecke noch unbehelligt zurück. Sie krochen auf dem Bauch und robbten von Busch zu Busch, um nicht von einem der zahllosen Lästrygonenkrieger entdeckt zu werden. Erst als die gewaltige Granitbarriere der Küste vor ihnen aus der Nacht auftauchte und der Feuerschein des griechischen Lagers den Himmel zu röten begann, schöpfte Odysseus wieder ein wenig Mut. Mit einem erleichterten Seufzer stand er auf, fuhr sich mit der linken Hand über das Gesicht und trat aus seiner Deckung hervor.

Beinahe wäre es sein letzter Schritt gewesen.

Wie aus dem Boden gewachsen, standen plötzlich vier gewaltige, mit Schwertern und langen Speeren bewaffnete Lästrygonen vor ihm.

Eurylochos, der ein Stück weit zurückgeblieben war, schrie entsetzt auf und riß seine Waffe hoch, und auch Odysseus prallte mit einer erschrockenen Bewegung zurück und griff nach seinem Schwert. Der einzige Umstand, der ihn rettete, war wohl der, daß die Lästrygonen mindestens ebenso überrascht waren, ihn zu sehen.

Aber ihre Verblüffung hielt nur einen Moment an. Dann rissen die Riesen ihre Waffen in die Höhe und stürzten sich wie ein Mann auf Odysseus und seinen Begleiter.

Schon der erste Schwerthieb, den Odysseus mit seiner eigenen Klinge parierte, ließ ihn aufschreien. Sein Arm war fast gelähmt vor Schmerz, und der zweite, sofort nachgesetzte

Hieb prellte ihm um ein Haar das Schwert aus der Hand. Er taumelte zurück, tauchte unter einer Lanzenspitze hindurch und versuchte gleichzeitig die Waffe zu packen und aus der Hand ihres Besitzers zu reißen; ein Trick, mit dem er so manchem trojanischen Krieger das Fürchten gelehrt hatte. Aber der Lästrygone zerrte bloß ein wenig an seinem Spieß, und um ein Haar wäre es Odysseus gewesen, der das Gleichgewicht verloren und zu Boden gegangen wäre.

Es war ein Kampf ohne die geringste Aussicht auf Erfolg. Odysseus spürte gleich, was Andros gemeint hatte, als er sagte, die Lästrygonen wären keine Kämpfer: Die vier Riesen droschen mit ihren gewaltigen Schwertern auf Eurylochos und ihn ein, daß die Klingen in der Luft sangen, und ihre doppelt mannslangen Spieße stocherten derart nach ihnen, daß sie gezwungen waren, einen grotesken Tanz aufzuführen. Trotzdem waren ihre Bewegungen plump und langsam und stellten von ihrer Kampftechnik her keine ernstzunehmende Gefahr für zwei so geübte Krieger wie Odysseus und Eurylochos dar.

Aber sie hatten unglaubliche Kräfte und wußten sie zu gebrauchen. Die beiden Griechen wurden Schritt für Schritt zurückgedrängt, bis sie Rücken an Rücken am Waldrand standen und es nichts mehr gab, wohin sie sich zurückziehen konnten, und obgleich Odysseus und Eurylochos mit verbissener Wut kämpften, steigerte sich die Angriffslust der Lästrygonen eher noch; der Augenblick, in dem eine Schwertklinge oder ein Speer die Deckung der beiden Kampfgefährten durchdringen mußte, war abzusehen.

Da kam von der anderen Seite der Lichtung ein scharfer, peitschender Knall, und eine Sekunde später ließ einer der Lästrygonen seinen Speer fallen und kippte nach vorn. Zwischen seinen Schulterblättern sah der zitternde Schaft eines Pfeiles hervor. Erneut ertönte das helle Peitschen der Bogensehnen, ein zweites, drittes, viertes und fünftes Mal, und

auch die übrigen Lästrygonen brachen getroffen zusammen, ohne die Gefahr auch nur richtig erkannt zu haben.

Odysseus ließ erschöpft sein Schwert sinken, machte einen Schritt und brach hilflos in die Knie. Was ihm die Anspannung des Tages und ihrer verzweifelten Flucht an Kraft gelassen hatte, das hatte der Kampf gegen die Riesen jetzt aufgezehrt. Für einen Moment begannen sich der Wald und der Himmel um ihn zu drehen. Wie von weit her hörte er die Stimmen seiner Männer, die so plötzlich aus der Nacht aufgetaucht waren, ihre hastigen Schritte und die erschrockenen Rufe, als sie die reglos daliegenden Riesengestalten aus der Nähe sahen.

Mit aller Macht drängte er die Schwäche zurück, zwang sich, auf die Füße zu kommen, und wehrte die hilfreichen Hände ab, die plötzlich von allen Seiten nach ihm griffen. Mehr als ein Dutzend Krieger war um ihn herum, und noch einmal die gleiche Anzahl schwärmte von der Lichtung aus, die gespannten Bögen im Anschlag.

Themistonos, der Kapitän eines der Schiffe und Anführer des Trupps, winkte die Männer beiseite und trat auf Odysseus zu. „Bist du verletzt?“ fragte er besorgt.

Odysseus schüttelte den Kopf, versuchte zu lächeln und schob mit zitternden Händen sein Schwert in den Gürtel. Sein rechter Arm war noch immer taub und wollte ihm nicht richtig gehorchen. „Nein“, sagte er. „Aber ihr hättet nicht später kommen dürfen. Ich danke dir.“

Themistonos musterte ihn kurz, dann blickte er auf die vier erschlagenen Riesen herab. „Bei Zeus!“ murmelte er. „Was sind das für Ungeheuer?“

„Lästrygonen“, erklärte Eurylochos an Odysseus’ Stelle. „Es sind die Beherrscher dieser Insel. Sie – “ Er stockte, sah Themistonos verwirrt an und deutete mit einer Kopfbewegung zur Küste. „Aber wir haben euch doch einen Boten geschickt, heute morgen, als wir mit dem Mädchen gingen.“

„Was für ein Mädchen?“ fragte Themistonos. „Zu uns ist kein Bote gekommen. Ihr wart verschwunden. Als ihr bis zur Mittagsstunde nicht zurückgekehrt seid, haben wir angefangen, nach euch zu suchen. Was ist mit den anderen?“

„Tot“, erklärte Odysseus knapp. „Wir wurden gefangengenommen, und hätte Andros nicht sein Leben für uns geopfert, wäre auch uns die Flucht nicht gelungen.“ Er drehte sich um, sah in die Richtung zurück, aus der sie gekommen waren, und versuchte vergeblich, die Dunkelheit mit Blicken zu durchdringen. „Diese vier sind nicht durch Zufall hier“, sagte er schließlich. „Sie suchen uns, Eurylochos.“

„Und zweifellos werden sie ihren Angriff vorverlegen, wenn sie begreifen, daß wir ihnen entwischt sind“, fügte Eurylochos grimmig hinzu.

„Angriff?“ Themistonos wurde blaß. „Du... du meinst, es steht ein Angriff bevor?“

„Ja“, antwortete Odysseus. „Sie planen, unser Lager zu überfallen. Und ich fürchte, Eurylochos hat recht. Aminus wird wissen, daß wir euch warnen, und den Angriff unverzüglich befehlen. Wir müssen zurück – schnell.“

Themistonos schien noch einmal widersprechen zu wollen, aber dann blickte er statt dessen nur auf die toten Riesen herab, wandte sich mit einem Ruck um und rief einen Befehl. Die Krieger zogen sich zu einem lebenden Schutzwall um Odysseus und Eurylochos zusammen und marschierten los.

Sie wurden nicht mehr angegriffen, während sie das letzte Stück Weg zurücklegten. Doch mehr als einmal hörten sie Schritte und das Knacken von Holz, und ein paarmal glaubte Odysseus einen gewaltigen Schatten davonhuschen zu sehen. Die Lästrygonen mußten das Lager bereits eingekreist haben und warteten jetzt nur noch auf das Hauptheer, um mit dem Angriff zu beginnen.

Am Strand herrschte helle Aufregung. Zahllose Feuer tauchten den natürlichen Hafen in ein helles Licht. Jeder

Mann war auf den Beinen und in Waffen, wie Odysseus zu seiner Erleichterung erkannte. Ihr Kommen war gemeldet worden, denn fast die Hälfte der Männer eilte ihnen entgegen, als sie aus dem Wald traten, und Dutzende von Kriegern bestürmten Odysseus und seine Begleiter gleichzeitig mit Fragen.

„In die Schiffe!" schrie Odysseus statt dessen. „Laßt alles stehen und liegen und geht an Bord! Wir werden angegriffen!"

Seine Worte taten sofort ihre Wirkung. Sein Ruf wurde aufgegriffen und weitergegeben, und die Männer bewegten sich auf den Strand zu. Dennoch vergingen insgesamt mehr als zehn Minuten, ehe die ersten Männer an Bord der Schiffe, die Anker gelichtet und die Ruder bemannt und zu Wasser gelassen waren. Jede Minute schien sich zu einer Ewigkeit zu dehnen. Immer wieder irrte Odysseus' Blick zum Waldrand hinauf, und es verging kein Augenblick, in dem er nicht mit klopfendem Herzen darauf wartete, eine Phalanx bis an die Zähne bewaffneter Riesen aus dem Wald brechen zu sehen.

Aber das Schicksal schien ihnen noch einmal eine kleine Atempause zu gönnen. Die beiden ersten Schiffe waren bemannt und begannen schwerfällig auf der Stelle zu wenden, ohne daß sich auch nur ein einziger Lästrygone gezeigt hätte. Die übrigen Männer wateten in Viererreihen und geordnet auf die Schiffe zu, während eine Hundertschaft Bogenschützen einen zur See hin offenen Halbkreis hinter ihrem Rücken bildete. Der Anblick beruhigte Odysseus, denn selbst einem Heer von Riesen würde es schwerfallen, gegen den mörderischen Hagel von Pfeilen anzurennen, die selten ihr Ziel verfehlten.

Aber die Lästrygonen zeigten sich nicht. Entweder war das Hauptheer noch zu weit entfernt, als daß sie einen Angriff wagten, oder sie hatten begriffen, welchen Preis es sie kosten würde, den Strand zu stürmen. Auch als das dritte und vierte

und fünfte Schiff bemannt war und schließlich Odysseus selbst und die am Strand Zurückgebliebenen an Bord des letzten Schiffes gingen, ließ sich noch immer keiner der Riesen sehen.

Schließlich war auch der letzte Mann an Bord, und Odysseus gab den Befehl, den Hafen zu verlassen. Gezogen vom Sog der einsetzenden Ebbe, näherten sich die Schiffe der schmalen Felsendurchfahrt, hinter der das offene Meer und die Rettung lagen.

In der Nacht wirkte der Fels schwarz, und obwohl sich Odysseus mit aller Macht gegen die Vorstellung wehrte, erinnerte ihn der Anblick mit jeder Sekunde mehr an das aufgerissene Maul eines gigantischen Ungeheuers, das sie alle verschlingen mußte. Nervös blickte er zum Strand zurück. Die Feuer loderten noch immer hoch, aber auch jetzt war nicht ein einziger Feind zu erkennen, obwohl er davon überzeugt war, daß Aminus zumindest einige Späher in die Nähe des Lagers geschickt hatte. Und sie hatten alles in allem sicher mehr als eine Stunde gebraucht, das Lager zu verlassen und abzufahren – mehr als genug Zeit für das Heer, Telepylos zu verlassen und die Küste zu erreichen.

„Wo sind sie“, flüsterte Odysseus.

Pechschwarze Dunkelheit senkte sich auf das Deck, als Odysseus' Schiff als erstes in die Felsenklamm einlief. Aus ihrem ruhigen Dahingleiten wurde ein schüttelndes Bocken, denn anders als am Tage zuvor fuhren sie jetzt nicht mit aller Vorsicht, sondern rücksichtslos und so schnell sie nur konnten. Immer wieder krachten die Ruder an die Felswände oder gegen unter Wasser liegende Riffe, und einmal scharrte der Schiffsrumpf so heftig über Stein, daß Odysseus um ein Haar das Gleichgewicht verloren hätte und über Bord gefallen wäre. Und von den Riesen war noch immer keine Spur zu sehen.

Odysseus wandte sich wieder um, sah nach vorne. Sie hat-

ten weit mehr als die Hälfte der Durchfahrt hinter sich, und vor dem Bug des Schiffes glänzte bereits die offene See. Noch zehn, fünfzehn kräftige Ruderschläge, und – da wußte Odysseus, wo die Lästrygonen waren.

„Eine Handvoll Krieger, die von uns von dort oben mit Steinen bewerfen...“ Das waren seine eigenen Worte gewesen. Er sah nach oben und erstarrte: Schatten bewegten sich dort, und er sah Metall blitzen. „Nein“, schrie er fassungslos. „Nein!“ Ein Felsen, der nicht ganz so groß wie ein Haus war, löste sich vom Grat und fiel herab. Er traf das Deck wenige Schritte hinter Odysseus und zertrümmerte es.

Das Schiff zerbrach wie unter einem Axthieb. Das Splittern und Bersten des Holzes vermengte sich mit den Schreien der Männer. Odysseus wurde von der ungeheuerlichen Erschütterung regelrecht über die Reling katapultiert und fiel in hohem Bogen ins Wasser.

Er tauchte unter, versuchte ganz instinktiv, sich herumzuwerfen, und wurde von dem einsetzenden Sog nur noch tiefer unter Wasser gezerrt. Dann prallte er gegen die Felswand, sah für einen kurzen, entsetzlichen Moment den zerborstenen Bug des Schiffes wie eine Riesenfaust auf sich herabschießen und tauchte im letzten Moment zur Seite weg, in einer Bewegung, die nicht mehr seinem bewußten Denken entsprang, sondern nur noch ein blinder Reflex war.

Sie rettete ihm das Leben.

Das Trümmerstück, so groß wie zehn Männer, krachte mit ungeheuerer Wucht dicht neben ihm gegen die Wand. Das aufgewühlte Wasser schleuderte ihn davon und wieder in die Höhe. Nach Luft ringend durchbrach er die Wasseroberfläche, wurde abermals gegen den harten Fels geschleudert und verlor beinahe das Bewußtsein, ehe es ihm gelang, sich an einem vorspringenden Felsen festzuklammern.

Als sich die dunklen Schleier vor seinen Augen lichteten, sah er die Katastrophe in ihrem ganzen Ausmaß.

Die schmale Felsendurchfahrt hatte sich in eine tödliche Falle verwandelt. Vier ihrer sechs Schiffe waren in den Kanal eingefahren, als die Lästrygonen mit ihrem Angriff begannen – aber nicht eines von ihnen war noch als das stolze Kriegsschiff zu erkennen, das es einmal gewesen war. Odysseus' eigenes Schiff, das in zwei Teile zerbrochen war, blockierte die schmale Durchfahrt, so daß sich die drei nachfolgenden Boote schon nach Sekunden hoffnungslos ineinander verkeilt haben mußten und nun schutzlos dem Bombardement aus Felsbrocken und Steinen ausgeliefert waren, das die Riesen auf sie herabschleuderten.

Das Wasser des Kanals schien zu kochen, und die engen Felswände hallten wider vom Geschrei der Sterbenden und Verwundeten, dem fürchterlichen Krachen der zerberstenden Balken und dem Kriegsgeschrei der Lästrygonen.

Ein fast mannsgroßer Stein klatschte dicht neben ihm ins Wasser und erinnerte ihn daran, daß auch er noch nicht außer Gefahr war. Hastig stieß er sich von der Felswand ab, sog die Lungen voller Luft und tauchte unter, so tief er konnte. Ein Stein traf ihn in die Seite und warf ihn herum. Er stieß einen Schrei aus und mußte mit ansehen, wie das letzte bißchen kostbarer Atemluft in glitzernden Blasen vor seinem Gesicht in die Höhe stieg.

Es war nicht mehr seine eigene Kraft, die ihn rettete, sondern die Ebbe, die jetzt immer stärker einsetzte und ihn ins offene Meer hinauszog. Irgendwann, nach Augenblicken, die ihm wie Stunden vorkamen, regnete es keine Steine mehr auf ihn herab. Auch die kochenden Fluten beruhigten sich, so daß ihn seine Schwimmbewegungen nun wirklich von der Stelle trugen, statt ihn nur über Wasser zu halten. Müde, mit der letzten Kraft, die er seinem geschundenen Körper noch abverlangen konnte, schwamm er weiter, bis er gegen einen Felsen stieß, an den er sich festklammerte.

Ein dunkler, stelzbeiniger Schatten tanzte nicht weit vor

ihm auf dem Meer – das siebente Schiff, das sie außerhalb des Hafens zurückgelassen hatten. Für einen Moment erschien es Odysseus fast unglaublich, daß die Lästrygonen es nicht versenkt oder besetzt haben sollten, aber er war viel zu erschöpft, um weiter darüber nachzudenken. Ihre Flotte war nicht die erste, die in diese tödliche Falle lief. Aminus und seine Männer waren sich ihrer Sache sehr sicher gewesen.

Noch einmal zwang Odysseus seine verkrampften Muskeln, sich zu bewegen, ließ den Felsen los und schwamm mit letzter Kraft auf das Schiff zu. Er wußte hinterher selbst nicht mehr zu sagen, wie er die zwei- oder dreihundert Meter zurückgelegt hatte; oder woher er die Kraft genommen hatte, an Bord zu klettern. Aber er schaffte es, und als er sich nach einer Weile stöhnend auf Hände und Knie hochquälte und zur Küste zurücksah, gewahrte er eine Anzahl kleiner, heller Punkte, die wie Korken auf dem aufgewühlten Wasser hüpften und langsam näher kamen. Er war also nicht der einzige, der dem Hinterhalt der Lästrygonen entkommen war.

Aber es waren wenig, erbärmlich wenig. Als der erste Schwimmer das Schiff erreichte, hatte Odysseus wieder genug Kraft gesammelt, ihn an Bord ziehen zu können, und zu seiner Freude erkannte er, daß es kein anderer als Eurylochos war, der wie er auf dem ersten Schiff gewesen und sofort über Bord geschleudert worden war. Im Laufe der nächsten Stunde erreichten noch gute zwei Dutzend Überlebende das Schiff, und bis zum Morgengrauen noch einmal ungefähr die gleiche Anzahl. Dann keiner mehr.

Bis in den späten Nachmittag des nächsten Tages hinein kreuzten sie vor der Küste, in respektvollem Abstand zu den Riffen und jederzeit bereit, auf der Stelle zu wenden und Kurs auf das offene Meer zu nehmen, sollte sich auch nur der Schatten eines Lästrygonenschiffes zeigen. Aber die Riesen blieben verschwunden, und wäre nicht das Wrack des gesunkenen Schiffes in der Hafeneinfahrt gewesen, dessen abge-

brochene Ruder wie die Finger einer anklagend erhobenen Hand aus dem Wasser ragten, hätte man meinen können, alles wäre nichts als ein übler Traum gewesen.

Aber es war keiner. Und wenn, dachte Odysseus bitter, so war es einer, aus dem er nicht erwachen konnte.

Sie waren noch sechsundfünfzig. Sechsundfünfzig von über siebenhundert, die an diese Küste gekommen waren und nichts anderes gesucht hatten als ein wenig Ruhe und ein bißchen Essen.

Das Geräusch leiser Schritte drang in seine Gedanken. Mühsam richtete er sich auf, löste seinen Blick von der klaffenden Wunde in der Felswand und blickte in Eurylochos' erschöpftes Gesicht.

„Wir sollten abfahren“, sagte Eurylochos matt. „Es hat keinen Sinn mehr zu warten.“

Odysseus nickte. Er hatte gehofft, noch ein paar Männer auffischen zu können, die sich auf die eine oder andere Weise hatten retten können, aber das einzige, was das Meer zu ihnen herausgespült hatte, waren Trümmerstücke und Tote gewesen; sehr wenige Tote, angesichts der Zahl von Männern, die den Lästrygonen zum Opfer gefallen waren. Auch von den beiden Schiffen, die nicht in der Felsdurchfahrt gewesen waren, war nichts mehr zu sehen. Als die Sonne aufging, waren ihre Segel verschwunden gewesen. Was mit ihnen und ihrer Besatzung geschehen sein mochte, wagte sich Odysseus nicht einmal vorzustellen.

Eurylochos ließ sich mit einem erschöpften Seufzen neben ihm nieder, zog die Knie an den Körper und umschlang sie mit den Armen. „Du machst dir Vorwürfe, nicht wahr?“ fragte er, ohne Odysseus anzusehen.

„Sollte ich das nicht?“ gab Odysseus zurück.

Eurylochos schüttelte den Kopf. „Nein. Es war nicht deine Schuld. Du hast versucht, uns zu warnen. Bevor wir in diese Falle gingen.“

„Das ändert nichts“, antwortete Odysseus. „Ich hätte wissen müssen, was geschieht. Die Falle war so offensichtlich, daß jedes Kind sie gesehen hätte.“

„Welche Wahl hatten wir denn?“ fragte Eurylochos.

„Ich hätte mißtrauisch werden müssen, als sie uns nicht angriffen. Sie hätten uns am Strand niedermachen können, lange bevor wir die Schiffe erreichten. Ich hätte es merken müssen, Eurylochos. Wir... wir hätten Telepylos angreifen sollen, statt wie die Feiglinge davonzulaufen.“

„Aminus' Heer angreifen?“ Eurylochos lachte hart. „Sei kein Narr, Odysseus. Sie hätten uns niedergemetzelt.“

„Vielleicht“, sagte Odysseus düster. „Aber dann wären die Männer wenigstens im Kampf gestorben, statt wie Vieh geschlachtet zu werden. Ein ehrenvoller Tod ist immer noch besser als das da!“ Er wies mit einer zornigen Kopfbewegung zur Küste.

„Es gibt keinen ehrenvollen Tod“, antwortete Eurylochos halblaut.

„Wir waren ein Heer“, murmelte Odysseus, als hätte er seine Worte gar nicht gehört. „Bei Zeus, wir waren ein siegreiches, gewaltiges Heer, als wir Troja verließen. Und was sind wir jetzt? Ein Haufen Verlorener. Flüchtlinge, die um ihr Leben zittern müssen.“

„Wenigstens haben wir noch ein Leben, um das wir bangen können, nicht?“ Eurylochos lächelte plötzlich, griff mit der rechten Hand nach der Reling und zog sich mühsam daran in die Höhe. „Es war nicht deine Schuld, Odysseus“, sagte er ernst. „Die Götter waren gegen uns. Es gibt nichts, was du dir vorwerfen müßtest. Und nun komm. Gib Befehl, den Kurs zu ändern. Wir haben Wasser für drei Tage. Vielleicht reicht es, eine Küste zu erreichen, an der man uns ein wenig freundlicher empfängt als hier.“

In diesem Moment war Odysseus nahe daran, Eurylochos das anzuvertrauen, was ihn zutiefst erschüttert hatte: Er hat-

te gewußt, daß sie in eine Falle liefen. War die innere Stimme, die ihn gewarnt hatte, nur der geschulte Instinkt des Kriegers gewesen, oder war es etwas anderes? Gab es die Götter vielleicht doch – und hatten sie versucht, ihn zu warnen?

Er sah Eurylochos an, dann lächelte er plötzlich und griff nach dessen hilfreich dargebotener Hand.

Kurze Zeit später senkten sich die Ruder mit einer schwerfälligen Bewegung ins Wasser und begannen den Bug des Schiffes nach Osten zu drehen.

Circe

Am Abend kam ein wenig Wind auf; nicht sehr viel – gerade genug, das Segel zu blähen und das Schiff langsam, aber beständig voranzutreiben. Als die Sonne das nächste Mal aufging, war die Küste der Lästrygonen-Insel hinter ihnen verschwunden, so spurlos wie ein Spuk, den die Nacht mit sich genommen hatte.

Odysseus, der nun wie der Geringste seiner Männer selbst mit Hand anlegte und sich auch nicht scheute, eines der Ruder zu ergreifen, wenn die Reihe an ihn kam, ließ östlichen Kurs fahren: die Richtung, in der er seine Heimat vermutete, denn sicher konnte er sich nicht sein. Er hatte niemals von diesem Teil des Meeres gehört, und vielleicht wäre er nicht einmal besonders überrascht gewesen, hätten sie urplötzlich das Ende der Welt erreicht.

Das Meer hatte sie wieder, und es behielt sie für drei lange Tage und Nächte. Erst als sich die Sonne das dritte Mal ins Meer senkte, seit sie Aminus' Königreich den Rücken gekehrt hatten, tauchte wieder der Umriß einer Insel vor ihnen am Horizont auf.

Sie zögerten lange, sie anzulaufen, denn es war keiner unter ihnen, der sich nicht alle möglichen Schrecken ausgemalt hätte, die diese Insel für sie bereithalten mochte.

Auch Odysseus hatte Bedenken: Sie waren nur noch wenige, und sie waren erschöpft – einen neuerlichen Angriff würden sie nur schwerlich überstehen. Selbst wenn ihre Gegner diesmal ganz gewöhnliche Menschen wären.

Er blickte seine Männer prüfend an. Sie waren bis zum Äußersten gegangen und hatten Furchtbares erlebt. Rast und Ruhe würden ihnen guttun. Vielleicht hatten sie neue Gefahren zu bestehen. Vielleicht. Sicher aber war, daß sie dort Wasser und Schatten finden würden, vielleicht sogar Wild.

Diese Dinge waren greifbar – und sie brauchten sie nötig. Da war diese Insel so gut oder so schlecht wie jede andere auch.

Odysseus entschloß sich, die Insel anlaufen zu lassen.

Nur zwölf Mann betätigten die gewaltigen Ruder, als sie sich mit dem letzten Licht des Tages dem Land näherten, während die anderen, Odysseus selbst allen voran, mit bereitgehaltenen Waffen dastanden und mißtrauisch zu den grünbewaldeten Hügeln hinübersahen.

Aber zumindest dieser Tag hielt keinen neuen Schrecken bereit. Unbehelligt erreichten sie die Insel, legten das Schiff vor Anker und gingen an Land. Eine erste, flüchtige Untersuchung ihrer Umgebung ergab, daß sie menschenleer, dafür voller Wild und wildwachsender Früchte war. Aber das war letztendlich nicht mehr, als sie auch auf der Lästrygonen-Insel vorgefunden hatten, am ersten Tag. Odysseus befahl, die Nacht vorsichtshalber an Bord des Schiffes zu verbringen. Keiner der Männer widersprach, obwohl sie alle zum Sterben erschöpft waren und sich nichts sehnlicher wünschten, als ein Bett im frischen Gras.

Am nächsten Morgen teilten sie sich in zwei Gruppen, von denen die eine den Auftrag bekam, nach jagdbarem Wild Ausschau zu halten, während die andere die Insel ein wenig genauer in Augenschein nehmen sollte. Odysseus bestand darauf, den Erkundungstrupp zu führen, aber Eurylochos schüttelte bloß den Kopf.

„Das kommt nicht in Frage“, sagte er ruhig. „*Ich* werde die Insel auskundschaften. Die Treffsicherheit deines Speeres ist berühmt. Sieh zu, daß dir ein paar kräftige Hirsche davorlaufen.“

Odysseus musterte den schwarzhaarigen Hauptmann mit einer Mischung aus Ärger und Belustigung. „Was soll das bedeuten?“ fragte er. „Befiehlst du neuerdings, was zu tun ist und was nicht?“ „Nein“, antwortete Eurylochos ruhig – so

ruhig, als hätte er auf diese Worte gewartet und sich die Antwort sorgsam zurechtgelegt. „Aber wir haben beraten, während du noch schliefst, Odysseus. Was auf der Insel der Lästrygonen geschehen ist, darf sich nicht wiederholen. Um ein Haar wärest du gefangen und getötet worden, und so, wie es aussieht, hätte das das Ende aller bedeutet." Er hob abwehrend die Hand, als Odysseus ihn unterbrechen wollte, und sprach mit erhobener Stimme weiter: „Ich werde fünfzehn Freiwillige nehmen und diese Insel erkunden; das ist genug, uns eines heimtückischen Angriffes zu erwehren, und dir bleiben noch genug Männer, das Schiff seetüchtig zu halten. Wenn wir in zwei Tagen nicht zurück sind, fahrt ihr ab und versucht, ohne uns die Heimat zu erreichen. Du darfst kein zweites Mal in solche Gefahr geraten."

Odysseus sah ihn nachdenklich an. Aber auf Eurylochos' Gesicht lag ein Ausdruck solcher Entschlossenheit, daß er nicht versuchte, ihn von seinem Vorhaben abzubringen. Und im Grunde war Eurylochos' Vorschlag der einzig richtige. Jeder einzelne der fast sechzig Männer in seiner Begleitung war ein kampferprobter Krieger, und so mancher hatte im Kampf um Troja Heldentaten vollbracht, von denen die Dichter noch in tausend Jahren singen würden. Aber sie brauchten einen Anführer. Auf sich allein gestellt, waren sie verloren.

„Gut", sagte er unwillig. „Aber geht kein Risiko ein. Flieht, wenn ihr auf Feinde stoßt – selbst wenn ihr glaubt, siegen zu können. Wir warten bis zum nächsten Sonnenuntergang auf euch. Nicht länger."

Eurylochos nickte, stand auf und griff nach seinen Waffen. Schon wenige Augenblicke später war er im Wald verschwunden, zusammen mit den Männern, die ihn begleiteten.

Odysseus sah ihm mit düsterer Miene nach. Ihm wäre es dennoch lieber gewesen, selbst an der Erkundung teilzunehmen. Aber er konnte nicht nur an sich denken; sein Leben ge-

hörte längst nicht mehr ihm allein, und sie konnten sich so etwas wie Stolz nicht mehr leisten.

Die nächsten Stunden verbrachte er mit der Jagd. Obwohl er nicht so recht bei der Sache war, ja, sich kaum richtig konzentrieren konnte, gelang es ihm und seinen Gefährten, genügend Wild für eine anständige Mahlzeit zu erlegen. Und die Jagd zeigte einen weiteren Erfolg, auf den Eurylochos wohl gebaut hatte: Für wenige, kurze Stunden vergaßen Odysseus und seine Männer beinahe die verzweifelte Lage, in der sie sich befanden.

Es dämmerte bereits, als sie mit dem erlegten Wild über den Schultern zum Lagerplatz zurückkamen und sich an die Zubereitung ihrer Beute machten. Sie hatten gerade gutgelaunt die ersten Stücke zum Braten aufgespießt, als einer der Männer, die zur Wache eingeteilt waren, einen erschrockenen Ruf ausstieß und auf den Waldrand deutete. In Odysseus krampfte sich alles zusammen. Er fuhr kampfbereit herum... aber es war kein Angreifer. Die abgerissene Gestalt, die aus dem undurchdringlichen Wald hervortaumelte und in weiten Sätzen auf den Stand zuhetzte, war niemand anderer als Eurylochos, wie Odysseus schnell erkannte.

„Eurylochos!" rief er. „Was, bei allen Göttern, ist geschehen", als er sah, wie erschöpft und ausgelaugt sein Freund und Kampfgefährte war. Eurylochos lief auf ihn zu, als wollte er ihn über den Haufen rennen. Sein Gesicht glänzte vor Schweiß, und seine Atemzüge gingen schnell und pfeifend. Er schien nicht einmal mehr die Kraft zu haben, stehenzubleiben.

Dann begann er zu wanken.

Odysseus griff Eurylochos bei den Schultern und wirbelte ihn grob herum, hielt ihn aber gleichzeitig fest, so daß er nicht stürzen konnte. Als er seinem Blick begegnete, erschrak er: In den blutunterlaufenen Augen des Hauptmanns funkelte eine Angst, die an nackten Wahnsinn grenzte. Nicht ein-

mal während des Kampfes gegen den Zyklopen oder jüngst gegen die Lästrygonen hatte Odysseus ein solches Entsetzen im Blick seines Freundes gesehen.

„Was ist geschehen?“ rief er.

„Eurylochos – so sprich doch!“

Aber der Hauptmann schien seine Worte gar nicht zu hören. Eurylochos keuchte und schüttelte fortlaufend den Kopf, als begreife er noch gar nicht, was geschehen war. Sein Blick war glasig. Seine Hände zitterten, und obwohl seine Haut vor Schweiß glänzte, fühlte sie sich unter Odysseus' Händen eiskalt an.

„Sprich, Freund“, sagte Odysseus noch einmal, und viel sanfter jetzt. „Was ist passiert? Wo sind die anderen?“

Eurylochos rang krampfhaft nach Atem. „Tot“, stammelte er. „Sie sind... alle tot. Oder Schlimmeres.“ Er sah auf. „Du... du hattest recht“, keuchte er. „Du hättest mir nie das Kommando über den Erkundungstrupp geben dürfen! Ich habe versagt!“ Wieder drohte er die Beherrschung zu verlieren. Seine Lippen begannen zu zittern.

„Was soll das heißen?“ fragte Odysseus jetzt scharf. „Rede doch endlich!“ Er schüttelte Eurylochos, aber es dauerte, bis sich der Hauptmann beruhigt hatte und mehr als nur ein paar gestammelte Worte von sich gab. Schließlich hob Odysseus die Hand und winkte einem Mann, einen Becher Wein herbeizubringen. Eurylochos trank mit großen, gierigen Schlukken. Roter Wein lief an seinem Kinn herab, aber er schien es nicht einmal zu bemerken. Seine Hände umspannten das tönerne Trinkgefäß so fest, daß es knackend zersprang. In den roten Wein auf seinen Fingern mischte sich Blut. Aber nicht einmal den Schmerz spürte er.

Odysseus bückte sich, tupfte vorsichtig das Blut von Eurylochos' Händen und lächelte, als er seinem dankbaren Blick begegnete.

„Kannst du jetzt reden?“ fragte er.

Eurylochos nickte. „Ja“, murmelte er. „Es war entsetzlich, Odysseus. Sie sind alle – “

Odysseus hob rasch die Hand und unterbrach ihn. „Langsam“, sagte er. „Berichte von Anfang an. Ganz ruhig.“

Eurylochos zögerte. Wieder flackerte sein Blick, und Odysseus spürte, daß sein Freund einen Moment lang dicht davor war, wirklich die Beherrschung zu verlieren: Allein die Erinnerung an das, was ihm und den anderen zugestoßen war, schien zuviel für ihn zu sein.

Aber als er sprach, waren seine Worte erstaunlich klar:

„Der Wald ist voll dunkler Schatten, und die dichtstehenden Stämme und das ineinandergewobene Unterholz sind wie eine fremde Welt, sie ließ uns bald den hellen Sandstrand vergessen, von dem wir aufgebrochen waren. Der Weg führte durch eine üppige Vegetation voll von blühenden Pflanzen und hängenden Gewächsen. Es blieb uns nichts anderes übrig, als uns einen Weg durchs Unterholz zu hacken. Fast schien es mir und meinen Gefährten, daß wir die ersten Menschen waren, die diesen unberührten Dschungel betraten. Die Vögel, die aus nahen Baumgruppen aufstoben, und die Tiere, die über die dichte, grüne Vegetation huschten, schienen die einzigen Bewohner des Waldes zu sein. Wir entdeckten keine Spuren größerer Tiere oder gar von Menschen; der Pfad, den wir mit Gewalt ins Unterholz schlugen, wirkte wie eine gewaltsame Bresche in einer sonst friedfertigen Welt.“

Eurolychos entspannte sich bei dieser Erinnerung. Er setzte sich ans Feuer, nahm ein Stück gebratenes Fleisch und erzählte weiter: ‚Wenigstens werden wir hier nicht verhungern müssen‘, dachte ich. Aber dieser Gedanke hatte nur momentan etwas Beruhigendes. Denn das dichte Gestrüpp bot sich ideal für einen Hinterhalt an, und wenn wir bis jetzt auch keine Spur eines größeren Lebewesens entdeckt hatten, so glaubte ich doch eine fast bösartige Ausstrahlung des so friedlich wirkenden Waldes zu spüren.

Wir gingen so vorsichtig und schnell voran, wie wir konnten, und nach einiger Zeit lichtete sich der Wald. Schließlich hatten wir die letzten riesigen, mit Lianen überwucherten Bäume hinter uns gelassen. Ich selbst, der mit Polites zusammen an der Spitze des Trupps ging, blieb stehen. Nach und nach traten die anderen zu uns. Wir waren ein abgerissener und trotzdem furchteinflößend wirkender Haufen, verzweifelte Männer, die bereit waren, um ihr nacktes Überleben zu kämpfen. Doch wir standen am Waldrand und staunten wie die Kinder.

Vor uns tat sich ein Tal auf, das im Licht der untergehenden Sonne rötlich schimmerte, als sei es in Blut getaucht.

Und es war bewohnt! Die felsigen, steil abfallenden Hänge umschlossen einen ausgedehnten Komplex ineinandergeschachtelter Gebäude, der von einer mannshohen Mauer eingerahmt war. Ich konnte das Haupthaus erkennen, das von zahlreichen, flachen Nebengebäuden umgeben war. Die ganze Anlage erinnerte mich an ein Spinnennetz, in dessen Mitte ein unauffälliges, aber gefährliches Untier sitzt. Das offenstehende, schwere Tor verstärkte den Eindruck einer tödlichen Falle, die hinter einer zu offensichtlichen Harmlosigkeit ein unbekanntes Grauen verbarg. Was auch immer es war, eine Festung, der Stammsitz reicher Landbesitzer oder der spartanische Palast des Inselherrschers, es wirkte auf eigentümliche Art bedrohlich. Und ich mußte daran denken, wie friedlich und einladend Telepylos ausgesehen hatte ...“

Odysseus und alle Männer am Feuer starrten Eurylochos an. Was wartete dort in der Tiefe der Wälder auf sie? „Sprich weiter, Eurylochos“, drängte Odysseus.

„Du wirst dem Grauen noch früh genug gegenüberstehen“, entgegnete Eurylochos warnend. Dann fuhr er fort: „Jeder Quadratzentimeter innerhalb der Mauern war von polierten Marmorplatten bedeckt, mit denen das blutrote Licht der Abendsonne zu verschmelzen schien. Etwas Unwirkliches

ging von der Siedlung aus. Polites war der erste, der sich von seiner Überraschung erholte und das Schweigen brach. ‚Ein bißchen merkwürdig, das Ganze', sagte er leise. ‚Wer auch immer hier wohnt, scheint keinen großen Wert auf Kontakt mit der Außenwelt zu legen. Oder seht ihr irgendwo einen Weg?'

Ich schüttelte den Kopf. Polites hatte vollkommen recht. Das Tal wurde vollständig von dichten Wäldern eingerahmt; wohin ich auch sah, nirgends konnte ich auch nur die Andeutung eines Pfades erkennen, der von dem dichten Geflecht der Pflanzen über die felsigen Abhänge zu den Gebäuden führte. Entweder gab es irgendwo einen Geheimweg, oder die Bewohner dieses Tales lebten in vollkommener Abgeschiedenheit.

‚Wenigstens', fügte Polites mit einem spöttischen Lächeln hinzu, ‚werden wir, nach der Höhe der Gebäude zu schließen, nicht auf Riesen stoßen – schon eher auf Zwerge.'

Seine Worte sollten scherzhaft klingen, aber sie jagten mir einen kalten Schauer über den Rücken. Das Tal barg trotz seines friedlichen und beinahe verschlafen wirkenden Aussehens ein düsteres Geheimnis. Hier führten keineswegs kleinwüchsige Menschen ein friedliches Leben! Am liebsten wäre ich auf der Stelle umgekehrt, aber mir war alles andere als wohl bei dem Gedanken, nicht zu wissen, was ich dann in meinem Rücken zurückließ.

‚Wir werden uns das Ganze mal aus der Nähe ansehen', entschied ich schließlich. Meine Stimme klang ruhig und bestimmt, aber ich selbst spürte, wie ich zitterte. Ich straffte mich und folgte Polites, der sich bereits an den Abstieg gemacht hatte. Schweigend kletterten wir hinab.

Auf den letzten hundert Metern wurde der Weg zunehmend steiler. Scharfkantige Felstrümmer und riesige, wie überdimensionale Wurfgeschosse geformte Steine, zwischen denen dünne, dornige Büsche und karges Moos wucherten,

machten das Vorwärtskommen beständig schwieriger. Ich spürte, wie meine Kräfte zu Ende gingen. Während ich versuchte, mit Polites Schritt zu halten, hämmerte mein Herz, als wolle es jeden Augenblick zerspringen, und auf meiner Zunge lag ein bitterer, metallischer Geschmack. Jeder Atemzug brannte in meiner Kehle, und das Haupttor des seltsamen Gebäudekomplexes begann mehr und mehr vor meinen Augen zu verschwimmen.

Ich blieb stehen, einen Moment nur, versuchte zu Atem zu kommen und fragte mich, was eigentlich los war... Ich hatte Angst! Ganz plötzlich hatte ich Angst, aber ich wußte nicht einmal wirklich, wovor!

Das einladend offenstehende Tor wirkte auf mich wie der Schlund eines Ungeheuers. Bei seinem Anblick verstärkte sich meine Angst noch, und einen Moment lang hatte ich Mühe, die Panik, die in mir hochstieg, zu unterdrücken.

Nach und nach sammelten sich die Männer um mich, fünfzehn an der Zahl, und jeder einzelne von ihnen trotz der Strapazen unserer Reise stark und kampferprobt genug, um es allein mit einem Dutzend normaler Gegner aufnehmen zu können. Doch alles, was ich bei ihrem Anblick empfand, war Angst. Angst um diese Männer, den kläglichen Rest eines Heeres, das siegestrunken die Heimreise von Troja aus angetreten hatte und nun schon mehr als einmal auf Gegner gestoßen waren, dem menschliche Kraft nicht gewachsen war. Ich ahnte, daß eine ähnliche Prüfung uns nun wieder bevorstand. In unserem jetzigen, angeschlagenen Zustand konnte es sein, daß wir uns von einem erneuten Schlag nicht erholten."

Seine letzten Worte hatten auf die Handvoll Männer am Feuer eine tiefe Wirkung. Sie spürten, daß Odysseus und Eurylochos sie verstanden. Beide hatten nie mit ihnen darüber gesprochen, aber sie wußten, wie es in ihren Gefährten aussah.

„Ihr seid also weitergegangen?" Odysseus lenkte seinen Freund wieder auf die Erzählung. Eurylochos nahm einen tiefen Schluck Wasser aus einem Becher, den man ihm reichte, und berichtete weiter: „Es gab kein Zurück. Wir mußten wissen, was hier, nur zwei Fußstunden vom Strand und den zurückgebliebenen Gefährten lauerte. Leise und mit gezogenen Schwertern näherten wir uns dem Haupttor, dessen gewaltige Flügel jeder Festung Ehre gemacht hätten. Polites nickte mir zu und pirschte sich an das Tor heran. Er warf einen Blick auf die andere Seite und winkte dann. Leise und diszipliniert folgten ihm die anderen. Ich selbst bildete den Schluß, bereit, einen heimtückischen Angriff von hinten abzuwehren.

Als wir die andere Seite erreicht hatten, fürchtete ich beinahe, jeden Moment die Tore hinter uns zufallen zu hören. Es war viel zu leicht gewesen, hier einzudringen. Selbst der ungestüme und meist unbekümmert wirkende Polites zögerte und sah sich sichernd nach allen Seiten um.

‚Irgend etwas stimmt nicht', murmelte ich. Ich bemühte mich, die Stimme zu senken. Trotzdem hallten meine Worte unangenehm laut wider. Die kalten Marmorplatten reflektierten das kleinste Geräusch. Wenn sich einer der Männer bewegte, eine Waffe über die Rüstung scharrte, gab es jedesmal einen metallischen, hellklingenden Laut. Alles verdichtete sich zu einem dumpfen Gefühl der Bedrohung.

‚Du hast vollkommen recht', pflichtete mir Polites nachdenklich bei. ‚Selbst ein Blinder würde merken, daß hier etwas faul ist, oberfaul sogar. Aber wir sollten trotzdem nachsehen. Besser einer Gefahr ins Auge schauen, als sie im Rükken haben.'

Ich nickte. ‚Also gut', entschied ich. ‚Aber denkt daran, Odysseus hat uns befohlen, jedem Kampf aus dem Weg zu gehen. Und ich bin entschlossen, dem Folge zu leisten'. Demonstrativ schob ich mein Schwert in den Gürtel zurück.

‚Sobald wir herausgefunden haben, was es mit diesen Gebäuden auf sich hat, werden wir uns zurückziehen.‘

Langsam, nach allen Seiten sichernd, gingen wir auf das Haupthaus zu, das von kleinen, kaum mannshohen Gebäuden umrahmt wurde. Je näher wir kamen, um so genauer erkannten wir, daß es in seinem schmucklosen Weiß eher dem Stammsitz eines reichen Landbesitzers als einem Palast glich – eine Erklärung, die angesichts der undurchdringlichen Wälder rings um das Tal allerdings keinen Sinn ergab.

Polites, der wie zuvor die Vorhut übernommen hatte, blieb plötzlich stehen und hob die Hand. ‚Hört ihr es auch?‘ fragte er.

Ich wollte schon verneinen, doch dann hörte ich es selbst: Ein Geräusch, als schleife etwas Großes, Massiges über den Hof, dann tappende Schritte, die plötzlich von allen Seiten und hinter jedem Gebäude herzukommen schienen.

Wir rückten näher zusammen und hoben die Schilde. In den Augen der Männer spiegelte sich kampfeslustige Erregung, die Gewißheit, mit jedem Gegner fertig zu werden, der sich mit ihnen in einem offenen Kampf einließ. Wenn wir in den endlosen Jahren vor den Toren Trojas auch Geduld hatten lernen müssen, so sind wir doch Krieger geblieben, und untätiges Warten auf eine Auseinandersetzung ist schlimmer als der Kampf selbst.

Dann war das Geräusch heran.

Polites war der erste, der sie sah: Schweigend deutete er auf schwarze Schemen, die sich von den Schatten der Gebäude einzig durch ihre Bewegung unterschieden.

Ein alptraumhafter Schrei zerriß die Luft.

Plötzlich wimmelte der Hof von riesigen Tieren, Alptraumgestalten mit Wolfsgebissen und zottigen Leibern, die wie eine ausgehungerte Meute tollwütiger Tiere auf uns zustürmten. Ich fand nicht einmal mehr Zeit, einen überraschten Laut auszustoßen.

Eine der Gestalten jagte auf mich zu. Ihre Bewegungen waren zu schnell, als daß das Auge sie im einzelnen noch hätte unterscheiden können, aber ich nahm einen huschenden Schatten wahr, und ehe ich reagieren konnte, war die Gestalt schon vor mir.

Ein Wolfsgesicht ragte groß und verzerrt über mir empor. Aus seinem Rachen drang ein tiefer, kehliger Laut, und sein Atem fuhr mir heiß ins Gesicht. In den intelligent wirkenden Augen funkelte ein kaltes Licht.

Mein Herz hämmerte schmerzhaft. Vor meinen Augen begannen rote, verschwommene Ringe und Flecke zu tanzen, und um meine Brust schien ein stählener Reifen zu liegen, der sich immer mehr zusammenzog. Nur mit Mühe fand meine Hand den Schwertknauf, zerrte einen schrecklichen Moment lang vergebens an der Waffe, die sich in der Scheide verkantet hatte. Dann endlich kam das Schwert frei!

Ich wich ein paar Schritte zurück, bis ich mit dem Rücken gegen die rauhe Mauer eines der Nebengebäude stieß, und brachte Schwert und Schild hoch. Doch das Tier folgte mir wider Erwarten nicht, sondern sackte statt dessen in sich zusammen und stieß dabei einen kläglichen Laut aus, der sich zu einem langgezogenen Winseln steigerte. Sein Blick hing wie gebannt an meinem Schwert, und ich glaubte, in ihnen jetzt nackte Angst zu lesen. Von einem Moment zum anderen verwandelte es sich von einem fremdartigen Ungeheuer in ein hilfesuchendes Haustier. Ehe ich mir darüber klar werden konnte, ob sein Verhalten irgendeine List sein konnte oder bloße Feigheit, erscholl vom Haupthaus her ein hartes, peitschendes Geräusch.

Das Tier begann zu zittern, wandte den Kopf, als sei dieses Geräusch eine noch größere Bedrohung als mein Schwert.

Ich warf einen schnellen Blick in die Richtung des Haupthauses und glaubte, im Eingang eine verschwommene Gestalt zu erkennen, die eine stabförmige Waffe in der Hand hielt.

Unwillkürlich drückte ich mich weiter in den Schutz des flachen Gebäudes und beobachtete den Kampfplatz.

Unglaubliches geschah! Noch vor wenigen Augenblicken waren wir von Bestien umzingelt gewesen, die sich knurrend auf uns stürzten... jetzt jagten dieselben Geschöpfe in panischer Furcht davon.

Die Männer standen noch in Kampfhaltung da, und die Verblüffung, die auf ihren Gesichtern zu lesen war, ließ sie unglaublich lächerlich wirken. Doch soweit ich erkennen konnte, war keiner von ihnen verletzt."

Solange Eurylochos sprach, hatte am Feuer Totenstille geherrscht. Und auch jetzt blieb die Stimmung gedrückt. Odysseus sprach aus, was alle dachten: „Wir sind einfache Sterbliche. Doch seitdem wir Troja verlassen haben, kämpfen wir gegen Stürme, Riesen, Zyklopen und jetzt auch noch gegen Ungeheuer... warum?"

Eurylochos brachte als Antwort darauf nur ein müdes Lächeln zustande und sagte: „Die Ungeheuer waren nur der Anfang. Der eigentliche Kampf stand uns noch bevor. Die Gestalt, die so plötzlich erschienen war und die unsere Schar musterte, war eine Frau.

Sie war von verwirrender Schönheit: schlank und hochgewachsen, mit einem Goldton auf dem gebräunten Gesicht und den Armen, gekleidet in ein schlichtes und doch kostbar wirkendes Gewand aus feinstem Damast. Ihre Mundwinkel waren zu einem feinen, spöttischen Lächeln verzogen. Sie war anders als die Frauen, die ich bislang kennengelernt hatte, besaß weder die reizvolle Unerfahrenheit einer ländlichen Schönheit noch die raffinierte, prüfende Sinnlichkeit einer Tempeldirne.

Es dauerte noch einen Moment, bevor ich meine Verwirrung endgültig abgeschüttelt hatte und begriff, welch lächerliche Figur ich bot. Ich, der Anführer einer fast zwei Dutzend Krieger zählenden Streitmacht, drückte mich in den Schutz

eines Gebäudes und starrte mit gezücktem Schwert und offenem Mund auf eine Frau, die schon auf den ersten Blick als die Herrscherin über dieses merkwürdige Anwesen zu erkennen war.

Ich straffte mich also und steckte mein Schwert weg.

Während ich auf die schöne Unbekannte zuging, suchte ich in ihren Augen nach einem Anzeichen von Furcht, nach kleinen Zeichen der Unsicherheit. Aber da war nichts. Nichts weiter als der ungekünstelte Hochmut einer geborenen Königin.

Die anderen blieben hinter mir zurück, und ich wußte, daß sie sich weiterhin wachsam nach den Tieren umsahen, die sie in ihrem ersten Ansturm fast überrannt hatten. Aber je näher ich der Unbekannten kam, um so unwichtiger erschien mir dieser Gedanke. Wenn sie gewollt hätte, wären wir nicht mit dem Schrecken davongekommen – aber sie hatte nicht gewollt.

Wer auch immer die Frau war, die über die merkwürdige Schar von Wächtern herrschte – ich konnte mir nicht vorstellen, daß sie uns selbstlos Hilfe anbot. Dieses Tal umgab ein düsteres Geheimnis, das ich vom ersten Augenblick an gespürt hatte, ein Geheimnis, das ich jetzt nicht mehr lüften konnte, ohne mich selbst in Gefahr zu bringen. Hätte ich deinen Befehl wörtlich genommen, so hätte ich auf der Stelle umkehren müssen. Aber wahrscheinlich hätte ich es jetzt schon gar nicht mehr gekonnt.

Schließlich hatte ich die Fremde erreicht. Ich blieb stehen und neigte zur Begrüßung leicht den Kopf; gerade genug, um dem Anspruch von Höflichkeit zu genügen.

‚Wer seid ihr, edler Fremder?' fragte sie, ohne meine Geste zu erwidern. Ihre Stimme hatte das wohlklingende, aufregende Timbre einer reifen Frau, die sich ihrer Schönheit bewußt ist. Langes dunkles Haar umrahmte ihr schmales Gesicht, fiel kunstvoll geflochten über ihre Schultern.

‚Wir sind Schiffbrüchige, gekommen, um Euch um Hilfe und ein Lager für die Nacht zu bitten', behauptete ich.

‚Schiffbrüchige, von trügerischen Winden an meine Küste getrieben', antwortete sie nachdenklich. ‚Ihr seid nicht die ersten, die aus solchem Anlaß an Circes bescheidene Hütte klopfen. Ich denke, daß ich Eurem Wunsch nachkommen kann.' Sie deutete hinter sich, auf die geöffnete Tür, und lächelte ein wenig. ‚Tretet ein, meine Gäste.'

Ich zögerte trotz ihrer freundlichen Einladung. Irgend etwas an ihrem Verhalten warnte mich, ohne daß ich hätte sagen können, was es war. Du hattest uns zwar Zeit bis zum nächsten Sonnenuntergang gegeben, aber es wäre mir beinahe lieber gewesen, wenn wir gleich umgekehrt wären. Doch bevor ich meine Gedanken in Worte kleiden konnte, drängte Polites an mir vorbei und deutete eine Verbeugung an.

‚Gerne nehmen wir Eure Einladung an.' Er wandte sich an die Gefährten. ‚Treten wir ein, wie es uns unsere schöne Gastgeberin geheißen hat.'

Die Männer brummten zustimmend, und ich begriff, daß ich den Moment zum Eingreifen verpaßt hatte. Widerwillig ließ ich mich von den anderen ins Innere des Hauses drängen.

Die Halle, die wir betraten, war erstaunlich groß und beinahe prächtig zu nennen; sie paßte so gar nicht zu Circes Worten von ihrer ‚Hütte'. In der Mitte der Halle war eine Tafel aufgebaut, auf der sich erlesene Speisen stapelten. Ich überflog die Zahl der Gedecke. Es waren mehr als ein Dutzend, siebzehn, genausoviel, wie Personen im Raum anwesend waren. Wie war das möglich, wie, bei allen Göttern, konnte sie gewußt haben, daß sie heute sechzehn Gäste haben würde?

‚Nehmt Platz, meine Gäste, und stärkt euch bei Wein und erlesenen Speisen, die ihr gewiß lange vermissen mußtet.'

Circes Stimme schnitt glasklar in meine Gedanken, und einen Herzschlag lang sah sie mir direkt in die Augen. Das Ge-

fühl der Hilflosigkeit und Verwirrung steigerte sich zur Qual. Ich starrte sie wortlos an. ‚Wie schön sie ist', dachte ich einen Moment, doch dann entschwand mir der Gedanke, als sei er nie Wirklichkeit gewesen. Benommen ging ich zu dem Platz, den sie mir mit einer Handbewegung anwies, und ließ mich nieder.

Die Gefährten taten es mir nach, und auch Circe setzte sich zu uns an den Tisch. Ihre Augen waren voll von gebrochenem Licht, als sie den meinen begegneten. ‚Eßt und trinkt, Freunde', sagte sie freundlich. Ihre Stimme klang lieblich und einschmeichelnd, und doch verbarg sich irgend etwas dahinter, was mich hätte warnen müssen... warnen, wovor? Eine eigentümliche Mattigkeit hatte sich über mein Denken gelegt, und ich war nicht in der Lage, den Gedanken weiterzuverfolgen.

Um ihren Mund stand ein winziges, wissendes Lächeln. Mir kam zu Bewußtsein, daß es ihr leichtfallen würde zu lügen, aber es stieß mich nicht ab, sondern forderte mich im Gegenteil heraus, ihr das Geheimnis zu entreißen, das sie und diesen am Ende der Welt liegenden Ort umgab.

Ich konnte den Blick nicht von ihr wenden. Irgend etwas an der Art, wie sie mich ansah, berührte mich im Innersten, ohne daß ich hätte sagen können, ob dieses Gefühl angenehm oder bedrohlich war. Fast schien es mir, als könne sie durch mich hindurchsehen, bis zu den Abgründen meiner Seele; als würde sie etwas erwecken, was dort die ganze Zeit im verborgenen existiert und nur auf den sanften Hauch einer verwandten Seele gewartet hatte, um zum Leben erweckt zu werden... Doch so intensiv ich dieses Gefühl auch empfand, so sehr kämpfte ich trotz aller Verlockung dagegen an. Schließlich entglitt es mir, wie so viele Gedanken zuvor.

Mit einer fast ärgerlichen Bewegung lehnte ich mich im Stuhl zurück und deutete mit dem Finger auf eine vor mir stehende Karaffe.

‚Was für ein Wein ist das, sagtet Ihr?‘ fragte ich schroff. Nur undeutlich wurde ich mir bewußt, daß ich einen Tonfall anschlug, der einer Dienstmagd, nicht aber dieser fremden, stolzen Frau gegenüber gerechtfertigt gewesen wäre.

In Circes Gesicht ging eine Veränderung vonstatten. Hatten mich ihre Augen eben noch mit einer Mischung aus Hochmut und sanftem Spott gemustert, so blitzte jetzt wilder Zorn in ihnen auf.

Ich nahm den prachtvollen Becher und setzte ihn an die Lippen. Doch bevor ich trinken konnte, begegnete mein Blick nochmals dem Circes. Und von einem Moment zum anderen glaubte ich außer ihrem begreiflichen Zorn über meinen beleidigenden Ton noch etwas zu lesen: höhnischen Triumph. Einen Triumph, wie ihn nur jemand empfinden konnte, der einen anderen vernichtete... *vergiftete*.

Mit einer kraftvollen Bewegung holte ich aus und schleuderte den Becher weit von mir. Aber es war zu spät, einige Tropfen des so merkwürdig klar schmeckenden Weines hatten schon meine Lippen benetzt, bahnten sich wie von selbst einen Weg durch meine Mundhöhle und rannen meine Kehle hinab. Ich schluckte krampfhaft, nicht mehr begreifend, als daß mich Circe vergiften wollte, daß ich im letzten Moment noch einem heimtückischen Anschlag entkommen war.

Die wenigen Tropfen, die meine Kehle hinabrannen, brannten wie Feuer. Ich rang keuchend nach Luft, griff mir an den schmerzenden Hals und versuchte, auf die Füße zu kommen. Meine Beine waren plötzlich nicht mehr in der Lage, das Gewicht meines Körpers zu tragen. Ich knickte ein, fiel wieder hin und blieb stöhnend liegen. Jeder Atemzug schmerzte in meiner Kehle. Mein Herzschlag beruhigte sich nur langsam, und lange nahm ich kaum noch wahr, was um mich herum geschah. Geräusche und Bilder schienen nur noch wie durch einen dichten Vorhang zu mir zu dringen.

Ich versuchte, den Kopf zu heben. Die Bewegung wurde

mit einem stechenden Schmerz bestraft, der sich wie eine dünne Nadel zwischen meine Augen bohrte. Ich hatte Mühe, einen Laut herauszubringen. Mein Hals tat unerträglich weh, und das Gefühl, gleich ersticken zu müssen, steigerte sich zu nackter, panischer Angst.

In diesem Moment fiel mein Blick auf die Gefährten. Mein Herz machte einen Satz und pochte dann hart und doppelt so schnell weiter. Für einen Augenblick vergaß ich sogar das flüssige Feuer, das in meiner Kehle brannte.

Sie, die sich im Gegensatz zu mir im Trinken nicht zurückgehalten hatten, hatten die volle Wirkung des Giftes zu spüren bekommen. Zwischen umgestoßenen Bechern, zerborstenen Krügen und zerschlagenem Geschirr lagen und krochen sie übereinander; überall lagen Rüstungsteile verstreut. Es war ein Durcheinander menschlicher und... tierischer Gliedmaßen!!

Gelähmt von Entsetzen beobachtete ich die grauenvolle Verwandlung, die vor meinen Augen vonstatten ging. Die Gefährten verwandelten sich Stück für Stück in Tiere: Manche in Schweine oder Raben, die meisten aber in ebensolche zottige, wolfsähnliche Bestien, wie die, die uns angegriffen hatten.

Ich beobachtete den Vorgang mit kaltem Entsetzen. Auch in mir setzte der Vorgang der Verwandlung ein, zögernd noch, als reiche das wenige Gift, das ich aufgenommen hatte, nicht aus. Wie eisige Finger griff es nach mir. Langsam kroch Kälte meinen Körper empor, überzog ihn mit einem Frösteln, drang tiefer, immer tiefer vor, stieß auf Widerstand...

Mit einem Ruck bäumte ich mich auf, wurde aber wieder zurückgedrückt in die eisige Schwärze, die mich gierig aufnahm, mich aufsog. Mit aller Kraft kämpfte ich gegen die dunkle Macht an, die mich einhüllte, mich in tödliches Vergessen ziehen wollte. Mit der blinden Entschlossenheit eines Ertrinkenden, der von riesigen Wogen immer wieder unter

Wasser gedrückt wurde und sich jedesmal verzweifelt wieder zur Oberfläche zurückkämpfte, drängte ich das süße Gift des Vergessens zurück. Sosehr das Grauen auch meinen Verstand umhüllen wollte, ich gab nicht nach.

Langsam ebbte das Beben in meinem Inneren wieder ab, langsam gelang es mir, die Augen zu öffnen. Mein Blick fiel auf die Stelle, an der eben noch Polites gelegen hatte. Inmitten von Rüstungsteilen lag jetzt eine Kreatur wie die, die uns auf dem Hinweg angegriffen hatten – halb Mensch, halb reißendes Raubtier. Aber sie hatte die Augen des Polites.

Es dauerte, bis ich begriff, daß meine Gefährten vergiftet worden waren, durch den Wein einer Frau, die uns Gastfreundschaft vorgeheuchelt hatte, um uns durch einen unbekannten Zauber in Tiere zu verwandeln. Im gleichen Moment begriff ich aber auch, daß ich der einzige sein mußte, der diesem Anschlag entgangen war. Wenn es mir nicht gelang, dich und die anderen zu warnen, würdet ihr euch trotz besseren Wissens auf die Suche nach uns machen und in die gleiche, furchtbare Falle tappen.

Ich mußte euch warnen. Ich wollte aufspringen, doch meine Beine versagten mir den Dienst. Mit einem schmerzhaften Röcheln sank ich wieder zusammen. Der Raum schien sich um mich zu drehen, nahm mir den Atem. Mein Herz raste, und meine Zunge lag wie ein welkes Blatt in meinem Mund.

Ich stöhnte und richtete mich mühsam auf. In meinem Kopf dröhnte ein dumpfer Schmerz, der es mir unmöglich machte, einen klaren Gedanken zu fassen. Mühsam setzte ich ein Bein vor das andere, wäre fast gestürzt, als mein rechter Fuß den zuckenden Körper streifte, der einmal Polites gewesen war. Aber in mir war nichts außer dem festen Willen, so schnell wie möglich dem Einflußbereich Circes zu entkommen. Schritt für Schritt quälte ich mich vorwärts, schwankend, als hätte ich zu viel getrunken.

Und dann stand sie plötzlich vor mir. Circe, die meine Ge-

fährten auf dem Gewissen hatte. Sie versperrte mir den Weg; hinter ihr lag die Tür, die Freiheit und Flucht vor dem grauenhaften Schicksal verhieß. Ich mußte nur an ihr vorbei, um diesem Wahnsinn zu entkommen. Wäre ich im Vollbesitz meiner Kräfte gewesen, hätte ich sie mit einer einzigen kraftvollen Bewegung zur Seite geschleudert. Doch in dem Zustand, in dem ich mich befand, hätte mir selbst ein Kind gefährlich werden können – ganz zu schweigen von dieser Frau.

Circe sah mich ungerührt an, und das, was ich bislang für Schönheit gehalten hatte, schien mir nun Verderbtheit zu sein. Ich taumelte auf sie, in der Hoffnung, sie über den Haufen rennen zu können. Ihre Hand schnellte vor, eine kleine, kleine Bewegung, als wolle sie mich stützen.

Es war, als versetzte ihre Hand meinem Arm einen Schlag: keinen körperlichen Schlag, sondern einen Schlag geballten Gefühls, eines Gefühls voll Abscheu. Ich schrie auf, stolperte und verlor um ein Haar das Gleichgewicht. Doch dann fing ich mich wieder, und mit all dem Haß, den ich für sie empfand, holte ich aus und schlug ihr ins Gesicht.

Sie stieß einen überraschten Laut aus und taumelte zurück, in ihren Augen spiegelte sich Unglauben, gepaart mit Schmerz. Bevor sie sich von ihrer Überraschung erholen konnte, taumelte ich an ihr vorbei und auf den Ausgang zu. Ich wurde nur noch von einem Gedanken beherrscht: Ich mußte hinaus, mußte euch anderen vor der schrecklichen Gefahr warnen, die hier lauerte.

Ohne mich noch einmal umzusehen, lief ich über die kalten Marmorplatten auf das immer noch geöffnete Haupttor zu.“

Niemand sprach, nachdem Eurylochos geendet hatte. Selbst das Wispern des Windes in den Wipfeln des nahen Waldes, selbst die Stimmen der Vögel, ja, selbst das Rauschen der Wellen schien verstummt, als hielte die Natur selbst den

Atem an. Die ionischen Krieger blickten zu Boden oder aneinander vorbei und vermieden es fast krampfhaft, einander anzusehen. Alle warteten auf eine Regung von Odysseus, ein Zeichen, mit dem er erkennen ließ, daß ihre Lage vielleicht doch nicht ganz so verzweifelt war, wie sie nach Eurylochos' abschließenden Worten schien.

„Sie warten auf ein Wunder", dachte Odysseus. „Sie warten darauf, daß ich mit den Fingern schnippe und ein Wunder tue."

Mit einer müde wirkenden Handbewegung fuhr er sich durch das Haar. Sein Blick begegnete dem Eurylochos', und in den Augen des Hauptmannes las er die gleiche Resignation, die auch ihn einen Moment zu übermannen gedroht hatte.

„Wir werden... diese Frau suchen", sagte er. Seine Stimme kam ihm selbst brüchig und von wenig Überzeugungskraft erfüllt vor. Er lächelte – aus dem einzigen Grund, sich selbst zu beruhigen und wenigstens nach außen hin den Anschein von Kraft und Stärke zu vermitteln, straffte die Schultern und sagte noch einmal: „Wir suchen diese Zauberin, und wir befreien Polites und die anderen."

„Und wie?" fragte Eurylochos. Er sprach ganz leise. Sein Blick flackerte. „Mit Waffengewalt werden wir gegen diese Zauberin wohl kaum etwas ausrichten können. Wenn sie diese... Geschöpfe auf uns hetzt, müßten wir unsere eigenen Freunde erschlagen." Eurylochos seufzte, sah einen Moment zu Boden und malte mit dem großen Zeh vergängliche Kreise in den lockeren Sand. „Du hast eine Idee, listenreicher Odysseus?" In seiner Stimme war kein Spott, sondern nur Furcht und ein unausgesprochenes, fast verzweifeltes Flehen. Und trotzdem – wäre die Situation nicht so ernst gewesen, hätte Odysseus laut aufgelacht. Eurylochos war wahrscheinlich der einzige Mensch, der ihn gut genug kannte, um ganz genau zu wissen, wie oft sein aus Verzweiflung geborener Einfalls-

reichtum ihn schon im Stich gelassen hatte. Immerhin hatte er zehn Jahre dazu gebraucht, um die Trojaner zu schlagen. Und dies mit einer Idee, die wohl nur noch als völlig verrückt bezeichnet werden konnte.

Er verscheuchte den Gedanken. „Es ist wohl weniger eine List als eine Idee", bekannte er. „Aber mein Entschluß steht fest. Ich allein werde gehen und versuchen, die Zauberin mit ihren eigenen Mitteln zu schlagen."

Eurylochos' Augen wurden groß. „Du willst was?" wiederholte er ungläubig. „Odysseus, ich... ich bewundere deine Kraft und deinen schnellen Verstand, wie jeder hier, doch sage mir eins: Seit wann verfügst du über Zauberkräfte?" Er versuchte zu lächeln, um seinen Worten etwas von ihrer Schärfe zu nehmen, erreichte damit aber eher das Gegenteil.

Odysseus lächelte verzeihend. „Nicht erst seit heute", sagte er. „Zumindest, wenn es darum geht, sie vorzutäuschen. Ich wollte immer schon einmal wissen, was Taschenspielertricks gegen echte Magie auszurichten vermögen." Er wählte diese Worte ganz bewußt, um die Furcht zu vertreiben, die sich über den Männern ausgebreitet hatte. Sein Herz hämmerte.

„Taschenspielertricks?!" Eurylochos keuchte. „Ja, hast du denn nicht zugehört? Circe ist eine Zauberin! Sie... sie hat unsere Kameraden vor meinen Augen in Tiere verwandelt! Was, bei allen Göttern, willst du gegen sie ausrichten?"

„Das bleibt abzuwarten", sagte Odysseus, nun merklich schärfer als bisher. „Ich rechne mir gute Chancen aus." Er hob die Hand und schnitt Eurylochos mit einer befehlenden Geste das Wort ab. „Bevor du mich jetzt auf alle Risiken aufmerksam machst und mir klarzumachen versuchst, daß ich zu wichtig bin, um mich in eine solche Gefahr zu bringen, fangen wir lieber mit den Vorbereitungen an. Wir haben keine Zeit zu verlieren."

Sie erhoben sich, und Eurylochos half ihm wortkarg dabei, nach den Utensilien zu suchen, die Odysseus gegen Circes

Gifttrank schützen sollten. Schließlich fanden sie das, was Odysseus gesucht hatte. Ohne weiter auf Eurylochos' Einwände zu achten, ja, ohne ein Wort des Abschiedes, machte sich Odysseus auf den Weg. Der Tag neigte sich dem Ende entgegen, und er wollte Circes Palast erreichen, bevor es vollständig dunkel wurde.

Die Spur, die Eurylochos und seine unglückseligen Kameraden in den Wald gehackt hatten, war unschwer zu finden. Ihre Schwerter hatten eine Bresche in das Unterholz geschlagen, die er wohl selbst bei Nacht gefunden hätte.

Odysseus kam gut voran, besser sogar, als er zu hoffen gewagt hatte. Es würde ihm keine Schwierigkeiten bereiten, den seltsamen Gebäudekomplex zu finden, in dem Circe wohnte. Über das, was er tun sollte, wenn er sie gefunden hatte, dachte Odysseus noch nicht nach. Seine Idee war noch äußerst unklar, und die Chancen, daß sein Plan aufging, weit geringer als die, daß er sich selbst in ein Wildschwein oder einen Raben oder gar in einen Wächter verwandelt wiederfinden würde.

Er achtete nicht auf die üppige Vegetation, durch die er ging; seine Gedanken eilten voraus, zu der Konfrontation, die ihm bevorstand. Das Schwert an seiner Seite kam ihm mit einem Mal lächerlich vor. Er wußte, daß kein Schwert, kein Speer und keine Rüstung ihn in dem bevorstehenden Kampf zu schützen vermochte. Alles, worauf er sich verlassen konnte, waren die Taschenspielertricks, die er sich im Laufe seines Lebens angeeignet hatte, und sein Talent zur Improvisation, das ihm schon so oft geholfen hatte. Aber mit einem Mal kam ihm dies alles andere denn als ein ausreichendes Mittel gegen die Macht einer wahren Zauberin vor.

Trotz der Zuversicht, mit der er Eurylochos und den anderen seine Absicht verkündet hatte, hatte er bislang keinen Plan, keine blasse Vorstellung, wie er die Griechen befreien konnte – er hatte schon Mühe gehabt, die List zu ersinnen,

die ihn selbst vor der Vergiftung schützen sollte. Jetzt konnte er nur noch hoffen, daß sie auch funktionierte.

Während er rasch einen Fuß vor den anderen setzte und der Spur folgte, wiederholte er in Gedanken noch einmal alle Einzelheiten des Berichtes, den ihnen Eurylochos gegeben hatte, alle noch so unwichtig erscheinenden Kleinigkeiten, jedes Wort, jede Geste. Die Griechen waren innerhalb der Mauern von Circes Anwesen von scheinbar wilden Tieren überrascht worden, bei denen es sich nur um verhexte Schiffbrüchige handeln konnte; ahnungslose Reisende, die vielleicht wie sie hierhergekommen waren, um Hilfe zu erbitten, und etwas gefunden hatten, das schlimmer war als der Tod. Die unglücklichen Geschöpfe hatten keinen ernsthaften Angriff versucht; vielleicht war ihr plötzliches Auftauchen lediglich eine Warnung gewesen; ein böses Spiel der Zauberin, die den Griechen auf diese Weise vor Augen führen wollte, was ihnen bevorstand, hatte sie doch schon ihren Zauber über die Ankömmlinge gelegt, ohne daß diese es auch nur gemerkt hatten. Odysseus zweifelte nicht daran, daß sich die Zauberkraft Circes weit über ihren Palast hinaus erstreckte. Er hatte aufmerksam zugehört, und er hatte auch das gehört, was Eurylochos nicht gesagt hatte; und das besonders. Die Arglosigkeit, mit der Eurylochos die Gefährten in die Falle geführt hatte, entsprach überhaupt nicht seinem Wesen. Odysseus kannte den Hauptmann als vorsichtigen, umsichtigen Mann, der niemals versäumt hätte, ein paar Mann als Wache vor dem Anwesen der Zauberin zu postieren.

Nein – er mußte mehr als nur vorsichtig sein. Wenn er Circe auch nur ein einziges Mal unterschätzte, würde er nie wieder irgend etwas tun...

Dieser Gedanke weckte in ihm eine Angst ganz anderer Art, als er sie bisher kennengelernt hatte. Es war nicht die reine Angst um sein Leben, wie er sie beim Kampf gegen die Lästrygonen verspürt hatte, oder zahllose Male zuvor während

der Schlacht um Troja; nichts von der Furcht, zu sterben, verwundet zu werden und Schmerzen zu erleiden. Dies alles hätte er ertragen, ohne mehr als einen flüchtigen Gedanken daran zu verschwenden, denn es war eine Art der Angst, die er beherrschen konnte – jene Art von Furcht, die einem Mann sogar Kraft gab, wenn er sie richtig nutzte. Nein, was ihn jetzt mit blankem Entsetzen erfüllte, war die Vorstellung, sich selbst zu verlieren: lebendig zu sein, aber willenlos.

Inzwischen hatte er den Saum des Waldes erreicht und blickte in das Tal hinab, von dem ihm Eurylochos erzählt hatte. Er war sehr schnell gegangen. Trotzdem dunkelte es bereits. Graue Schatten krochen die Hänge vor ihm hinab, so daß er kaum mehr als die schattenhaften Umrisse des weitgestreckten Gebäudekomplexes erkennen konnte. Odysseus vermutete, daß die kleineren Gebäude, von denen Eurylochos gesprochen hatte, nichts weiter als Stallungen waren, in denen Circe die Verzauberten zusammengepfercht hatte. Und nichts von dem, was er sah, gefiel ihm. Plötzlich konnte er Eurylochos' Worte nur zu gut verstehen. Die düstere Aura, die die sonderbar geformten Gebäude umgab, war beinahe greifbar. Über Circes Palast lag Angst.

Als er die Talsohle erreichte, war die Nacht vollends hereingebrochen. Schwere, tiefhängende Wolken waren aufgezogen und verbargen Sterne und Mond; ein feuchter Nebel quoll wie grauer Dampf aus dem Boden und kroch unangenehm seine Beine hoch. Das leise Knirschen des lockeren Bodens unter seinen Füßen war das einzige Geräusch, das an sein Ohr drang; ein unheimlicher Laut, der von den jäh aufstrebenden Wänden des Tales aufgegriffen und übernatürlich laut und verzerrt zurückgeworfen wurde. „Das ganze Tal ist verzaubert", dachte er schaudernd. Nichts, was ihn hier erwartete, würde er mit normalen menschlichen Maßstäben messen können.

Endlich erreichte er das Tor. Er blieb stehen und wischte sich den kalten Schweiß von der Stirn. Obwohl er wußte, daß er schon viel zu weit gegangen war, um jetzt noch umkehren zu können, wäre er am liebsten auf der Stelle davongelaufen. „Angst?“ fragte er sich. „Ist das wirklich nur Angst?“ Oder war es nicht vielmehr eine düstere Vorahnung, die erste Berührung des Zaubers, den Circe bereits hier nach ihm auswarf?

Seine Augen hatten sich mittlerweile an das spärliche Licht gewöhnt, nicht aber an den Eindruck, den die seltsame Architektur in ihm hinterließ. Soweit er in der Dunkelheit erkennen konnte, war sie mit nichts vergleichbar, was er je kennengelernt hatte. Alles wirkte falsch, auf unmöglich in Worte zu kleidende Weise verdreht, gestaucht, in sich verwoben und verzerrt... Es war unangenehm, die Gebäude aus weißem Marmor auch nur anzusehen. Bei dem Gedanken, sie betreten zu sollen, zog sich etwas in ihm zusammen.

Irgendwo in der Dämmerung vor ihm bewegte sich etwas. Odysseus hatte den flüchtigen Eindruck großer, huschender Tiere. Doch ehe er unterscheiden konnte, was nun Wahrheit und was Einbildung war, war der Spuk auch schon wieder verschwunden.

Er machte einen weiteren Schritt. Wenn Circe nun wußte – immerhin war sie eine Zauberin! –, warum er hierherkam, und nicht abwartete, ob auch er sich vergiften ließ: Wenn sie ihre Geschöpfe auf ihn hetzte, um ihn zerfleischen zu lassen?

Er verscheuchte auch diesen Gedanken. Mit entschlossenen Schritten hielt er geradewegs auf die Stelle zu, wo nach Eurylochos' Beschreibung das Haupthaus liegen mußte. Es fiel ihm schwer, das Schwert in seinem Gürtel stecken zu lassen, obwohl er wußte, daß es ihm bei der bevorstehenden Auseinandersetzung eher hinderlich als nützlich sein würde.

Plötzlich sah er ein Licht. Zuerst war es nicht mehr als ein zaghafter Schimmer in der Dunkelheit, der aber rasch zu ei-

nem leuchtenden Fleck, schließlich zu einem Bereich strahlender Helligkeit wurde. Es dauerte einen Moment, bevor er erkannte, was geschehen war.

Und als er es tat, hätte er sich am liebsten selbst geohrfeigt.

Der geheimnisvolle Zauber vor ihm war nicht mehr als eine Tür, die sich langsam öffnete und eine in dunkle Gewänder eingehüllte Frau entließ.

Die Fremde trat ein paar Schritte auf ihn zu und blieb vor ihm stehen, fast, dachte Odysseus verwirrt, als wolle sie ihm ganz bewußt Gelegenheit geben, sie in aller Ruhe und Ausführlichkeit anzusehen.

Und genau das tat er auch.

Was er sah, bestätigte das, was er von Eurylochos erfahren hatte: Der erste Eindruck war der eines freundlichen Lächelns, eines freundschaftlichen, ja, fast herzlichen Begrüßens – bis er ihrem Blick begegnete.

„Das ist nicht der Blick eines Menschen“, dachte er schaudernd.

Kühle, abschätzende Augen musterten ihn, Augen, in denen er nichts anderes als kalte Berechnung und Entschlossenheit fand. Dabei war die Frau tatsächlich so schön, wie Eurylochos gesagt hatte, vielleicht noch schöner, denn ihre Anmut war von einer Art, die kaum in Worte zu fassen war: Schlank und hochgewachsen, war sie fast so groß wie er, wenn auch sehr viel zerbrechlicher. Ihre Wangenknochen waren hoch, scharf modelliert und verliehen ihr ein fremdartiges, katzenhaftes Aussehen. Der Goldton ihrer Haut gab ihr etwas Übermenschliches, ja fast Göttliches.

Odysseus begann zu ahnen, daß er hier auf eine Gegnerin gestoßen war, die ihm zumindest ebenbürtig war.

„Seid gegrüßt, Fremder“, sagte Circe mit tiefer, trotz einer unverkennbaren Kühle sanften, sehr angenehmen Stimme. Es war eine Stimme, die irgend etwas in ihm zum Schwingen brachte.

Mit unverhohlener Neugier musterte er sie, den armen Schiffbrüchigen spielend, der unversehens auf eine Märchenprinzessin gestoßen ist und nun vor lauter Staunen kein Wort hervorbringt. Aber als sein Blick erneut dem ihren begegnete, geschah etwas Seltsames: Einen Herzschlag lang nur fing sich Odysseus Blick in ihrem, einen Herzschlag lang gab es nichts mehr auf der Welt außer ihren leicht grünlichen, schimmernden Augen.

Irgend etwas an der Art, wie sie ihn ansah, berührte ihn im Innersten, ohne daß er hätte sagen können, ob dieses Gefühl angenehm oder bedrohlich war. Fast schien es ihm, als könne sie durch ihn hindurchsehen, bis zu den Abgründen seiner Seele; als würde sie etwas erwecken, was dort die ganze Zeit im verborgenen existiert und nur auf den sanften Hauch einer artverwandten Seele gewartet hätte, um zum Leben erweckt zu werden...

„Das waren doch Eurylochos' Worte!“ dachte er entsetzt. „Circes Zauber wirkt bereits.“

Jetzt konnte er ihn abwehren, konnte die Augen schnell von ihr wenden. Doch wie lange würde die Barriere aus Furcht und Zorn, die er so sorgsam um seine Gedanken errichtet hatte, noch standhalten? Einen Moment lang war es Odysseus bereits kaum vorstellbar erschienen, daß diese Frau seine Gefährten in reißende Bestien verwandelt haben sollte.

„Nur eine Sekunde noch“, hämmerte es in seinem Kopf. Nur eine Sekunde, und sie hätte ihn gehabt.

Gleichzeitig wußte er, daß es noch lange nicht vorbei war. Es hatte noch nicht einmal richtig begonnen. Die Katze zog ihre Krallen ein und ließ der Maus die Illusion einer Chance, nur um dann um so härter zuschlagen zu können. Sie wußte, daß ihr erster Versuch, seinen Widerstand zu brechen, fehlgeschlagen war. Trotzdem versuchte sie nicht sofort, ihn völlig zu besiegen. Sie ließ sich Zeit. Sie mußte sich ihrer Macht unendlich sicher sein.

„Tretet ein, edler Fremder, seid für diese Nacht mein Gast.“ Circe unterstrich ihre Worte mit einer einladenden Geste. Sie lächelte. Ihre Stimme klang hell und klar wie ein kristallner Bergbach.

Lag das an dem geheimnisvollen Zauber, der sie umgab, oder warum erschien sie ihm in diesem Moment als die begehrenswerteste Frau, die er je kennengelernt hatte, lieblicher als Helena gar, für die sie Troja erobert hatten? In Odysseus' Kopf drehte sich alles. Er hatte das Gefühl, zu viel getrunken zu haben. Irgend etwas geschah mit ihm!

Kalter Schweiß erschien auf seiner Stirn. Er versuchte, sich an das Schicksal seiner Gefährten zu erinnern, die jetzt irgendwo in der Nähe in Stallungen eingesperrt waren, ihrer Menschlichkeit beraubt, nicht mehr als Tiere, die dumpf vor sich hinvegetieren mußten, wenn er sie nicht rettete.

Vielleicht war es wirklich dieser Gedanke, der ihm die Kraft gab, Circes Zauber ein zweites Mal zu brechen und sie – wenn auch nur für einen Moment – als das zu sehen, was sie wirklich war: Eine schöne, grausame Frau, die über einen fast allmächtigen Zauber gebot und sich einen Scherz mit ihnen leistete. „Bei allen Göttern“, dachte Odysseus, „warum nur?“

Circe wiederholte ihre einladende Geste, und diesmal zögerte Odysseus nicht mehr. Er trat an ihr vorbei ins Innere des Hauses – und blieb überrascht stehen.

Eurylochos hatte von einer großen Tafel in einer weitläufigen Halle berichtet, an der sie die heuchlerisch zubereitete Mahlzeit zu sich genommen hatten, doch nun fand er nichts weiter als einen schmalen Tisch in einem kleinen, anheimelnd anmutenden Raum vor. Wenn er bis jetzt noch nicht an die unglaubliche Zauberkraft Circes geglaubt hätte, dann wären spätestens jetzt seine Zweifel dahin gewesen.

Offensichtlich hatte sie gewußt, mit wie vielen Gästen sie zu rechnen gehabt hatte, und es verstanden, sich darauf ein-

zurichten. Und das war nicht alles, denn dafür hätte es noch eine Erklärung gegeben – wer sagte denn, daß Circe hier wirklich so allein lebte, wie sie den Griechen hatte glauben machen wollen? Nein; sicherlich wäre es ihr ein leichtes gewesen, sie zu belauschen, und auch schon lange vor seinem Eintreffen zu wissen, daß sie diesmal mit nur einem einzigen Gast zu rechnen hatte, ebenso, wie sie zuvor über die Stärke von Eurylochos' Gruppe informiert gewesen war.

Es war die Art des Empfanges, bei der sich alles in Odysseus zusammenzog. Eurylochos und auch Polites hatten schon immer eine Vorliebe für Feste gehabt: für pompöse Feiern, gewaltige Gelage, bei denen es gar nicht genug Essen und Trinken, gar nicht genug Luxus und Ausschweifungen geben konnte – und sie hatte sie genau so empfangen. Ihn hingegen begrüßte sie auf die Art, die ihm lag: mit einem kleinen, vertraulich eingerichteten Raum, einem reich gedeckten, aber trotzdem einfachen Tisch, der Behaglichkeit verhieß...

„Liest sie meine Gedanken?“ fuhr es ihm durch den Sinn.

Circe hieß ihn, sich zu setzen. Odysseus nickte nervös. Er versuchte vergeblich, sich seinen Schrecken nicht zu deutlich anmerken zu lassen. Seine Furcht mußte ihm überdeutlich im Gesicht geschrieben stehen – und er mußte sich schon sehr täuschen, wenn das Lächeln auf Circes Zügen nicht deutlich spöttisch war.

„Sagt mir, schöne Frau“, begann er unsicher, „lebt Ihr ganz allein hier? Außer Euch scheint dieser Landstrich vollkommen menschenleer zu sein. Ich... habe jedenfalls niemanden gesehen.“

„Und wenn?“ antwortete Circe mit einem abermaligen, spöttischen Lächeln.

Odysseus zuckte nervös die Achseln. „Ich... wundere mich nur“, fuhr er fort. „Dieses Haus scheint mir ein wenig groß, nur für eine Person. Noch dazu eine Frau wie Euch.“

„Oh, ich kann schon ganz gut auf mich aufpassen,

Freund", antwortete Circe spöttisch. „Aber Ihr habt recht – ich lebe alleine hier. Die Insel ist unbewohnt, und niemand kommt je hierher, so daß ich auch keinen Schutz nötig habe. Niemand bis auf Schiffbrüchige wie Euch, die hin und wieder an meine Küste gespült werden."

„Aber es gibt doch sicherlich wilde Tiere und –"

„Oh, viele", unterbrach ihn Circe. „Und gefährliche. Ihr hattet Glück, daß Ihr auf dem Weg hierher nicht aufgefressen worden seid." Ihre Augen glitzerten, und ihr Blick behauptete das genaue Gegenteil ihrer Worte. *Spiel ruhig den Narren,* sagte er. *Mich täuscht du nicht. Ich weiß genau, warum du hier bist, und du weißt genau, daß ich es weiß.* Laut fuhr sie fort: „Aber um Eurer nächsten Frage zuvorzukommen, Freund – ich habe Schutz vor ihnen, und auch vor allen anderen Gefahren, die mir vielleicht drohen. Ich bin nicht allein. Eine Menge tapferer Männer stehen in meinen Diensten."

„Aber gerade sagtet Ihr –"

„Ich weiß, was ich gesagt habe", unterbrach ihn Circe, mit einem Blick, der hinzufügte: *Gut, wenn du das Spiel fortsetzen willst – laß es uns tun.* „Und das eine ist so wahr wie das andere. In meinen Diensten stehen Männer, die sich allerdings – sagen wir einmal – auf besondere Weise an die hiesigen Gegebenheiten angepaßt haben."

„Ihr seid der erste Mensch, dem ich hier überhaupt begegnet bin", sagte er nervös. „Eure Männer müssen sich gut verbergen können."

„Oh, das ist kein Kunststück, wenn man sich so auskennt wie sie. Doch greift zu. Ihr seid bestimmt hungrig und durstig. Und wenn Ihr gegessen habt, berichtet mir von den Abenteuern, die Euch so weit weg von Eurer Heimat stranden ließen." Sie lächelte und deutete auf die Speisen, die extra für ihn zubereitet sein mußten. Odysseus erkannte voller Bedrückung, daß es sich ausnahmslos um seine Lieblings-

speisen handelte. Wenn das Essen eine Illusion war, dann war es die überzeugendste, der er jemals begegnet war. Selbst der Duft war echt. Gegen seinen Willen spürte er, wie ihm das Wasser im Munde zusammenlief. Er hob die Hand, besann sich im letzten Moment eines Besseren und ließ den Arm wieder sinken. „Woher wißt Ihr, daß meine Heimat weit entfernt ist", fragte er.

Das Spiel beginnt mich zu langweilen, mein Lieber, sagte Circes Blick. Aber sie lächelte weiter. „Ich wohne nicht gerade an den großen Handelslinien", antwortete sie. „An meine Küste verirrt sich nicht einmal ein Phönizier, es sei denn, sein Schiff ist leckgeschlagen oder wilde Stürme ließen ihn die Orientierung verlieren – und seinen Sinn für Profit."

„Aber seine Ladung wird er hier los?" Odysseus deutete auf die Inneneinrichtung, den schweren, massiven Tisch, der kunstvoll und geschickt bearbeitet worden war, und den Wandschmuck aus gewebten Teppichen, wie er sie prachtvoller nicht in seinem eigenen Palast in Ithaka vorweisen konnte. So schlicht und einfach alles hier wirkte, es war es nicht.

Circe warf ihm einen überraschten Blick zu, von dem er sich jetzt nicht mehr völlig sicher war, daß sie ihn wirklich schauspielerte. „Ihr habt ein scharfes Auge, Fremder", sagte sie anerkennend. „Aber Ihr habt recht. Tatsächlich hat sich im Laufe der Zeit einiges bei mir angesammelt, was nicht unbedingt für mich bestimmt war." Sie lächelte kalt. „Wenn man so entlegen wohnt wie ich, muß man nehmen, was man bekommt." *Und das beschränkt sich nicht nur auf Möbel, du Narr,* fügte ihr Blick hinzu.

„Um so mehr sei Eure Gastfreundschaft gelobt", antwortete Odysseus hastig, als merke er immer noch nicht, daß sich die Falle langsam schloß. „Viele Schiffbrüchige werden in allen Ländern Eure Schönheit und Eure Hilfe preisen, der sie Ihre Rückkehr verdanken."

„Schön gesprochen, Fremder", entgegnete Circe mit sanf-

tem Spott. „Doch zwischen Eurem Besuch und Eurer Heimkehr liegt noch so manche Klippe und manches Windloch. Stellt Euch die Heimreise nur nicht zu einfach vor.“ Sie deutete vor sich auf den Tisch. „Doch nun greift zu, eßt und trinkt, soviel Ihr wollt, auf daß auch Ihr die Gastfreundschaft Circes zu rühmen wißt.“ In ihren Augen war jetzt kein Spott mehr. Das Spiel war vorüber, begriff Odysseus. Statt dessen funkelte in ihrem Blick jetzt eine kalte Gier, und als sie aus einer Karaffe Wein in den kostbaren Pokal einschenkte, zitterten ihre Finger ganz leicht, wie die eines Menschen, der seine Ungeduld kaum mehr beherrschen konnte.

Odysseus lehnte sich zurück und tat, als betrachte er die kostbaren Wandteppiche, auf denen Jagdszenen und rituelle Festlichkeiten festgehalten waren. Während er einen scheinbar gelangweilten und erschöpften Gesichtsausdruck aufsetzte, ging er noch einmal alle Einzelheiten seines Planes durch, wobei er sich unangenehm des Risikos bewußt war, daß Circe tatsächlich seine Gedanken lesen mochte und er ihr eben jetzt verriet, was er vorhatte.

Aber wenn es so war, dachte er niedergeschlagen, dann war sowieso alles zu spät. Es hing jetzt alles daran, daß er sich nicht vergiften ließ, was an sich kein Problem darstellt – Zauberin oder nicht, Circe war eine Frau, und er ein Krieger, dessen rechte Hand auf dem Schwert lag. Ihre Zauberkraft würde sie kaum vor seiner Waffe schützen.

Aber was nutzte ihm Circes Tod? Er war nicht hierhergekommen, um sie zu erschlagen, sondern um Polites und die anderen zu befreien, aus keinem anderen Grund. Und so durfte er Circe nicht einmal wissen lassen, daß er sie durchschaute. Es war das alte Spiel vom betrogenen Betrüger, das sie spielten. Odysseus hoffte nur, daß nicht am Ende er als der betrogene Betrüger der Betrügerin dastand...

Seine Handflächen wurden feucht vor Schweiß. Nur mit Mühe unterdrückte er den Impuls, aufzuspringen und die

Zauberin einfach zu packen, bevor sie ihn mit ihren Künsten einfangen konnte. Circe hatte sich wieder gesetzt und ihren eigenen Pokal in die Hand genommen. Über seinen Rand hinweg sah sie ihn an, lächend, mit unverhohlenem Triumph in den Augen.

„Ihr seht müde aus, Fremder", sagte sie. „Trinkt den Trank der Götter, er wird Euch guttun."

Odysseus lächelte kalt. Sein Magen zog sich zu einem stacheligen Klumpen aus reinem Schmerz zusammen, aber äußerlich war er mit einem Male ganz ruhig. Als er den Pokal anhob und an die Lippen führte, zitterte seine Hand nicht mehr. Doch als er das kalte Metall an den Lippen spürte, drohte ihn die alte Panik wieder zu übermannen, und es kostete ihn alle Mühe, sein Lächeln nicht zu einer angstverzerrten Grimasse werden zu lassen: Es war etwas anderes, einem schwerbewaffneten Gegner mit dem Schwert in der Hand entgegenzutreten, als einer schönen Frau gegenüberzusitzen, die darauf wartete, daß er von ihrem vergifteten Wein trank. Doch dann gewann die kalte Entschlossenheit in ihm wieder die Oberhand. Das, was er vorhatte, war gefährlich, aber er mußte es wagen.

Er setzte den Pokal wieder ab, ohne mit der Flüssigkeit auch nur seine Lippen benetzt zu haben, und lächelte so herzlich, wie es ihm gerade noch möglich war. „Gerne werde ich Eure Gastfreundschaft annehmen und mit Euch speisen, doch erlaubt mir zuvor, Euch ein Geschenk zu machen – so, wie es seit Menschengedenken in meiner Heimat üblich ist."

Circes linke Augenbraue rutschte ein Stück nach oben. „Ein... schöner Brauch, fürwahr", sagte sie nachdenklich. Ihre Augen musterten ihn jetzt mit unverhohlener Ungeduld – und einer deutlichen Spur von Mißtrauen. „Doch wir sollten erst anstoßen, bevor Ihr mir ein Gastgeschenk überreicht. So, wie es Sitte in meinem Haus ist."

„Es tut mir leid, sollte ich gegen Euer angestammtes Recht

verstoßen“, entgegnete Odysseus und erhob sich langsam, wobei er diesmal darauf achtete, daß seine rechte Hand nicht auf dem Schwertgriff lag. Er durfte nichts tun, was ihr Mißtrauen noch mehr schüren konnte. „In meiner Heimat ist es üblich, dem Gastgeber Geschenke zu überbringen, bevor auch nur der erste Tropfen Wein getrunken und der erste Laib Brot gebrochen wird. Es steht mir nicht zu, die Sitte meiner Väter zu mißachten.“ Er lächelte unsicher. „Man sagt, es brächte Unglück über das Haus des Gastgebers“, fügte er in deutlich leichterem Tonfall hinzu.

Auch Circe hatte sich erhoben. Für den Moment eines Lidzuckens las er in ihren Augen die Wut eines kleinen Kindes, das seinen Willen nicht durchsetzen kann. Doch dann lächelte sie hochmütig und neigte den Kopf. „Wenn Ihr denn unbedingt darauf besteht, so kommt dem Wunsch Eurer Väter nach, der für Euch Gesetz zu sein scheint.“ *Du Idiot*, fügte ihr Blick hinzu.

Odysseus nickte. „Ich danke Euch für Euer Einsehen“, sagte er, „und muß doch im gleichen Atemzug gestehen, daß es nicht viel ist, was ich als armer Schiffbrüchiger Euch überreichen kann.“ Während er sprach, zog er einen Armreif aus seinem Gewand hervor, den er mit Bedacht aus der ihm noch verbliebenen trojanischen Kriegsbeute ausgewählt hatte. Auf

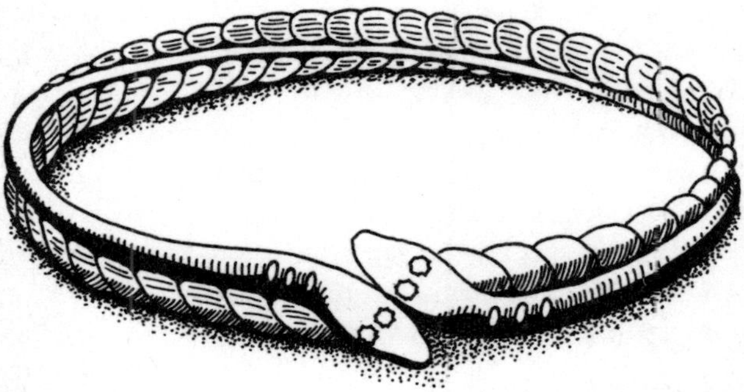

den ersten Blick sah er fast unscheinbar aus; doch der Reif bestand aus zwei goldenen, ineinandergewobenen Schlangen, in die kleine Steine eingebettet waren, die ihr Feuer erst bei genauerer Betrachtung offenbarten. Ein Stück trojanischer Kunstschmiedearbeit, das selbst eine Göttin in seinen Bann schlagen mußte – so hoffte er zumindest.

Er reichte Circe den Reif. Sie griff danach, und einen Herzschlag lang streiften ihre Finger die seinen. Die kurze Berührung jagte ihm einen kalten Schauer über den Rücken; es war, als habe er eine Figur aus kaltem Stein und kein lebendes Wesen berührt. Er spürte, wie ihr Blick den seinen suchte, abtastend, eine schwache Stelle, eine Blöße suchend. Sein Lächeln gefror, aber er sah auf und blickte scharf an ihr vorbei an die Wand. *Hüte dich vor ihrem Blick,* hämmerten Eurylochos' Worte in seinem Kopf. Es war nicht nur ihr Gifttrank, der sie zur Zauberin machte. Ganz und gar nicht!

Doch dann geschah das, was er gehofft hatte: Sie nahm den Reif in die Hand und stieß einen kleinen, überraschten Laut aus, in diesem Moment nicht Giftmischerin und Zauberin, sondern eine Frau, die sich vom Zauber eines Schmuckstücks einfangen ließ. Er wußte, daß er nicht viel Zeit hatte; Circe war nicht die Frau, die sich mehr als ein paar Sekunden von der Schönheit eines Geschmeides blenden ließ.

Ruhig, als habe er nichts zu verbergen, legte er seine Hand auf den Schwertgürtel, umfaßte den zusammengepreßten Schwamm, der vom Gürtel verborgen gegen seine Hüfte drückte, und führte dann die Hand zum Mund, als unterdrücke er ein Gähnen. Ohne Circe aus den Augen zu lassen, drückte er den Schwamm in den Mund und kämpfte einen Moment gegen einen Brechreiz an, der sich sofort in seinem Schlund ausbreitete. Mit der Zunge schob er den Schwamm in die richtige Position, bis er die ganze Mundhöhle ausfüllte und der Würgreiz allmählich nachließ. Er atmete bewußt ruhig und nur durch die Nase, und er betete zu den Göttern,

daß Circe nichts an ihm auffallen möge. Eurylochos' Bericht hatte ihm klargemacht, wie wichtig es war, daß kein Tropfen der stygischen Flüssigkeit in seine Kehle gelangte.

Er wurde gerade noch rechtzeitig mit seinen Vorbereitungen fertig, um Circes Blick wieder ruhig begegnen zu können. Es kostete ihn alle Macht, äußerlich gelassen zu erscheinen. Er hatte das Gefühl, sich jeden Moment übergeben zu müssen.

„Durchaus ein Geschenk, das meiner würdig ist, Fremder", sagte Circe, halb verstört, halb aber auch ganz eine geschmeichelte Frau. „Um so mehr freut es mich, Euch bei mir willkommen zu heißen. Doch nun trinkt."

Odysseus nickte und brummte zustimmend. Er blieb wie Circe stehen, griff eilig den Pokal und setzte ihn an die Lippen, als habe er nur darauf gewartet, endlich seinen Durst stillen zu können. Unter Circes wachsamem Blick ließ er die Flüssigkeit in den Mund laufen. *Schon ein paar Tropfen, die deine Kehle benetzen, genügen, um dich zu vergiften,* hatte ihn Eurylochos gewarnt. Einen schrecklichen Moment fürchtete er, daß der vergiftete Wein den Schwamm einfach durchdringen würde – aber nichts geschah, seine Kehle blieb trokken, nicht einmal ein Hauch von Feuchtigkeit drang hindurch.

Odysseus setzte den Pokal ab, als er halb leer war, und lächelte Circe dankbar zu. Er schwieg und auch Circe sagte kein Wort, sondern blickte ihn nur mit mühsam unterdrücktem Triumph an.

Dann mischte sich Verwirrung in ihren Blick. Bestürzung – und schließlich schieres Entsetzen. Die wunderschöne Zauberin starrte ihn aus weit aufgerissenen Augen an, unfähig zu begreifen, daß ihr Gift nicht wirkte.

Odysseus seinerseits weidete sich an ihrem Entsetzen. Aber er wußte auch, daß er das Spiel nicht zu weit treiben durfte. Der Schwamm würde die Flüssigkeit nicht ewig halten und kaum mehr als ein paar weitere Tropfen aufnehmen können,

ohne ihn zu gefährden. Trotzdem griff er nach der Karaffe, die vor ihm auf dem Tisch stand, und füllte den Pokal nach.

Durch Circes Körper lief ein Zittern. Sie stöhnte. Von einem Moment auf den anderen glich sie mehr einem verängstigten Kind als einer hochmütigen Frau. Der Pokal, den sie in der Hand hielt, entglitt ihren Fingern und fiel zu Boden. Der rote Wein sickerte träge in den dicken Teppich, Circe schien es nicht einmal zu bemerken. Schweratmend wich sie bis an die gegenüberliegende Wand zurück, starrte ihn an, versuchte etwas zu sagen und brachte doch nur ein unartikuliertes Stöhnen hervor. Sie war einfach unfähig zu begreifen, was geschah. Ihr Blick flackerte, hatte jede Spur von Selbstsicherheit verloren.

Odysseus verspürte einen ersten, noch vorsichtigen Schimmer von Hoffnung. Er hatte nicht damit gerechnet, daß sie es ihm so einfach machen würde – aber noch hatte er nicht gewonnen, noch hatte er nicht mehr geschafft, als ihrem ersten Angriff zu trotzen. Er beschloß, alles auf eine Karte zu setzen.

Mit dem Pokal in der Hand drehte er sich einmal um die Achse, in der sinnlosen Geste, mit der man sich in einem fremden Zimmer umsieht. In dem Moment, in dem er Circe den Rücken zukehrte, stieß er den Schwamm mit der Zunge aus dem Mund. Dann wandte er sich wieder zu Circe um und runzelte die Stirn, als fiel ihm erst jetzt der veränderte Zustand seiner Gastgeberin auf.

„Ist Euch der Wein nicht bekommen, Circe?“ fragte er ruhig. „Oder ist es etwa so, daß Ihr nicht erwartet habt, in mir Euren Meister zu finden?“

Sie schrie auf, ein spitzer Schrei, der nicht zu ihrem so herrischen Wesen passen wollte, und preßte die Hand gegen den Mund; in ihren Augen, die ihre ungewöhnliche Anziehungskraft verloren hatten, stand Qual. Zum ersten Mal im Leben spürte sie, was wirkliche Furcht bedeutete, begriff Odysseus.

„So ist es also geschehen“, stöhnte sie. „So ist also die alte Prophezeiung wahr geworden.“

„Eine Prophezeiung“, fragte Odysseus. Er spürte ihre Panik, die er in dieser Intensität nicht erwartet hätte, und setzte ganz instinktiv nach: „Etwa die, daß Ihr jetzt von Eurem eigenen Wein kosten werdet?“

Schlagartig wich alle Farbe aus Circes Gesicht. In ihrem Blick lag so viel Unglauben und Entsetzen, daß selbst Odysseus Mitleid mit ihr verspürte. Dies schien nicht mehr dieselbe Frau zu sein, die zu so viel Grausamkeit und Heimtücke fähig gewesen war.

„Wer... wer bist du?“ stammelte sie. „Wer bist du, daß du mein Geheimnis kennst?“ Für einen Moment regte sich noch einmal der alte Trotz in ihr. „Wie könnt Ihr es wagen...“, setzte sie an.

Jetzt riß Odysseus das Schwert heraus und trat mit drohend erhobenem Arm auf sie zu. Circe begann zu zittern und fiel auf die Knie. Flehend reckte sie die Hände nach oben. „Oh, so sinnlos, so sinnlos“, schluchzte sie, „seit Jahren schon habe ich Euch erwartet, seit Jahren in der Angst gelebt, daß Ihr kommen würdet, und mußte doch das tun, was getan werden mußte.“

Odysseus ließ das Schwert um eine Winzigkeit sinken, blieb aber aufmerksam. Vielleicht war dies nur ein weiterer Trick. Nichts bewies ihm, daß sich Circes Zauberkünste auf das Brauen eines tödlichen Weines beschränkten.

„Das klingt ja fast so, als würdet Ihr Euer Tun bereuen“, sagte er. „Aber ich glaube Euch nicht.“

„Aber ich... ich sage die Wahrheit“, stammelte Circe.

„So?“ Odysseus lachte leise, und ganz bewußt so böse, wie er nur konnte. „So, wie Ihr Eurylochos und seinen Männern die Wahrheit gesagt habt, Zauberin? Oder ist das nur ein weiterer Spaß, den Ihr Euch erlaubt?“

Circe warf ihm einen fast flehenden Blick zu. Ihr schönes

Gesicht mit den hohen Wangenknochen war vor Angst verzerrt, so sehr, daß ihn der Anblick trotz ihrer Unmenschlichkeit erschütterte.

„Glaubt Ihr, die Götter lassen mit sich spaßen?" fragte sie. Ihre Stimme brach fast. „Die Macht, die sie mir über alle Männer auf dieser Insel gaben, sollte bis zu dem Tag währen, an dem ein König und Städtebezwinger den Fuß in meinen Palast setzt, der gegen den Trank der Verwandlung gefeit ist." Sie versuchte, ein trockenes Schluchzen zu unterdrükken. „Wenn Ihr dieser Mann seid, dann steckt Euer Schwert weg und laßt uns Freunde werden."

„Freunde?" Odysseus schrie fast. „Seid Ihr von Sinnen? Noch vor Augenblicken wolltet Ihr mich vergiften, in einen Hund verwandeln, oder eine Krähe – und jetzt wollt Ihr, daß wir Freunde werden?"

Circe nickte voller Ernst. „Ihr habt mich besiegt, Fremder", sagte sie leise. „Mein Leben liegt in Eurer Hand. Ihr könnt es beenden – aber welchen Sinn hätte dieser Sieg dann für Euch?"

„Welchen Sinn...?" wiederholte Odysseus langsam. „Ich verstehe nicht..."

Circe lächelte. Ihre Angst verschwand wieder, machte einer vorsichtigen Hoffnung Platz. „Wäre es nur mein Tod, den Ihr im Sinn hattet, hättet Ihr dies einfacher haben können, Fremder", sagte sie. „Ihr seid hier, weil Ihr etwas von mir wollt. Was ist es? Reichtum? Macht? Unsterblichkeit?" Sie hob die Hände, machte Anstalten, sich zu erheben, und sank wieder zurück, als er drohend das Schwert bewegte.

„Letzteres", fuhr sie fort, als er nicht antwortete, „kann ich Euch nicht gewähren, wohl aber ein Leben, das drei oder viermal so lange währt wie das eines normalen Sterblichen. Und ein Leben in Reichtum und Ansehen dazu. Ihr könntet König sein."

„Das bin ich bereits", erwiderte Odysseus verstört. Er hat-

te das Gefühl, plötzlich den Boden unter den Füßen zu verlieren. Circe war dabei, ihm den Sieg Stück für Stück wieder zu nehmen. Eine innere Stimme riet ihm, sie einfach zu erschlagen, solange er es noch konnte – aber gleichzeitig wußte er, daß sie recht hatte. Ihr Tod nutzte Polites und den anderen nichts.

„Also", fuhr Circe nach einer Weile gelassen fort. „Was willst du von mir?"

„Das Leben meiner Kameraden", erwiderte Odysseus zögernd. „Ich ... lasse dich am Leben, aber nur, wenn du meine Gefährten zurückverwandelst. Gibst du sie mir zurück, so gebe ich dir mein Wort, daß wir noch heute deine Insel verlassen."

„Und wenn nicht?" fragte Circe kalt.

„Verlassen wir sie auch", erwiderte Odysseus. „Allerdings mit deinem Kopf auf unserem Hauptmast."

Circe starrte ihn an. In ihrem Blick war jetzt nicht mehr die mindeste Spur von Furcht, aber Odysseus wußte, daß sie seine Drohung ernst nahm. Noch immer hielt er drohend das Schwert in der Rechten, den Pokal mit dem vergifteten Wein in der Linken. „Schwöre mir einen heiligen Eid, daß du es tun wirst", verlangte er.

Circe nickte, erhob sich wieder und sah ihn kalt an. „Ich schwöre es", sagte sie. „Doch nur unter einer Bedingung."

„Bedingung?" Odysseus hob wütend sein Schwert. „Du stellst Bedingungen? Ich könnte dich erschlagen!"

„Dann tut es", sagte Circe kalt. „Tötet mich, und geht ohne Eure Freunde nach Hause. Oder geht auf den Handel ein, den ich Euch vorschlage, und nehmt fünfzehn Leben mit Euch."

Lange, endlos lange starrte Odysseus sie an, und mit einem Male fühlte er sich wieder so hilflos und verzweifelt wie in dem Moment, in dem er hier hereingekommen war. Aber gleichzeitig spürte er auch, daß es Circe mit ihren Worten

sehr ernst war. Sie würde eher sterben, ehe sie von ihrer Forderung abwich.

„Warum bist du so hart?" fragte er. „Wir sind nicht in Feindschaft zu dir gekommen. Wir – "

„Das sagen alle", unterbrach ihn Circe. Ihre Stimme klang plötzlich ganz kalt. „Und die meisten meinen es – zuerst."

Odysseus antwortete nicht gleich. Er spürte die tiefe Bitterkeit, die sich unauslöschlich in Circes Seele eingebrannt hatte, und mit einem Male empfand er Mitleid mit dieser Frau. Er spürte, daß sie nicht immer so gewesen war.

„Was haben sie dir angetan, daß du die Menschen so haßt, Circe?" fragte er beinahe sanft.

Circe lächelte, aber es wirkte eher wie ein schmerzliches Verziehen der Lippen – und war es wohl auch. „Angetan?" Sie machte eine weitausholende Bewegung mit der Hand. „Sieh dich um, und dann frage mich noch einmal."

Plötzlich ergriff sie Zorn. „Angetan?" schrie sie. „Was sie mir angetan haben, fragst du? Ich will es dir sagen!"

Ruhiger fuhr sie fort: „Vor langer Zeit, Odysseus, gab es die Griechen noch nicht, und es gab auch ihre Götter noch nicht. Damals lebten hier andere Menschen mit anderen Göttern. Ich war eine von ihnen. Als unsere Zeit zu Ende ging, nahmen mir deine Götter, denn sie gehören zu dir, auch wenn du nicht an sie glaubst – meine Macht. Was mir blieb, war diese Insel und ein wenig Zauberei.

Und die Menschen, für die ich einmal alles bedeutet habe, für die ich Göttin war, Schutz, Königin und Mutter..."

„haben dich ausgestoßen", vermutete Odysseus.

Circe verstummte mitten im Wort. Plötzlich lächelte sie. Ihre Wut verrauchte und machte Trauer Platz. „Was rede ich", sagte sie. „Du bist mir ähnlicher, als du selbst ahnst, weißt du das? Auch du bist Herrscher, und auch du trägst an dieser Last.

Und auch du", fügte sie nach einer winzigen Pause hinzu,

„wirst eines Tages den Preis dafür zahlen. Gib acht, daß er nicht so hoch ist wie der, den ich zahlen mußte." Ihre Stimme veränderte sich, wurde wieder so hart und fordernd wie zu Anfang. „Nun – nimmst du mein Angebot an?"

Odysseus schwieg. Und dann begann er, ihre Worte zu begreifen.

„Sprich", sagte er nach einer Weile.

Der Hades

Odysseus stand im Bug des Schiffes, das mit gutem Wind durch die Wellen pflügte, und blickte auf das Meer hinaus. Aber er sah den Ozean nicht. Seine Augen erblickten weder die kleinen schaumgekrönten Wellen, die der Rammsporn des Schiffes teilte, noch den endlos weiten Horizont, oder die wenigen Wolken, die wie hingetupft über den Himmel trieben. In Gedanken war er noch immer bei Circe und bei den Worten, mit denen sie ihn verabschiedet hatte.

Es waren Worte, die ihn zutiefst verwirrt hatten, mehr, als er Eurylochos oder den anderen gegenüber zugegeben hatte, ja, selbst mehr, als er sich selbst eingestehen wollte.

Odysseus hatte immer an der Existenz der Götter gezweifelt – doch nach dem Gespräch mit Circe war er sich da plötzlich gar nicht mehr so sicher. Und wenn er an das Ziel ihrer Reise dachte, überlief ihn ein kaltes Frösteln.

Hades. Die Totenwelt.

Das Reich der Schatten derer, die gestorben waren, ermordet, verunglückt, gefallen... eine Welt ohne Wiederkehr. Eine Welt hinter der Welt. Ein Bereich des Seins, der genauso wirklich war wie das Meer, das Schaukeln der Wellen und die Brise, die seine lang gewordenen Haare durchwühlte, und doch ein Ort, den es nicht gab. Der Ort, den man nur einmal aufsuchte: nach dem Tod.

Circe hatte so eindringlich davon gesprochen, daß schließlich Odysseus von seiner Existenz fast genauso fest überzeugt war, wie sie es selbst zu sein schien.

Sie hatte einen Keim in seine Seele gepflanzt, und er begann aufzugehen...

Vor seinem inneren Auge liefen noch einmal die letzten Tage und Wochen ab. Nachdem Circe seine Gefährten wieder in

ihre menschliche Gestalt zurückverwandelt hatte, hatten sie mehrere Wochen ihre aufrichtige Gastfreundschaft genossen. Alles Falsche und Boshafte war von ihr abgefallen, und ihre ehrliche und offene Art hatte Odysseus mehr als nur einmal beeindruckt.

Der Abschied war ihm dann auch nicht leichtgefallen, denn trotz allem hatte er bei Circe zum ersten Mal seit langer, gar zu langer Zeit wieder so etwas wie menschliche Wärme und Freundschaft gefunden, und – wichtiger noch – Geborgenheit. Aber er mußte weiter, wollte zurück zu Penelope, die er nach langen Jahren der Trennung immer noch so aufrichtig liebte wie am ersten Tag – und er mußte zurück nach Ithaka, das ohne ihn dem Verfall preisgegeben war. Er hatte seinen Sohn Telemach als kleines Kind in der Heimat zurückgelassen und wußte nicht, ob er zu einem würdigen Nachfolger herangewachsen war; und selbst wenn – er würde es schwer haben, sich in diesen wirren Zeiten gegen Neid und Mißgunst selbst im eigenen Land zu behaupten. Nein – er konnte nicht bleiben. Er war schon viel zu lange von zu Hause fort.

Wäre es nach ihm gegangen, so hätte er sogleich die Segel gehißt und den schnellsten Weg nach Ithaka gewählt.

Aber es ging nicht nach ihm. Circe hatte sein Wort, und er wäre nicht er gewesen, hätte er es nicht gehalten – zumal sie ihren Teil der Abmachung bereits im voraus erfüllt hatte. Und da war noch etwas: Circe hatte ihm von der Prophezeiung berichtet, die nicht nur seine Ankunft und seine Siege über sie angekündigt hatte, sondern auch die schwere Prüfung, die ihm – ihrem Bezwinger – noch bevorstand. In der Prophezeiung hieß es, daß er den Seher Teiresias um Rat fragen mußte, wollte er jemals seine Heimat wiedersehen. Teiresias stammte, wie Odysseus wußte, aus dem fernen Theben, und so hatte er gefragt, warum er anstelle dieser langen Reise nicht gleich nach Ithaka aufbrechen konnte.

„Weil Teiresias im letzten Winter gestorben ist“, hatte Circe leise geantwortet.

Im ersten Moment waren Odysseus ihre Worte wie billiger Hohn vorgekommen, bis ihm Circe die Zusammenhänge erklärt hatte: Teiresias war zwar tot, aber es gab dennoch eine Möglichkeit für ihn, als Ratsuchender zu ihm zu gelangen: Er selbst mußte in das Totenreich hinabsteigen. In den Hades. Die Welt ohne Wiederkehr.

„Laß dich einfach vom Nordwind treiben“, hatte ihm Circe geraten, „dadurch gelangst du von selbst auf den richtigen Kurs. Sobald du den Okeanos überquert hast, wirst du auf einen flachen Strand stoßen. Lande dort, wo Erlen, Pappeln und Weiden beisammenstehen. In einem Tal, in dem sich zwei schwarze Flüsse in den Totenfluß ergießen, findest du eine Schlucht, die den Eingang zum Totenreich verbirgt. Dort hebe eine Grube aus und opfere zwei schwarze Schafe, ein männliches und ein weibliches. Laß dann deine Gefährten zu Hades und seiner Gattin Persephone beten, während du dich selbst mit dem Schwert in der Hand auf den Weg in das Innere des Labyrinths machst. Doch sei auf der Hut und weise alle Toten ab, die an dir vorbei wollen, um von dem Opferblut zu trinken. Sobald aber Teiresias kommt, handle ihm seinen Rat gegen den Opfertrunk ab.“

„Und dann?“

„Dann sieh zu, daß du dem Totenreich wieder entfliehen kannst.“

Tagelang hatte Odysseus über dieses Gespräch nachgegrübelt, bevor er zu einer Entscheidung gekommen war. Selbst jetzt, nach allem, was er bislang an Ungeheuerlichem erlebt hatte, erschien ihm die Vorstellung eines Totenreiches, in dem Verstorbene als Schattenwesen vegetierten, unglaubhaft. Er kannte all die Geschichten, die in Ithaka und den anderen Ländern über den Hades erzählt wurden, aber er hatte

seine Existenz immer bezweifelt. Und wenn es ihn gab – wie konnte sich ein normaler Sterblicher anmaßen, unbeschadet in ihn einzudringen – und ihm anschließend wieder zu entfliehen?

All diese Fragen hatte ihm Circe nicht beantworten können, und doch war es ihr gelungen, in ihn die Saat eines Verstehens zu legen, die jetzt im Begriff war, aufzugeben. Ohne seine Zweifel letztendlich aufzugeben, hatte er entschieden, wie er vorgehen würde: Wenn ihn nördliche Winde tatsächlich an einen Strand trieben, der Circes Beschreibung entsprach, würde er sein Glück versuchen und ins Totenreich eindringen.

Wenn...

Odysseus war sich der Bedeutung dieses Wortes niemals so schmerzlich bewußt geworden wie jetzt, in diesem Moment, in dem eben dieser Strand vor ihnen lag. Der ferne Streifen am Horizont, noch dünner als ein Pinselstrich und eher zu ahnen, als wirklich zu erkennen, dieser ferne Streifen, auf den sie mit voll geblähten Segeln zuhielten, konnte nichts anderes sein. Mit jeder Faser seines Körpers spürte er, daß er sein Ziel erreicht hatte, ein Ziel, vor dem es kein Umkehren mehr gab, wollte er der Welt eines ihrer größten Geheimnisse entreißen: Das des Todes. *Wenn...* Er hatte sein Wort gegeben, und er hatte es ehrlich gemeint, und doch hatte er die ganze Zeit über im stillen gehofft, daß er sich niemals verpflichtet sehen würde, es einzulösen.

Aber jetzt hielten sie auf den Strand zu, und Odysseus zweifelte nicht mehr daran, daß sich auch der Rest von Circes Prophezeiung noch erfüllen würde. Er wußte einfach, daß diese Küste keine normale Küste war, das Land, das sich dahinter erstreckte, alles andere als ein normales Land. Der Hauch des Todes schien vom Strand zu ihnen hinüberzuwehen, und Odysseus spürte Furcht, zugleich aber auch eine gespannte Erwartung. Mit dem einen, weiterhin zu klarem logi-

schem Denken fähigen Teil seiner selbst begriff er sehr wohl, daß das, was er fühlte, nichts als die Faszination des Todes war, von der sich niemand gänzlich freisprechen konnte; gleichzeitig aber spürte er auch, daß es ihm unmöglich war, sich dieser Faszination zu entziehen – und der düsteren Verlockung, die sie beinhaltete. Teiresias und der Rat, den er sich von ihm erhoffte, schien ihm jetzt fast nebensächlich; viel wichtiger war ihm, nun endlich mit eigenen Augen zu sehen, was sonst noch kein Lebender zu Gesicht bekommen hatte. Die letzte Frage zu beantworten. Ein Wissen zu erringen, das sonst nur die Götter ihr eigen nannten, und vielleicht nicht einmal sie.

Er war so sehr in seine Gedanken versunken gewesen, daß ihm nicht einmal auffiel, wie sich Schritte näherten. Erst als sich ein Schatten neben den seinen auf die Reling legte, schrak er hoch und erkannte Eurylochos, der neben ihn getreten war.

„Ist das die Insel?“ fragte der Hauptmann leise.

Odysseus nickte. „Ich glaube schon.“

„Du weißt, was du da verlangst?“ fuhr Eurylochos fort. „Die Männer werden unruhig. Es ist fast, als...“ Er brach ab, blickte zu dem allmählich breiter werdenden Strich am Horizont hinüber und schluckte ein paarmal.

Odysseus ließ die Reling los und drehte sich vollends zu ihm um. Er hatte genug gesehen; eine ferne Ansammlung von Erlen, Pappeln und Weiden, auf die sie geradewegs zuhielten – genau so, wie Circe es beschrieben hatte. „Was ist fast?“ fragte er, obwohl er ganz genau zu wissen glaubte, worauf Eurylochos hinauswollte. *Hast du so wenig Zutrauen zu mir, Freund, daß du es nicht einmal wagst, es auszusprechen?* dachte er betrübt.

Eurylochos schluckte abermals und fuhr sich dann mit der Hand durch das Haar, eine Geste, die seine Nervosität weit deutlicher zum Ausdruck brachte, als Worte es gekonnt hät-

ten. „Eine seltsame Stimmung“, sagte er schließlich. „Fast, als ob... irgend etwas da drüben lauert. Etwas... wie eine unbegreifliche Bedrohung.“

Odysseus nickte. Natürlich war er nicht der einzige, der dieses Gefühl empfand – ein keineswegs beruhigender Gedanke. „Du läßt jetzt besser beidrehen“, sagte er so beiläufig wie möglich. „Sonst brauchen wir uns um irgendeine, unbegreifliche Bedrohung nämlich keine Sorgen mehr zu machen.“ Er deutete auf die Riffe, die der Küste vorgelagert waren. Sie waren noch weit entfernt, und nur dem geübten Auge des erfahrenen Seemannes sichtbar: eine unregelmäßige Linie, an der entlang die Wellen kleine weiße Schaumkronen hatten.

Eurylochos zögerte. In seinem Blick stand ein Flehen, das Odysseus nur zu gut verstand. Er hatte Angst. Sie alle hatten Angst, ein Gefühl, das sich vielleicht am Ende als stärker denn ihre Treue zu ihm erweisen mochte.

Aber wieder sprach sein Freund die Worte nicht aus, die ihm auf der Zunge lagen. Nach einer Weile wandte er sich ab, ging zu den Männern zurück und begann Befehle zu rufen.

Odysseus blickte ihm voller Trauer und Wehmut nach, ehe auch er sich wieder umwandte und zur Toteninsel hinübersah.

Der Tag neigte sich bereits, als sie den Ort fanden, von dem Circe gesprochen hatte: den Punkt, an dem die beiden schwarzen Ströme aufeinanderprallten.

Sie hatten lange gebraucht, die Küste der Toteninsel zu erreichen und eine Stelle zu finden, an der sie an Land gehen konnten; sehr viel länger, als Odysseus vorher geglaubt hatte. Das Meer hatte sich als wild und die Küste als viel gefährlicher erwiesen, als es von weitem den Anschein gehabt hatte. Hinter der ersten, noch halbwegs sichtbaren Barriere aus Riffen hatten eine zweite und eine dritte gelauert, jede heimtückischer und gefährlicher als die andere. Sie hatten zwei Ruder

verloren, und im Rumpf des Schiffes gähnte jetzt ein gewaltiges Loch, das die zurückgebliebenen Männer in aller Hast zu reparieren versuchten. Es glich einem Wunder, daß es keinen Toten gegeben hatte.

„Aber vielleicht stimmt das gar nicht“, dachte Odysseus jetzt bedrückt. „Vielleicht sind wir ja alle schon tot, und wissen es nur noch nicht...“

Er verscheuchte den Gedanken und versuchte, sich im schwindenden Licht des Tages wieder auf die beiden Flüsse zu konzentrieren. Es war nicht leicht, Einzelheiten zu erkennen. Sie waren zwei Stunden landeinwärts gewandert, und in längstens einer weiteren halben Stunde würde die Nacht hereinbrechen. Zudem war das Wasser schwarz wie Pech, und ein düsterer, ungreifbarer Hauch lag darüber, wie wogender Nebel, der sich dem Blick stets entzog, wenn er genau hinzusehen versuchte, gleichzeitig aber auch nachhaltig verhinderte, daß er wirklich etwas erkannte.

Zumindest sah er, daß die beiden Flüsse sehr viel breiter waren, als er sich vorgestellt hatte, und viel, viel wilder. Wo die beiden Strömungen aufeinanderprallten, fuhr zischend schwarze Gischt empor.

Der Styx selbst war ein gewaltiger, rauschender Strom, der mit schwarzer Gewalt in das Erdreich schnitt und alles umpflügte, was sich ihm in den Weg stellte. Er entschwand am Rande ihres Sichtfeldes zwischen dunklem, zerklüftetem Gestein und stürzte in die Erde hinab.

Odysseus strengte seine Augen nach Kräften an, um in der öligen Gischt den Zugang zu dem Reich der Finsternis zu entdecken, aber alles war hinter einem feinen Vorhang aus schwarzen Tropfen und Schwaden jenes grauen Nebels verborgen. Die ganze Situation hatte etwas Unwirkliches. Es war kalt, trotz der Sonne, die vom Himmel brannte. Aber die Kälte war nicht nur außen. Etwas an diesem Anblick, etwas, das unsichtbar und lautlos in jedem Fleckchen dieser Insel ni-

stete, war in sein Innerstes gekrochen und ließ ihn erstarren, wie eisiger Wind einen Wassertropfen.

Er hieß seine Gefährten zu halten und befahl ihnen, neben dem Fluß eine Opfergrube auszuheben. Die Mienen der Männer wirkten bedrückt und finster; sie hatten Angst. Odysseus glaubte zu spüren, wie sich in dem einen oder anderen Widerstand regte. Es war keiner unter ihnen, der nicht am liebsten auf der Stelle davongelaufen wäre. Und doch wagte es niemand zu widersprechen. „War es das, was mir Eurylochos sagen wollte", dachte Odysseus bedrückt. „Daß die Männer mir jetzt nur noch gehorchen, weil sie sich fürchten – und nicht mehr aus Treue?"

Die Männer arbeiteten mit wortkarger Verbissenheit, und schließlich hatten sie die Grube auch fertig ausgehoben – zwei mal zwei Meter, fast zu groß für das Opfer, das sie darzubringen beabsichtigten. Osysseus beobachtete stirnrunzelnd, wie sie die beiden schwarzen Opferlämmer heranschleppten, die Circe ihnen mitgegeben hatte.

Das Opfer selbst wurde in vollkommenem Schweigen und fast übertrieben hastig vollzogen; die rituelle Handlung, der Gebrauch des blitzenden Opfermessers, das angsterfüllte Blöken der Tiere, die das Ende nahen fühlten und unfähig waren, sich zu wehren, dies alles fügte sich in die eigentümliche Atmosphäre des Ortes ein und unterstrich noch das Bewußtsein für den Ort, an dem sie sich befanden: am Eingang des Totenreiches.

Schließlich war es vollbracht. Das Ritual war vollzogen, und eine tiefe, fast unnatürliche Stille breitete sich über der kleinen Gruppe aus. Odysseus spürte, daß die Männer ihn anstarrten, und er wußte, daß es jetzt an ihm gewesen wäre, etwas zu sagen – aber er konnte es nicht. Sie waren an einem Ort, an dem Worte nur störend und bestenfalls albern wirken konnten, wenn nicht gefährlich. Es gab nichts mehr, was er noch sagen konnte.

Mit wenigen, knappen Befehlen schärfte er den Männern nochmals ein, so lange auszuharren, bis er wiederkehrte. Dann verabschiedete er sich mit einem wortlosen Nicken von Eurylochos und machte sich auf den Weg. Er hielt geradewegs auf den Abgrund zu, in den der schwarze Strom hinabstürzte, um unter Tage in der Unendlichkeit zu verschwinden. Sein Herz schlug bis zum Hals, und er fühlte sich nur halb so zuversichtlich, wie er seinen Gefährten gegenüber getan hatte – doch gleichzeitig empfand er den fast unbezwingbaren Willen, den Rat Teiresias zu erzwingen, koste es, was es wolle.

Den Abstieg über schroffes Felsgestein legte er wie in Trance zurück. Er konnte sich hinterher nicht mehr erinnern, wie lange es gedauert hatte oder wie er die schier unmögliche Klettertour bewältigte, ohne sich sämtliche Knochen im Leib zu brechen. Er nahm seine Umgebung nur undeutlich wahr und bemerkte kaum, wie mit jedem Schritt abwärts das Licht unnatürlich schnell abnahm, als bliebe es nicht nur einfach über ihm zurück, sondern als wäre etwas da, das es aufsaugte. In seinen Ohren dröhnte der grollende Gesang des Totenflusses, und das dumpfe, rhythmische Hämmern seines eigenen Herzens übertönte jedes andere Geräusch. Schwarze Gischt hüllte ihn ein wie der Hauch des Todes. Die Beklemmung, die er bereits beim Anblick der Insel empfunden hatte, wurde immer stärker. Mit jedem schwarzen Tropfen, der seine Haut benetzte, schien sie in ihn einzusickern. Die Welt bestand für ihn nur noch aus Felsgraten, die ihm kaum Halt boten und von der schwarzen Flüssigkeit überdeckt waren, die der Totenfluß mit sich führte und die alles war, nur kein Wasser.

Dann gabelte sich der Abstieg. Der Weg, den er gewählt hatte, entfernte sich zunehmend vom Fluß, während sich das schäumende Wasser in der entgegengesetzten Richtung tiefer in die Erde wühlte.

Odysseus blieb einen Moment stehen, um sich zu orientieren. Soweit er sehen konnte, gab es nur diesen einen Weg nach unten. Alles in ihm sträubte sich gegen die bloße Vorstellung, auch nur noch einen einzigen Schritt zu tun.

Aber er tat ihn.

Die Felswand fiel jetzt weniger steil ab, so daß er leichter vorankam. Schließlich lief der Felsgrat in einer nur noch flach abfallenden Höhle aus. Er mußte jetzt bald den eigentlichen Zugang zum Hades erreicht haben. Das Tosen des reißenden Stromes war mittlerweile verebbt und hatte einer fast unnatürlichen Stille Platz gemacht. Jeder Schritt, mit dem sich Odysseus vorsichtig in die Höhle hineintastete, hallte hohl und überlaut von den Wänden wider.

Dann hörte er ein Geräusch und verhielt mitten im Schritt, schloß die Augen, lauschte und wandte sich dann in die Richtung, aus der der Laut gekommen war.

Seine Nerven waren zum Zerreißen gespannt. Er konnte sich nichts unter den Bewohnern des Hades vorstellen, und er hatte auch gar nicht versucht, es zu tun – Wesen, die tot waren und hier auf unbegreifliche Weise ein Schattendasein führten... Allein dieser Gedanke drohte seinen Verstand zu verwirren. Sein Wunsch, dieser düsteren Welt ihr Geheimnis zu entreißen, war jetzt vollkommen verschwunden, erschien ihm geradezu lächerlich, eine Lästerung der Götter, die nicht ungesühnt bleiben würde. Alles, was blieb, war Angst; Angst vor den Schatten und davor, daß es ihm nicht gelang, sie vom Opfertrunk zurückzuhalten, bevor er Teiresias gefunden hatte.

Das Geräusch verstärkte sich und ging in ein Schleifen und Schaben über, das sich beständig näherte. Odysseus preßte angestrengt die Augenlider zusammen, aber obwohl sich sein Blick mittlerweile an das Halblicht hier unten gewöhnt hatte, erkannte er nichts außer träge fließenden, grauen Schatten, einen diffusen Nebel, der den Gang entlangwallte, sich auf

ihn zubewegte, wieder zurückfloß, nach rechts und links wogte, wallte...

Wenn das die Schatten waren, die sichtbare Gegenwart der Seelen Verstorbener...

Etwas verdichtete sich in dem großen Treiben und nahm Konturen an, die entfernt menschenähnlich wirkten. Odysseus wich unwillkürlich einen Schritt zurück. Die Spannung, die er empfand, steigerte sich bis zur Intensität eines echten, körperlichen Schmerzes. Er fühlte sich wie gelähmt, unfähig zu entscheiden, ob er fliehen oder ausharren sollte. Er war nicht eimal mehr sicher, ob ihm diese Wahl überhaupt noch blieb, selbst wenn er die Kraft gehabt hätte, sie zu treffen.

Die schemenhafte Gestalt wirbelte im grauen Nebel, zerriß in Fetzen, verdichtete sich wieder, schien zurückzuweichen, sich im Grau aufzulösen, sich nicht entscheiden zu können... doch das Schaben und Rascheln steigerte sich, kam näher.

Gleichzeitig veränderte sich etwas im Gang. Der Nebel kroch wie träge fließendes Wasser zurück und spie dabei ein Etwas aus, das immer noch versuchte, menschliche Gestalt anzunehmen. Zuerst war es nicht mehr als ein zerfließender Schatten, doch dann schälten sich immer deutlichere Umrisse heraus – menschliche Umrisse.

Obwohl das Licht zu schwach war, um alle Einzelheiten erkennen zu können, schrie Odysseus erschrocken auf. Die Erscheinung, die da vor ihm Gestalt annahm, kam ihm bekannt vor! Es war Elpenor. Erst vor ein paar Tagen war er vom Dach der Circe gefallen; gestorben erst vor ein paar Stunden und nun schon hier, vor ihm in das Reich der Toten gelangt, um für immer dort zu bleiben. Die flehend ausgestreckte Hand, das graue Gesicht mit den gebrochenen Augen, der wimmernde Laut, der Odysseus daran erinnerte, wie er zu dem sterbenden Gefährten geeilt war, ohne ihm noch helfen zu können... es war grauenvoll, den gerade erst Gestorbenen hier zu finden. Ein Schattenwesen, mit einem Flehen in den

toten Augen, das ihn traf wie ein Hieb. „Er hat sich das Genick gebrochen", hämmerten Odysseus' Gedanken. „Er ist tot. Tot. TOT!"

Ohne zu verstehen, ohne wirklich begreifen zu können, was geschah, beobachtete Odysseus, wie Elpenor auf ihn zukam, noch immer die Hände flehend ausgestreckt.

„Odysseus", krächzte er.

Odysseus' Hände begannen zu zittern. Er stöhnte, taumelte einen Schritt zurück, blieb wieder stehen. Eine unsichtbare, eisige Hand griff nach seinem Herzen und begann es langsam, aber unbarmherzig zusammenzupressen. *Die Stimme! Elpenors Stimme!* Es war seine Stimme. So vertraut und bekannt!

Odysseus hatte jetzt nicht einmal mehr wirkliche Angst. Seine Fähigkeit, Schrecken zu ertragen, war erschöpft. Er spürte, daß er im Begriff war, eine Dummheit zu begehen, daß er dem toten Gefährten etwas gewähren würde, wozu er kein Recht hatte. Er durfte es nicht, wollte er jemals wieder den Weg hier heraus und zu den anderen finden, aber er war kurz davor, es zu tun.

„Odysseus!" krächzte Elpenor erneut. „Gewähre einem Toten einen letzten Dienst. Laß mir den Saft des Lebens!" *Diese Stimme!*

„Nein!" dachte Odysseus verzweifelt. „Ich darf es nicht tun." Aber er brachte keinen Ton über die Lippen. Fassungslos beobachtete er, wie Elpenor weiter auf ihn zukam, mit kraftlosen und dennoch so vertrauten Bewegungen.

Er durfte es nicht zulassen! Er mußte auf Teiresias warten, erst ihm durfte er im Tausch gegen sein Wissen das zugestehen, was er Elpenor abschlagen mußte. Wenn er es nicht tat, wenn er dem Flehen dieses bedauernswerten Wesens nachgab, dann war alles verloren, dann würde er seine Heimat nie wiedersehen, nie wieder die Sonne erblicken, nie mehr ... Penelope sehen.

Penelope. Seine geliebte Frau, die er in langen Jahren so schrecklich vermißt hatte und er dann für immer verlieren würde.

Es war dieser Gedanke, der ihm Kraft gab. Elpenor taumelte auf ihn zu, hin und her schwankend wie ein Betrunkener, mit baumelnden Gliedern, als hätte er die Fähigkeit verloren, seine Bewegungen aufeinander abzustimmen.

„Nein!“ brüllte Odysseus, als Elpenor schon fast auf Reichweite herangekommen war.

Der Schatten taumelte zurück wie unter einem Hieb. Seine Lippen öffneten sich zu einem lautlosen Schrei, seine Hände fuhren entsetzt nach oben, und aus seinen Augen wich der letzte Rest von Lebendigkeit. Sein Gesicht war voller Entsetzen.

Eine Woge grausamer Kälte griff nach Odysseus, legte sich wie ein klammer, prickelnder Mantel um seine Glieder und nahm ihm den Atem. Er war kaum in der Lage, Elpenor weiterhin anzusehen. Selbst seine Augen begannen vor Kälte zu schmerzen. Aber das wenige, was er sah, reichte durchaus, seine Neugier auf mehr zu dämpfen...

Für einen Sekundenbruchteil sah er eine Andeutung einer Gestalt, die in der Elpenors zu existieren schien; Ein zerfließendes Etwas, das, aus tausend winzigen Komponenten zusammengesetzt, ein die menschliche Vorstellungskraft sprengendes Gesamtbild ergab; etwas, das das Geheimnis von Leben und Tod umspannte – und noch eine ganze Menge mehr.

In einem Moment sonderbarer Klarheit begriff Odysseus, daß er schlichtweg dabei war, den Verstand zu verlieren. Sein Geist war mit Dingen konfrontiert, die zu einer anderen Welt gehörten. Er wurde mit einem Wissen überschwemmt, mit dem selbst die Götter nicht fertig werden konnten, und drohte daran zu zerbrechen.

Und der Gedanke an seine geliebte Frau half zum zweiten Mal. Hinterher – sehr viel später – begriff Odysseus sehr wohl, daß es nichts mit Zauberei zu tun hatte; es war nicht wirklich Penelopes Geist, den er zu sehen glaubte, und der die Schrecken des Hades vertrieb, sondern etwas, das aus ihm selbst heraus kam; ein winziger Funke jenes Etwas', das man Liebe nennt.

Er sah Penelope, so wie sie vor Jahren gewesen war, am Tage seiner Abfahrt, jung, unbeschreiblich schön, das Gesicht voller Trauer, aber auch stolz, sah sie dastehen, in der gleichen Haltung, in der sie am Hafen gestanden hatte, als die Schiffe ablegten. Er sah sie die Hand heben, um ihm zuzuwinken. Aber diesmal bedeutete ihre Bewegung Schutz und Sicherheit, ihre Liebe nicht Schmerz, sondern einen Schild, der ihn vor dem Entsetzen der Totenwelt bewahrte.

Und dann war Elpenor verschwunden.

Odysseus blieb kaum Zeit, das Unbegreifliche zu verarbeiten, geschweige denn ein Moment der Besinnung oder gar Ruhe. Noch immer war er vor Schrecken wie gelähmt, unfähig, zu denken, oder zielgerichtet zu handeln. Für einen kurzen Moment schien der Schleier zwischen oberflächlicher Realität und tiefem Verständnis zerrissen, und plötzlich wußte er es: zwar führte der Weg in den Hades durch ein Tal des Leidens, das jeden Sterblichen bis ins Mark erschrecken mußte, aber dahinter wartete eine Belohnung auf den Suchenden, die jede Mühe Wert war; das Elysium, die immerwährende Glückseligkeit, die die belohnte, die im Leben Gutes getan hatten. Und er war ihm nahe, diesem ewigen Glück, näher als jemals ein Lebender zuvor. Nur ein paar Schritte. Er mußte hindurch, durch die Mauer lebender Toter..., um niemals mehr zurück zu können.

Die Erkenntnis traf ihn wie ein körperlicher Schlag.

Dieser Weg war einer, der nur in eine Richtung führte. Niemand kam je wieder heraus, aus der jenseitigen Welt.

Für einen Moment wurde die Verlockung noch einmal übermächtig. Warum sollte er zurück? Warum sich plagen und schinden, warum weiter Schmerzen und Leid ertragen, wenn die Belohnung für all dies jetzt schon vor ihm lag, zum Greifen nahe?

Aber dann dachte er wieder an Penelope, die Frau, die er liebte, und seinen Sohn. Nein – es gab noch zu viel, was getan werden mußte.

Odysseus zitterte, und trotzdem gewann langsam wieder eine kalte Entschlossenheit in ihm die Oberhand. Er war zu weit gegangen, um jetzt noch aufzugeben. All das, was er in dem kurzen Augenblick von Elpenors Auflösung empfunden hatte, drängte er weit zurück und dachte nur noch an die Aufgabe, die er zu erfüllen hatte. Er redete sich ein, daß all das Schreckliche hier nur eine weitere Prüfung war, eine letz-

te Warnung an alle Lebenden, die so vermessen waren, in dieses Reich der Gestorbenen eindringen zu wollen. Er hatte keine Ahnung, ob es wirklich so war – aber es half.

„Ich suche Teiresias", sagte er mit fester Stimme. „Ihm bringe ich den Lebenssaft dar." Er stockte bei den grauenvollen Worten und bei dem Gedanken an das Blutopfer, dessen Sinn ihm vollkommen unklar war. Ein weiterer Schatten löste sich aus der brodelnden Masse des Nebels und kam heran. Sein Gesicht war genauso grau und konturlos wie das Elpenors, aber Odysseus glaubte in ihm immer noch den Rest eines tieferen Verständnisses zu lesen.

„Du hast mich gesucht, edler Sohn des Laertes", sagte er mit schriller, unangenehmer Stimme, der Stimme eines Toten. „Du hast den weiten Weg in das Reich des Todes vor deiner Zeit gewählt, nur, um meinen Rat zu hören. So sei es denn – so du mir als erstem den Zugang zum Opfer gewährst."

„Er sei dir gewährt", sagte Odysseus.

„Gut." Teiresias' graues Gesicht blieb vollkommen ausdrucklos, aber auf dem Grund seiner toten Augen glaubte Odysseus ein Funkeln zu sehen. „Dann will ich dich, der du immer noch an der Existenz der Götter zweifelst, vor eben diesen Göttern warnen. Sie haben deinen Untergang beschlossen, solange du ihnen nicht endlich die Ehrfurcht entgegenbringst, die ihnen gebührt. Einen kostenlosen Rat will ich dir vorweg geben: Deine Klugheit ist auch deine Verdammnis. Wer wie du den Verstand über das Gefühl stellt, der lästert die Götter, denn es ist die Seele, die sie den Menschen schenkten, nicht das Gehirn. Benutze deinen Verstand, um deinem Gefühl zu folgen – und nicht umgekehrt."

Er hielt inne und fuhr nach einer kurzen Pause fort: „Doch nun zu deinem eigentlichen Anliegen. Ihr habt noch eine Reise mit vielfältigen Gefahren vor euch, doch die größte ist eine, die nicht auf den ersten Blick erkenntlich ist: Nur, wenn

ihr auf der Insel Thrinakia die heiligen Rinder und Schafe des allessehenden Sonnengottes unberührt laßt, wird euch die Heimfahrt gelingen. Rührt ihr sie aber an, dann weissage ich deinem Schiff und all deinen Gefährten das Verderben. Wenn du selbst auch entkommst, so wirst du doch alles andere verlieren und in deinem Haus großes Elend vorfinden."

Odysseus schwieg betroffen, wartete auf eine Hilfe, eine Erklärung, die mehr als eine bedrohliche Warnung war, aber dann begriff er, daß Teiresias alles gesagt hatte, was es zu sagen gab. Er spürte, wie sich ein unangenehmes Gefühl in seinem Magen breit machte. *Thrinakia – die Insel des Sonnengottes*... Dann gab es sie also wirklich, dann war sie genauso real wie der Hades und der tote Seher, der vor ihm stand, und ihm an diesem gespenstischen Ort weissagte, als stünden sie auf dem Marktplatz von Theben.

Einen Moment lang schwindelte Odysseus, und er mußte sich mit all seiner Macht klarmachen, wo er war. Das Gespräch mit Teiresias hatte seine Erwartungen bei weitem nicht befriedigt. Alles, was er im Moment denken konnte, war, so schnell wie möglich von hier zu verschwinden. Angst überflutete den winzigen Rest klaren Denkens, zu dem er bis jetzt noch fähig gewesen war.

„Hast du... mir sonst nichts zu sagen?" fragte er stokkend. Kalter Schweiß perlte auf seiner Stirn.

Teiresias schüttelte seinen Totenschädel. Er streckte einen dürren, rauchigen Finger aus und deutete nach oben. „Und jetzt halte du dein Versprechen, edler Sohn des Laertes", sagte er mit schriller Stimme, „und laß mir das Opfer."

Odysseus nickte benommen. Er war enttäuscht, ohne selbst genau zu wissen, warum – wie konnte er auch? Er hatte nicht einmal genau gewußt, was er hier zu finden hoffte! Er nahm kaum bewußt wahr, wie der Seher aus seinem Blickfeld entschwand, sich aufmachte, das Opfer anzunehmen, das ihm dargebracht worden war.

Nach einem letzten Blick auf die lautlosen Schatten wandte er sich um und machte sich an den Aufstieg, mit aller Macht bemüht, nicht an das zu denken, was er hinter sich ließ.

Die Abfahrt von der Toteninsel glich einer panischen Flucht. Obwohl Odysseus nur in kurzen, sachlichen Worten seine Erlebnisse im Hades geschildert hatte, wirkten seine Gefährten nicht weniger entsetzt als er selbst.

Erst als die Insel hinter ihnen am Horizont versank, begann sich Odysseus bei einem Glas Wein und einem Gespräch mit Eurylochos langsam zu entspannen. „Dieser Teiresias scheint ja ein nicht gerade ergiebiger Bursche zu sein... oder gewesen zu sein“, sagte Eurylochos nachdenklich und drehte den Pokal in der Hand, der mit einem der besten Weine Circes gefüllt war. „Wenn man bedenkt, daß du in den Hades hinabsteigen mußtest, nur um mit ein paar Lebensweisheiten und einer düsteren Warnung abgespeist zu werden...“

Odysseus schwieg. Eurylochos' Worte ließen das Gefühl der Hilflosigkeit in ihm stärker werden. Natürlich hatte auch er etwas mehr erwartet – aber vielleicht war gerade das sein Fehler? Prophezeiungen waren nie deutlich, und doch steckte meist weitaus mehr in ihnen, als man auf den ersten Blick meinte. Und es hatte sich gelohnt. Aber wie konnte er Eurylochos erklären, was nicht mit Worten zu erklären war. Er hatte die Toten geschaut, ihr Reich, ihr Los, ihre Existenz. Sein Erlebnis hätte ihn den Tod fürchten lassen müssen, aber das Gegenteil war der Fall. Trotz allen Grauens, trotz allen Entsetzens, das er verspürt hatte, hatte er die tiefe Ruhe, den Frieden gefühlt, die dahinter lagen. Nicht Teiresias' Worte – dieses Wissen war der Preis, den er errungen hatte.

Aber das konnte er niemandem erklären.

„Die Insel des Sonnengottes“, brummte Eurylochos. Er schüttelte den Kopf. „Ich weiß nicht. Schön und gut, es gibt ein Totenreich, daran wird jetzt keiner mehr zweifeln. Des-

halb kann ich mir immer noch nicht vorstellen, daß ein Sonnengott nichts Besseres zu tun hat, als auf einer Insel Schafe und Rinder zu züchten." Er versuchte zu lächeln, aber es gelang nicht ganz. Odysseus spürte die Furcht, die sich hinter seinem aufgesetzten Spott verbarg.

„Du kennst doch die alten Geschichten so gut wie ich", beharrte Odysseus. „Genauso, wie sie vom Hades berichten, ist in ihnen auch von Thrinakia, der Insel des Sonnengottes, die Rede. Und wer sagt dir, daß der Sonnengott Schafe und Rinder züchtet? Es heißt doch, daß sie ihm gehören. Von züchten ist nirgends die Rede."

„Na schön." Eurylochos leerte seinen Pokal mit einem Zug und stellte ihn auf den schmalen Tisch, der wie das ganze Schiff im Rhythmus der Wellen schwankte. „Also halten wir fest: Der Sonnengott züchtet keine Rinder, aber er nennt einige sein eigen. Und wenn sich jemand an ihnen vergreift, wird seine Strafe schrecklich sein." Er verdrehte die Augen. „Und aus irgendeinem Grund scheint Teiresias der Ansicht zu sein, daß wir das vorhaben. In diesem Fall kommst du noch am besten weg, nämlich mit dem Leben, wirst aber in Ithaka chaotische Zustände vorfinden, während wir anderen alle ins Gras beißen. Habe ich dich soweit richtig verstanden?"

„Vollständig", nickte Odysseus. Eurylochos' bewußt spöttisch gewählte Worte ärgerten ihn. Und sie machten ihm Angst; mehr als er zugeben wollte. „Doch nun, da wir die Gefahr kennen, werden wir ihr auch aus dem Weg gehen können. Das hoffe ich zumindestens."

„Aha", brummte Eurylochos. „Und jetzt mußt du mir nur noch erklären, wie wir die Insel des Sonnengottes erkennen. Ich meine, nur für den Fall, daß wir irgendwo landen, wo es Rinder und Schafe gibt. So etwas soll ja vorkommen."

Odysseus seufzte. Eurylochos hatte genau den Schwachpunkt angesprochen, nämlich die Frage, wie sie Thrinakia von anderen Eilanden unterscheiden sollten. „Es gibt darauf

nur eine Antwort“, sagte er schließlich. „Egal wo wir landen, sollten wir kein Rind- oder Schaffleisch essen.“

Eurylochos starrte ihn aus weit aufgerissenen Augen an. „Das kann doch nicht dein Ernst sein.“

„Sogar mein bitterer Ernst.“ Odysseus nickte grimmig und starrte einen Herzschlag lang hinaus auf das Meer, das mit den Schatten der Abenddämmerung zu verschmelzen schien. „Und da ist noch etwas, was ich dir in diesem Zusammenhang sagen muß – und das dir bestimmt nicht gefällt.“ Er strich sich durch die Haare, und wurde sich schlagartig bewußt, wie müde und erschöpft er war. Das Erlebnis im Hades hatte ihn mehr mitgenommen, als er zuerst geglaubt hatte. Und es war an der Zeit, daß er etwas von der Verantwortung abgab, die ihn vor allem in den letzten Wochen wie eine zentnerschwere Last niedergedrückt hatte. „Ich möchte, daß du genauso ernsthaft wie ich selbst darauf achtest, daß sich kein einzelner von uns irgendwann und irgendwo an Rindern oder Schafen vergreift“, fuhr er schließlich fort.

Eurylochos nickte. „Wenn du es wünschst, werde ich darauf achten. Aber wenn du diese Prophezeiung so wichtig nimmst, warum warnst du die Männer nicht selbst?“

„Ich habe es ihnen ja bereits gesagt, genauso wie dir, und sie schienen nicht mehr beeindruckt zu sein, als du selbst. Nein.“ Odysseus schüttelte den Kopf. „Ich kann dir genau sagen, warum ich dich zu absoluter Aufmerksamkeit verpflichten möchte: Weil ich fürchte, daß wir in den nächsten Tagen und Wochen Dinge erleben werden, die uns die Prophezeiung Teiresias' vergessen lassen. Um so größer wird für einzelne die Versuchung sein, sich daran nicht zu halten, wenn sie mit knurrendem Magen einem Rind oder Schaf gegenüberstehen.“

Odysseus blickte erneut aufs Meer hinaus. Die Dunkelheit breitete endgültig ihre Schwingen über ihnen aus und hüllte alles in eintöniges Grauschwarz.

„Du hast Angst, daß sie dir nicht mehr folgen", murmelte Eurylochos. „Ist es das?"

Odysseus antwortete nicht gleich. Natürlich hatte Eurylochos recht – aber es war so schwer, so unendlich schwer, es auszusprechen. Er zuckte mit den Achseln. „In dieser Frage traue ich niemandem, nicht einmal mir selbst. Weißt du, was Hunger ist, Eurylochos? Weißt du, was es heißt, seit Tagen nichts gegessen zu haben, einen dumpfen Schmerz in den Eingeweiden zu spüren und keine Aussicht zu haben, in absehbarer Zeit wieder etwas zwischen die Zähne zu kriegen?"

„Bei allen Göttern, natürlich weiß ich das, so wie jeder von uns", fuhr Eurylochos auf. „Schließlich waren wir vor nicht allzu langer Zeit gemeinsam in dieser Situation. Aber –"

„Eben deshalb solltest du auch meine Sorge verstehen." Odysseus stellte seinen Weinpokal ab und zog mit einer müden Geste den Umhang enger, der ihn vor der schnell abkühlenden, feuchten Meeresluft schützen sollte. „Und ich fürchte, das wirst du auch irgendwann, vielleicht deutlicher, als dir jetzt lieb ist. Hoffentlich ist es dann nicht zu spät."

„Du weichst mir aus, Odysseus", beharrte Eurylochos.

„Ja", sagte Odysseus gereizt. „Das tue ich." Mit diesen Worten erhob er sich und begab sich zu seiner Schlafstätte am Heck des Schiffes. Es wurde Zeit, der Erschöpfung nachzugeben, die seinen überforderten Geist gefangenhielt.

Aber kurz bevor er einschlief, hob er noch einmal den Blick und sah zum Bug, wo nun statt seiner Eurylochos stand. Er war ihm ausgewichen. Er hatte einfach die Augen und Ohren vor der Wahrheit verschlossen, weil sie zu schlimm war, als daß er sie jetzt hätte ertragen können.

Aber er wußte, daß es ihm kein zweites Mal gelingen würde. Die Konfrontation zwischen ihm und Eurylochos war nur hinausgeschoben. Sie würde kommen.

Und sie kam. Sehr viel eher, als er selbst jetzt noch annahm.

Die Sonneninsel

Die Insel, die vor ihnen lag, machte einen alles andere als einladenden Eindruck. Karge Hügel wechselten sich mit Tälern ab, in denen brütende Hitze zu stehen schien, und die wenigen spärlichen Bäume schienen kaum geeignet, Schatten zu spenden. Es waren dürre, blattlose Baumruinen, und die Schatten, die sie warfen, wirkten wie Narben auf dem hartgebrannten Grund.

Wenn es überhaupt eine Insel des Sonnengottes gab, dann war es diese. Die Sonne, die unbarmherzig auf ihre Gesichter brannte und von der blauen See wie von einem gewaltigen Spiegel reflektiert wurde, schien sich auf die Insel vor ihnen mit noch viel grausamerer Kraft zu konzentrieren. *Thrinakia.*

Was er von Thrinakia wußte, war das, was die Geschichtenerzähler am Hofe Ithakas wie auch vor den Toren Trojas zum Zeitvertreib erzählten: Mythen. Legenden. Märchen. Demnach soll sie denjenigen wie ein Trugbild am Horizont auftauchen, die bar jeder Hoffnung sind, verzweifelt genug, selbst sich der ungestümen Macht des Sonnengottes auszuliefern.

„Du siehst aus, als würdest du großen Gedanken nachhängen“, riß ihn Eurylochos' Stimme aus seinen Grübeleien. Odysseus fuhr zusammen; er hatte noch nicht einmal bemerkt, daß sich der Hauptmann zu ihm gesellt hatte. War es ein Hirngespinst, dachte er ärgerlich, oder hatte Eurylochos wirklich angefangen, sich an ihn anzuschleichen, anstatt normal zu gehen? Er verscheuchte den Gedanken.

„Ob es große Gedanken sind, weiß ich nicht“, brummte Odysseus unfreundlich. „Wenn du nicht blind bist, wirst du von selbst darauf kommen, was mir durch den Kopf geht.“ Er deutete mit der Hand auf die Bucht, auf die sie zuhielten.

„Dort vorne liegt Thrinakia, Eurylochos. Du weißt, was das bedeutet...“

Eurylochos nickte. Sein Gesicht war wie Stein. Wenn er überhaupt etwas beim Anblick der Insel empfand, so verbarg er es meisterhaft. „Thrinakia. Du meinst die Insel des Sonnengottes, vor der du dich seit deinem Abstieg in den Hades fürchtest.“ Eurylochos lächelte leicht, und es war kein echtes Lächeln, sondern ein bloßes Verziehen der Lippen, ohne irgendeine Bedeutung. „Ich glaube, du machst dir zuviel Sorgen, mein König. Unser Schiff mag nicht mehr vollkommen seetüchtig sein, aber die Laderäume sind noch voller Lebensmittel, und mehr als ein paar Tage werden wir uns sowieso nicht auf Thrinakia aufhalten. Ich sehe keinen Grund, warum wir auf deine Schafe und Rinder zurückgreifen sollten.“

„Es sind nicht meine Rinder und Schafe“, sagte Odysseus ärgerlich. „Ich glaube, du wirst auf deine alten Tage noch leichtfertig. Glaubst du vielleicht, Circe ließ mich nur aus einer Laune heraus in das Totenreich hinabsteigen?“ Sein Ton war schärfer, als er beabsichtigt hatte, und Eurylochos zuckte zusammen. Einen Moment starrte er betroffen auf die Bucht, die jetzt nahezu ihr ganzes Blickfeld ausfüllte. Dann straffte er sich. Etwas in seinem Blick änderte sich, aber Odysseus wußte noch nicht genau, was. „Auf ein Wort, mein König“, begann er steif.

Odysseus sah ihn an und wartete, daß er fortfuhr. Als er keine Anstalten machte, weiterzusprechen, machte er eine ungeduldige Geste. „Ein Wort sei dir gestattet.“

Wenn Eurylochos den Spott in seiner Stimme bemerkte, dann ließ er es sich jedenfalls nicht anmerken. „Ich weiß nicht recht, wie ich beginnen soll“, sagte er leise.

Odysseus runzelte die Stirn und nickte ungeduldig. „Das sehe ich“, sagte er knapp. „Wie ich dich kenne, muß es etwas Unangenehmes sein, denn du bist ja sonst nicht gerade auf den Mund gefallen. Also – was gibt es?“

Eurylochos lächelte gequält. „Dieses Gespräch hätte schon vor Tagen stattfinden sollen, mein König. Ich muß dich noch einmal an den wachsenden Unmut erinnern..."

Odysseus hörte gar nicht hin; zu genau wußte er, wovor ihn Eurylochos warnen wollte. Unmut. Das war eine lächerliche Umschreibung dafür, daß sie ganz ernsthaft mit einer Meuterei rechneten; beide. Er hatte sie schon in den letzten Wochen gespürt, die wachsende Ungeduld seiner Männer, die ihn persönlich für die nicht endenwollenden Gefahren auf ihrer Heimreise verantwortlich zu machen begannen.

„Mit Recht?" dachte er schaudernd.

„Wie ernst ist es?"

„Wie ernst?" Eurylochos sog den Atem scharf ein. „Bei allen Göttern, warum stellst du gerade mir diese Frage?"

„Soll das heißen...?" Odysseus verschluckte den Rest seiner Frage und sah auf die trügerisch glatte Meeresoberfläche hinaus. „Also du auch", murmelte er. „Es sind gar nicht mehr nur die anderen, von denen du sprichst. Auch du fängst an, die Geduld mit mir zu verlieren." Er lachte, sehr leise und sehr bitter. *Eurylochos also auch. Bei Zeus, warum auch noch er? Warum der letzte Mensch, von dem er geglaubt hatte, er wäre sein Freund?*

Weil du seine Freundschaft über die Maßen strapaziert hast, du Narr, flüsterte eine Stimme in seinen Gedanken. *Freundschaft ist ein kostbares Gut, und sie ist zerbrechlich wie Glas. Du hast immer nur genommen.* „Meinst du, ich habe mir unsere Heimfahrt nicht anders vorgestellt?" murmelte er, plötzlich in die Verteidigung gedrängt. Am liebsten hätte er geschrien. „Glaubst du vielleicht, ich führe euch zu meinem Vergnügen auf diesem Irrweg nach Ithaka?"

„Es geht nicht darum, was ich glaube", antwortete Eurylochos leise. „Es geht in erster Linie darum, was du glaubst. Du bist unser Führer und König, und wohin auch immer dich dein Weg führt – es wird auch meiner sein. Aber nicht so."

„Nicht so?“ fragte Odysseus scharf. Seine Niedergeschlagenheit machte Zorn Platz. „Was meinst du damit?“

Eurylochos zögerte sichtlich, bevor er zur Antwort ansetzte. „Nicht so, nachdem du dich so verändert hast.“ Er schluckte hart, seine Fäuste schlossen sich um die Reling, als suche er Halt. „Du bist nicht mehr derselbe Mann, der uns nach Troja führte. Ich weiß nicht, woran es liegt, aber irgend etwas hat dich...“ Er zögerte, das Wort auszusprechen. „...zerbrochen.“

„Zerbrochen?“ Odysseus starrte ihn entgeistert an. Er hatte mit allem möglichen gerechnet, aber nicht damit. „Du täuschst dich“, sagte er verwirrt. „Ich bin nicht zerbrochen – bis jetzt zumindest noch nicht. Mag sein, daß ich mich verändert habe. Auch du bist nicht mehr derselbe, Eurylochos, nach all den Jahren. Wir beide werden alt, und unsere Kraft läßt nach, doch bevor uns die große Müdigkeit niedermacht, wird es unsere Erfahrung sein, die uns bestehen läßt.“

Doch ihm selbst schien es, als seien seine Worte leer. Eine Zeitlang war nichts als das Plätschern der Wellen zu hören, die träge gegen den Schiffsrumpf schlugen. Das Boot drehte sich leicht in den Wind hinein und verlor weiterhin an Fahrt.

„Du bist nicht mehr derselbe“, wiederholte Eurylochos nach einer Weile, als hätte er so lange gebraucht, über seine Antwort nachzudenken. „Nicht der, der uns nach Troja führte. Ich glaube einfach nicht mehr daran, daß du uns in die Heimat zurückbringst.“

Odysseus war viel zu bestürzt, um sofort antworten zu können. Seine Hände öffneten und schlossen sich krampfhaft, während er versuchte, Ordnung in seine Gedanken zu bringen. Wenn ihm Eurylochos förmlich die Freundschaft aufgekündigt hätte, hätte er ihn nicht mehr treffen können.

„Du weißt nicht, was du da sagst“, behauptete er schließlich. „Es ist deine eigene Hoffnungslosigkeit, die aus dir spricht.“

„Nein, mein König“, antwortete Eurylochos ruhig. „Es ist deine Mutlosigkeit, die uns ansteckt. Du selbst glaubst nicht mehr an unsere Heimkehr. Aber du bist es uns schuldig.“

Das Boot kam zum Stillstand. Irgend jemand rief Befehle, und nur flüchtig dachte Odysseus daran, daß es eigentlich Eurylochos' Aufgabe gewesen wäre, das Einfahren des Bootes zu kommandieren. Das Rasseln der Ankerkette drang wie durch einen dichten Nebel in sein Bewußtsein. Trotz des warmen Windes, der von Thrinakia zu ihnen herüberwehte, überlief ihn ein kaltes Frösteln.

Er wandte sich vollends zu Eurylochos um und sah ihm fest in die Augen. „Eines verspreche ich dir“, sagte er. „Solange ich und noch ein einziger meiner Gefährten lebt, werde ich für unsere Rückkehr kämpfen – und alles vermeiden, was sie gefährden kann. *Und wenn sich ein einziger von euch an den Rindern und Schafen dieser Insel vergreift, werde ich ihn töten!“*

Irgend etwas in Eurylochos' Blick erlosch. Vielleicht für immer. Aber er sagte kein Wort mehr.

Das Boot lag im aufgewühlten Wasser der Bucht vor Anker. Es war kaum mehr als ein Wrack, das sich bislang geweigert hatte unterzugehen, und Odysseus dachte mit Sorge daran, daß es nicht so aussah, als ob sie so bald hier wegkämen; wenn sich das Wetter nicht beruhigte, konnte es sein, daß sie hier Tage und Wochen festlagen, denn das Schiff und seine Besatzung waren nicht mehr in dem Zustand, einem Sturm trotzen zu können. Nicht einmal einem ganz kleinen. Die Männer, die unter Eurylochos' Kommando an der Reparatur arbeiteten, kamen kaum voran. Aus ihren Bewegungen sprach nur noch Mutlosigkeit und Schwäche.

„Eurylochos hat recht“, dachte Odysseus matt. Noch gehorchten ihm diese Krieger, und wahrscheinlich würden sie es auch noch lange tun – aber sie taten es nicht mehr aus Ver-

trauen oder gar Freundschaft. Es war jetzt die Angst, die sie seine Befehle befolgen ließ.

Es waren Heere wie diese gewesen, dachte er bedrückt, die sie geschlagen hatten. Das Geheimnis ihrer Unbesiegbarkeit war gerade gewesen, daß die Männer um ihn gerne taten, was er von ihnen verlangte. Sie hatten ihre stärkste Waffe verloren.

Odysseus' Blick wanderte zum Inland. Es war heiß, eine brütende Hitze, die dem tobenden Unwetter über der See zum Trotz über der Insel lag und alles ausdörrte. Wenn noch einer von ihnen Zweifel daran hegte, auf wessen Insel sie sich befanden, dann mußte er angesichts dieses unnatürlichen Wetters wohl umdenken. Odysseus zweifelte keine Sekunde mehr daran, daß sie länger auf Thrinakia verweilen mußten, als ihre Vorräte reichten. Die Rinder und Schafe, die vor ihrer aller Augen das karge Gras abfraßen, würden zu einer großen Versuchung für ihre hungrigen Mägen werden.

Doch noch war es nicht soweit. Noch waren sie gut versorgt, und es bestand kein Grund zur Panik. Odysseus hatte jeden der Männer einzeln schwören lassen, daß er sich nicht an den Tieren des Sonnengottes vergriff. Und er hatte nicht vor, tatenlos zuzusehen, wie ihre Vorräte sich langsam, aber sicher dem Ende näherten und der Unmut der Männer in offene Meuterei umschlug.

Er umklammerte den Bogen jetzt fester und suchte am Horizont nach einem festen Punkt, den er sich zum Ziel nehmen konnte. Eine schwach bewaldete Hügelkette lenkte seine Aufmerksamkeit auf sich; verglichen mit der übrigen kargen Landschaft kam sie ihm geradezu üppig vor. Wenn er irgendwo jagdbares Wild fand, dann sicherlich dort.

Es hatte Zeiten gegeben, da wurde er als der beste Jäger Griechenlands gerühmt. Sein Pfeil, so hieß es, fand mit untrüglicher Sicherheit sein Ziel, bevor andere das Wild überhaupt erspäht hatten. Wenn er auch etwas außer Übung war,

so hatte er doch Hoffnung, etwas anderes als Rinder und Schafe auf der Insel des Sonnengottes zu erjagen.

„Hoffnung?" dachte er. Nein – keine Hoffnung. Wenn sie überleben wollten, mußte er einfach erfolgreich sein. Und je früher er aufbrach, um so besser. Ohne weiter zu zögern, machte er sich auf den Weg.

Die Hügel waren weiter entfernt, als er auf den ersten Blick geglaubt hatte. Stunde um Stunde lief er in einem raschen, kräftigen Trab über hartes, gelblichgrünes Gras, das sich wie in purem Trotz in den kärglichen Boden gekrallt hatte. Spärliche Büsche säumten seinen Weg, und nur ab und zu unterbrach ein Baum die Monotonie der Landschaft.

Langsam begann sich Ungeduld in seine Zuversicht zu mischen. Obwohl die Landschaft anfing, wellig zu werden, schienen die Hügel immer noch so weit entfernt wie vor Stunden. Odysseus kannte dieses Phänomen von hochragenden Bergketten, aber nicht von Hügeln auf einer Insel. Er begann sich zu fragen, ob nicht Zauberei im Spiel war. Thrinakia, unter einer Glocke unbarmherziger Hitze gefangen, war schließlich nicht irgendeine Insel. Möglicherweise galten die gewohnten Maßstäbe und Gesetze hier nicht.

Dann fiel ihm eine Spur in dem grob wuchernden Gras auf; die Abdrücke schmaler Hufe, wie sie nur von einem größeren Wild stammen konnten. Odysseus blieb stehen, ließ sich auf die Knie hinab und untersuchte die Spur. Sie war ein, höchstens zwei Stunden alt, und wenn ihn nicht alles täuschte, stammte sie von einem Rehbock.

Sein einmal geweckter Jagdinstinkt ließ ihn alles andere vergessen. Er spürte eine Erregung in sich, die über das hinausging, was er normalerweise bei der Jagd empfand. Wenn es ihm am ersten Tag bereits gelang, einen kapitalen Rehbock zu schießen, hatten er und seine Gefährten gute Chancen, die Insel lebend und unbeschadet wieder zu verlassen.

Aber noch hatte er ihn nicht. Die Jagd war eine harte Arbeit, zumal in einer solchen Landschaft, die kaum Deckungsmöglichkeiten bot.

Er richtete sich wieder auf, zögerte kurz, um die Windrichtung zu prüfen, und setzte sich dann in Bewegung. Es bedurfte keines bewußten Gedankens, um ihn schneller gehen zu lassen. Alle Zweifel waren erloschen, er war jetzt nur noch der Jäger auf der Spur seiner Beute.

Die Spur führte ihn aus der Küstenebene hinaus in ein sandiges, karstiges Gebiet, das er – sonderbar genug – vom Strand aus gar nicht bemerkt hatte, obwohl es den Hügeln vorgelagert war. Seine Beine begannen müde zu werden, und seine Augen tränten. Er verlor jedes Zeitgefühl, wurde ganz eins mit seiner Aufgabe des Fährtenlesens, nahm jede noch so kleine Unregelmäßigkeit in der Spur wahr, jedes Zögern, jedes zaghafte Grasen, jedes Weiterhasten der Beute.

Ab und zu hielt er, um einen Schluck Wasser aus dem Schlauch zu trinken, den er vorsorglich mitgenommen hatte. Das Klima auf Thrinakia war mörderisch, und Odysseus hatte das Gefühl, als koste ihn hier jeder Schritt zehnmal mehr Kraft als gewohnt. Trotzdem eilte er weiter, angetrieben von dem brennenden Wunsch, mit einer erfolgreichen Jagd seinem Schicksal zu trotzen. „Du bist es uns schuldig“, hatte Eurylochos gesagt. Und genau das war er!

Erst, als er erneut trinken wollte und den leeren Schlauch in Händen hielt, begriff er, daß er mit seinem knappen Wasservorrat viel zu großzügig umgegangen war. Aus konzentriert zusammengekniffenen Augen musterte er die Einöde, in die ihn die Spur des Rehbocks gelockt hatte. Sandiger Boden, von flachen Flechten nur stellenweise bedeckt, breitete sich nach allen Seiten aus. Hier würde er kein Wasser finden.

Die Sonne stand nicht mehr hoch am Himmel, sondern näherte sich bereits dem letzten Drittel ihrer Bahn, aber die Hitze hatte nicht nachgelassen. Es schien, als wolle der Sonnen-

gott seine eigene Insel verbrennen und alles Lebendige ausdörren.

Odysseus ging ein paar Schritte zurück, suchte am Horizont nach dem Strand, von dem er aufgebrochen war. Aber da war nichts, nichts als flammende, kochende Hitze, ein Vorhang aus Glut, der den Rest der Welt einfach verschlungen hatte. Er drehte sich einmal um seine eigene Achse. Überall der gleiche Anblick, karger Sandboden, der nur von wenigen grünen Flecken unterbrochen wurde, die meisten davon verdorrt. Selbst die Hügelkette, die ihm viele Stunden lang die Richtung gewiesen hatte, war nicht mehr zu sehen.

Er mußte sich weiter von seinem ursprünglichen Weg entfernt haben, als ihm bewußt gewesen war. Nachdenklich starrte er vor sich in den Sand, suchte nach der Spur, die ihn hierher gelockt hatte.

Er war nicht einmal sehr überrascht, sie nicht mehr zu sehen. Sie war verschwunden. Sosehr er den Boden auch nach ihr absuchte; die Fährte des vermeintlichen Rehbocks schien sich in Luft aufgelöst zu haben. Wäre die Situation nicht so ernst gewesen, hätte Odysseus laut aufgelacht. Anstatt seiner Umgebung die gebührende Aufmerksamkeit zu erweisen, hatte er sich wie ein Anfänger von einer Spur ins Nichts führen lassen, die es wahrscheinlich gar nicht gegeben hatte. Eine Falle der Götter, eine Vision, geschaffen, um ihn in die Irre zu führen.

Hinter seinen Schläfen pochte ein dumpfer Schmerz. Er bemühte sich, einen klaren Gedanken zu fassen, aber alles, was er denken konnte, war, daß er auf dem schnellsten Weg zu seinen Gefährten zurückkehren mußte. Sobald er versuchte, den Gedanken weiterzuverfolgen, zu begreifen, warum es so wichtig war, entglitt er ihm wieder und ließ ihn verstört zurück.

Außerdem machte sich der Durst immer quälender bemerkbar. In seiner Kehle saß ein brennender Schmerz, seine

Mundhöhle war ausgetrocknet, und in seinen Gliedern breitete sich eine bleierne Schwere aus. Er betrachtete den nutzlosen Bogen in seinen Händen, nichts als ein Stück gebogenen Holzes, dessen gespannte Sehne dazu bestimmt war, tödliche Pfeile abzuschießen. Ein Mordwerkzeug. Es kam ihm plötzlich so sinnlos vor, den Bogen in dieser mit einem Male so feindlich gewordenen Einöde mit sich herumzuschleppen. Einen Moment mußte er gegen den Impuls ankämpfen, die Waffe einfach wegzuwerfen.

Jagen hatte er hier wollen! Lächerlich! So, wie es jetzt aussah, konnte er froh sein, lebend zum Schiff zurückzufinden! Was für ein Gedanke, inmitten dieser staubigen Einöde nach jagdbarem Wild Ausschau halten zu wollen.

Er hatte Mühe, sich daran zu erinnern, was sie eigentlich hier suchten. Sie waren auf dem Rückweg nach Ithaka, hatten nach einem mörderischen Sturm vor dieser Insel Anker geworfen, unter anderem, um hier ihre Wasservorräte aufzufrischen. Nichts hatten sie hier vorgefunden, außer ein paar Rindern und Schafen, die das karge Gras abweideten und niemandem gehörten.

Odysseus stützte sich auf den Bogen und hielt einen Moment inne. *Rinder und Schafe*... da gab es... eine... Prophezeiung?

Den düsteren Spruch eines Mannes, der ihn gewarnt hatte, daß er die Heimat nicht mehr wiedersehen würde, wenn sie sich...

Teiresias, so hieß dieser Mann, und er war ein toter Seher, tot und auf alle Ewigkeiten in den Hades verdammt, in das Totenreich, in das er selbst hinabgestiegen war...

Die Erinnerung übermannte Odysseus so plötzlich, daß er zu zittern begann. Bei allen Göttern, was geschah hier mit ihm, daß er inmitten in Staub und Sand stand, unter einer erbarmungslosen Sonne, und vergaß... seinen Abstieg in den Hades vergaß, die Warnung des toten Sehers, seine Frau Pe-

nelope, seine geliebte Penelope, die er um alles in der Welt wiedersehen mußte.

Und dann sah er plötzlich ihr Gesicht vor sich: ein schmales, aristokratisch wirkendes Gesicht, mit strahlenden, leuchtenden Augen und einem leichten Lächeln auf den Lippen. Und er begriff, was für ein Narr er gewesen war. Warum nur hatte er sie verlassen, warum hatte er den Verlockungen von Ruhm und Reichtum nachgegeben und war gleich den anderen kriegslüstern gegen Troja gezogen – um nichts als um einer fremden Frau willen?

Er schluckte trocken und schmerzhaft und wurde sich wieder der mörderischen Umgebung bewußt, in der er nicht einfach stehenbleiben und sich seinen Gedanken hingeben konnte. Wieder hatte ihn die Macht der Liebe dem Griff des Wahnsinns entzogen – aber wie oft noch? Wie lange würde der Vorrat an Kraft in ihm noch halten?

Die hitzeflimmernde Luft gaukelte ihm bereits Dinge vor, die unmöglich da sein konnten; wirre Schatten, flimmernde Wirbel kochender Luft. Und dann, von einem Moment auf den anderen, glaubte er erneut, Penelope leibhaftig vor sich stehen zu sehen.

Odysseus taumelte zurück. Penelope, so leibhaftig, als würde er ihr in diesem Moment im Thronsaal gegenüberstehen! Ihre hellen Augen, die einen Herzschlag lang sorgenvoll auf ihm ruhten, als sehe sie ihn genauso wie er sie. Ihre Hand, nach ihm ausgestreckt, zitterte leicht. Auch die Konturen ihres Körpers lösten sich auf, wurden von einem Hitzeschwall auseinandergetrieben, und dann, von einem Moment auf den anderen, waren nichts mehr als wirbelnde Schatten um Odysseus, die von erneuten Windstößen vollends auseinandergetrieben wurden.

Die Vision konnte nicht mehr als ein paar Sekunden gedauert haben, aber Odysseus erschien es, als wäre die Zeit stehengeblieben. Er zitterte am ganzen Körper. Schweiß

stand auf seiner Stirn und verklebte seine Augen. Das, was er gesehen hatte, konnte nicht wahr sein, mußte ein Wunschbild seiner geheimsten Gedanken gewesen sein. Und doch... sie war so erschreckend lebendig gewesen.

Als Penelopes Spiegelbild verschwunden war, blieb in ihm nichts als eine gewaltige, sinnverwirrende Leere zurück. Seine Gedanken fanden nirgendwo Halt, und in seinem Kopf breitete sich ein Schwindelgefühl aus, das ihn zu verschlingen drohte. Es vergingen Sekunden, in denen er mit aller Kraft um seinen Verstand kämpfte. Die Erscheinung Penelopes hatte eine Sehnsucht in ihm geweckt, die ihn zu übermannen drohte. Irgendwo in seinem Inneren war eine Tür aufgestoßen und Gefühle emporgeschwemmt worden, die er sonst mit aller Kraft unterdrückte. Was hatte Teiresias gesagt? *„Es ist die Seele, die euch die Götter geschenkt haben – nicht der Verstand.“*

Trotz der Hitze überkam ihn ein eisiges Frösteln. In all seiner Verwirrung begann er plötzlich zu begreifen, wie wichtig es ihm war, nach Ithaka zurückzukehren. Der Grund hieß Penelope und nicht die Macht, die er über sein Königreich ausübte.

Und plötzlich, ohne Vorwarnung und von einem Moment auf den anderen, kehrte die Erinnerung zurück: Die Rinder und Schafe des Sonnengottes! Er mußte sofort zu seinen Gefährten zurück, bevor ein Unglück geschah.

Er rannte los.

Der Rückweg war eine Qual. Halb verdurstet, beinahe blind, ohne die mindeste Möglichkeit einer Orientierung, ja, ohne zu wissen, wohin er sich wenden sollte, stolperte Odysseus durch die Hitze, dankbar für jeden Luftzug, der von der See herangetragen wurde. Alles in ihm schrie danach, so schnell wie möglich zum Strand und seinen Gefährten zu kommen. Er wußte nicht, ob die Richtung, die er einschlug, richtig

war, bis er auf die ersten Ausläufer der grasbedeckten Küstenebene stieß. Trotz seiner Erschöpfung spürte er eine Welle der Erleichterung, die ihm für Augenblicke sogar ein wenig Kraft gab. Er blieb einen Moment stehen, keuchend, zitternd vor Schwäche und Müdigkeit, starrte dankbar auf die ferne Hügelkette, die zu seiner Rechten in die beginnende Dämmerung ragte.

Jetzt wußte er wieder, wo er war. Wenn er die Hügel hinter sich ließ, mußte er geradewegs auf den Strand zulaufen. Trotz der stechenden Schmerzen in seinen Lungen und in seinen verkrampften Beinen verzichtete er auf eine Ruhepause. Mit dem letzten Rest klaren Denkens, der ihm noch geblieben war, begriff er, daß er nach einer Pause nicht mehr auf die Beine kommen würde. Jedenfalls nicht vor dem nächsten Morgen. Und ob ihm so viel Zeit blieb, war fraglich – ohne Wasser brachte ihn jede Stunde dem Tod näher.

Er stolperte weiter, setzte wie von selbst ein Bein vor das andere. Die ganze Zeit über dachte er an Penelope und an die Gefahr, daß seine Gefährten in seiner Abwesenheit eine Dummheit begehen könnten. Das Gefühl verdichtete sich, wie in einer neuerlichen Vision sah er, wie seine Freunde, von Eurylochos angeführt, Rinder und Schafe zusammentrieben. Gleichzeitig sah er, wie Penelope in ihrem Gemach zusammenfuhr. Mit weit aufgerissenen Augen starrte sie in seine Richtung, als sehe auch sie seine Gefährten, die nun die ersten Rinder niedermetzelten und damit auch ihr Schicksal besiegelten.

Unglück sollte sich über sein Haus legen, wenn sie der Tiere des Sonnengottes frevelten. Odysseus hatte davor fast noch mehr Angst als vor dem dann drohenden Tod seiner Gefährten.

Der Weg erschien ihm endlos, und er mußte seinen Schritt verlangsamen, wollte er sich nicht verausgaben, lange ehe er den Strand erreichte. Der Durst quälte ihn weiterhin – aber

er war ein Schmerz, den er mit zunehmender Erschöpfung kaum mehr bewußt wahrnahm. Sein Körper schien nicht mehr zu ihm zu gehören. Seine Beine zwangen ihm einen eigenen Rhythmus auf, der nicht mehr von seinem bewußten Denken gesteuert wurde; er war wenig mehr als eine Maschine, zu nichts anderem geschaffen, als zu laufen.

Endlich tauchte der schmale Streifen der Küste vor ihm auf. Die Vegetation in diesem Landstrich erschien ihm plötzlich üppig. Büsche und schmale Bäume wechselten miteinander ab, und von der Küste wehte ein leichter, erfrischender Lufthauch. Sein Herzschlag beschleunigte sich. Vor seinen Augen flimmerten dunkle Punkte; stechende Schmerzen in seinen Lungen erinnerten ihn daran, daß er nun schon seit Stunden durch diese Einöde stolperte. Es wäre Wahnsinn, jetzt aufzugeben. Er kämpfte gegen das Bedürfnis an, sich einfach fallen zu lassen, die Erlösung anzunehmen, die selbst ein schneller Tod jetzt bedeutete. Seine Füße schienen bei jedem Schritt in den Boden einzusinken. Fast war ihm, als bliebe die Zeit stehen, als brauche er für jede Bewegung Stunden oder auch Tage. Die Welt um ihn verschwamm immer wieder; blendende Helligkeit löste sich mit fast vollständiger Dunkelheit ab. Mit dem letzten Rest seines Verstandes erkannte er, daß er im Begriff war, sich in den verlockenden Schlaf der Bewußtlosigkeit fallen zu lassen.

Für einen kurzen Augenblick sah er nochmals Penelope vor sich, nicht so deutlich wie in seiner Vision, aber doch mit erschreckender Klarheit. In ihrem Blick lag eine abgrundtiefe Furcht. Furcht, daß Odysseus jetzt aufgab und sie im Stich ließ, sie, die die ganzen Jahre zu ihm gehalten hatte.

Die Vorstellung riß ihn noch einmal in die Wirklichkeit zurück. Er mobilisierte seine letzten Kraftreserven und kämpfte gegen das immer mächtiger werdende Gefühl der Erschöpfung an. Verbissen zwang er sich vorwärts, erreichte den Pfad, der zum Lager hinunterführte, stolperte die letzten

Meter hinunter, weiter, weiter, immer nur weiter, einen Fuß vor den anderen, einen Schritt nach dem anderen...

Da waren sie! Seine Gefährten, Menschen aus Fleisch und Blut, die sich um ihn kümmern würden, auch wenn er jetzt zusammenbrach... Doch trotz des trüben Schleiers aus Benommenheit und Schwäche fiel ihm auf, daß irgend etwas nicht stimmte.

In der hitzeflimmernden Luft schienen die Gestalten der Männer zu verschwimmen, und einen kurzen Moment lang hatte er die Furcht, daß sie sich einfach auflösen würden, verschwinden wie Trugbilder, und er wieder allein wäre. Odysseus verhielt keuchend und ließ seinen Blick von einem zum anderen schweifen. Die Szene hatte etwas Gespenstisches.

Er begriff nur ganz langsam, was er wirklich sah:

Xanopher hielt ein Opfermesser in der Hand. Unter ihm, von zwei kräftigen Männern niedergedrückt, wand sich ein Schaf im Gras.

Odysseus wußte nicht, was ihn mehr erschütterte; die Tatsache des Opfers an sich oder daß Xanopher ausgerechnet das Messer benutzte, dem Odysseus seinen Einstieg in den Hades und die Warnung des toten Sehers verdankte.

Sein Blick wanderte zu Eurylochos, der inmitten der Männer stand und keinerlei Anstalten machte, Xanopher in den Arm zu fallen. Eurylochos erwiderte seinen Blick mit einer Mischung aus Furcht und Entsetzen: Die zitternde, und abgerissene Gestalt Odysseus', die so plötzlich aus dem Gebüsch getaumelt war und sich nur noch mit Mühe auf den Beinen halten konnte, schien er in diesem Moment nicht erwartet zu haben.

„Odysseus", hauchte er. Sein Gesicht verlor alle Farbe.

Odysseus nickte grimmig. Zorn stieg in ihm empor und verscheuchte die Schwäche. „Jawohl, Odysseus", krächzte er. Seine Kehle schmerzte bei jedem Wort, aber er achtete nicht darauf. „Ganz recht. Es freut mich, daß du mich über-

haupt noch erkennst; bei deinem Gedächtnis!“ Wütend deutete er auf das Schaf und die beiden Männer, die mitten in der Bewegung erstarrt waren und ihn fassungslos anblickten. „Was geht hier vor?“

Eurylochos wand sich unter seinem Blick, suchte einen Moment vergeblich nach Worten und sah dann betreten zu Boden. „Es freut mich, dich wiederzusehen, mein König“, sagte er benommen. „Wir... haben nicht damit gerechnet, dich noch einmal zu sehen.“

„Was soll das heißen?“ fragte Odysseus mit einer Schärfe, die fast über seine Kräfte ging. „Ich brauche nur einen Tag auf die Jagd zu gehen, und schon werden hinter meinem Rükken meine Befehle mißachtet?! Dankst du mir so meine Freundschaft, Eurylochos?“

„Einen Tag?“ fragte Eurylochos überrascht. Er schüttelte den Kopf, als könne er nicht glauben, was er gerade gehört hatte. „Warum bist du so grausam, Odysseus? Seit mehr als drei Wochen vermissen wir dich. Die Kundschafter, die ich ausschickte, verloren deine Spur im Staub dieser menschenfeindlichen Einöde...“

„Drei Wochen!“ Odysseus starrte den Hauptmann an. Ein eisiges, kaltes, lähmendes Gefühl von Entsetzen breitete sich wie knisterndes Eis in seinem Inneren aus. *Drei Wochen? Aber das war unmöglich!* Nur mit aller Kraft gelang es ihm, sich auf das Gesicht Eurylochos’ zu konzentrieren. Es erschien ihm in diesem Moment weniger wirklich als das Penelopes, ja grausamer als die Trugbilder, die ihn genarrt hatten.

„Was redest du da?“ brachte er schließlich mühsam hervor. „Ich war lediglich einen Tag unterwegs. Ich verfolgte die Spur eines Rehbocks, bis mich Wassermangel zur Umkehr zwang.“

„Einen Tag, mein König?“ Eurylochos schüttelte traurig den Kopf. „Wenn es wirklich das ist, was du glaubst, so ist

auch hier böse Magie im Spiel.“ Er machte eine ausholende Geste und deutete auf die Männer, die schweigend und regungslos das Gespräch verfolgten. „Sieh sie dir an, deine Gefährten und treuen Gefolgsleute. Es ist keiner mehr unter ihnen, der nicht schon seit Tagen hungerte. Hast du ein Gemüt aus Stein, Odysseus, oder was ist mit dir geschehen, daß dich die Not deiner Gefährten kaltläßt?“

Odysseus folgte der Aufforderung seines Hauptmanns. Die Männer sahen erbarmungswürdig aus; ihre von schwarzen Rändern gezeichneten Augen starrten ihm stumpf und glanzlos entgegen, und die verschlissenen Gewänder schlotterten um ihre dürren, ausgemergelten Körper. Obwohl Odysseus sich darüber im klaren war, daß auch er selbst keinen besseren Anblick bieten mußte, erschreckte ihn der Zustand seiner Gefährten über alle Maßen. „Über drei Wochen“, hämmerte es in seinen Gedanken. Es erschien ihm unglaublich, daß er drei Wochen durch die Einöde gestolpert sein sollte, während es ihm nur wie ein Tag erschienen war. *Wieso lebte er noch?*

Und trotzdem empfand er neben diesem neuerlichen Schrecken eine tiefe, unendlich tiefe Erleichterung. Was auch immer geschehen war und welche Art von Zauberei ihm diese drei Wochen gestohlen hatte – er schien gerade noch rechtzeitig gekommen zu sein, um das Schlimmste zu verhindern. Die gespannte Haltung der Männer verriet ihm, daß sie an genau das gleiche dachten, wie er – nur, daß sie etwas anderes erreichen wollten.

„Ich sehe, daß ihr hungrig seid“, sagte er langsam. „Und ich verstehe eure Ungeduld. Doch nun, da ich wieder da bin, sollten wir erst einmal in Ruhe beratschlagen, was zu geschehen hat.“

„Wir haben genug Zeit mit Reden verschwendet“, knurrte einer der Männer. Die anderen brummten zustimmend.

„Laßt uns endlich dieses verdammte Schaf schlachten!“

rief einer der Schwertkämpfer, die bislang immer treu zu Odysseus gestanden hatten.

Einen Moment herrschte völlige Stille; keiner der Männer wagte etwas zu sagen oder sich zu rühren, ja, so mancher atmete nicht einmal – doch das Funkeln in ihren Augen verriet, daß sie es nicht lange dabei belassen würden.

Ganz langsam ließ Xanopher das Messer auf die Kehle des Schafes hinabsinken, zu langsam für einen schnellen Schnitt, aber immer noch schnell genug, um das Tier durch einen raschen Stich töten zu können, ehe Odysseus bei ihm war. Das Schaf blökte und bäumte sich in seinem Griff auf.

„Wer das Tier anrührt, ist des Todes", sagte Odysseus heiser.

Und es war ihm vollkommen ernst bei seinen Worten. Dabei war er sich nicht einmal sicher, ob er überhaupt die Kraft aufbrachte, seine Drohung wahrzumachen.

Ohne Xanopher aus den Augen zu lassen, der mit dem Messer in der Hand über dem Hals seines Opfers wie erstarrt dastand, trat er einen Schritt vor. Langsam hob er den Bogen, legte einen Pfeil auf die Sehne und spannte sie leicht. Die kleine Mühe überstieg fast seine Kräfte.

Keiner der Männer rührte sich, oder machte Anstalten, sich ihm in den Weg zu stellen. Doch Odysseus spürte den Unmut der Männer, der in wenigen Augenblicken in Haß umschlagen konnte, in Haß auf ihn, den sie für ihr Schicksal verantwortlich machten.

„Schieß auf mich, wenn du dich traust", zischte Xanopher. Das Messer in seiner Hand blitzte drohend, als er die Klinge leicht drehte. „Was haben wir zu verlieren? Vielleicht die Gunst der Götter?" Er spie aus. Er war eine groteske Gestalt, wie er da neben dem Schaf im Staub kniete, mit nicht mehr bewaffnet als mit einem Opfermesser. Und doch wirkte er in diesem Moment bedrohlicher als Odysseus, der mit seinem Bogen auf ihn angelegt hatte.

Odysseus begriff, daß er die Situation so schnell wie möglich bereinigen mußte. Natürlich durfte er nicht auf Xanopher schießen, wollte er selbst mit dem Leben davonkommen; die anderen würden sich sofort auf ihn stürzen und ihn kurzerhand niedermachen. Gegen ihre Übermacht hätte er selbst dann nichts ausrichten können, wenn er nicht total erschöpft gewesen wäre. Aber darum ging es gar nicht. Es spielte keine Rolle, ob er diesen Kampf gewann oder nicht – er hätte schon verloren, wenn es nur dazu kam; selbst wenn er sie alle niedermachen sollte.

„Xanopher hat recht", unterbrach Eurylochos' Stimme seine Gedanken. „Mag uns der Zorn der Götter noch furchtbarer treffen, als er es schon getan hat – es ist immer noch besser, als auf dieser verfluchten Insel zu verhungern."

Odysseus fuhr unmerklich zusammen. „Nicht das!" dachte er. Wenn sich Eurylochos offen gegen ihn stellte, durfte er nicht darauf hoffen, daß irgendein anderer seiner Gefährten zu ihm hielt.

Unwillkürlich spannte er den Bogen, als wolle er wirklich schießen. Die Pfeilspitze zeigte genau auf Xanophers Kehle.

In diesem Moment raschelte etwas hinter ihm. Odysseus zuckte zusammen und wollte herumfahren. Aber er schaffte es nicht mehr. Halb in der Bewegung traf etwas seine Schulter, glitt an ihr ab, schlug gegen seine Schläfe und jagte eine Woge dumpfen Schmerzes durch seinen Schädel. Seine rechte Hand ließ die Sehne los. Der Pfeil jagte davon, blind und gegen seinen Willen.

Das letzte, was er bewußt sah, bevor ihn Dunkelheit einhüllte, war der zitternde Schaft seines Pfeiles, der sich in den Hals des Schafes bohrte.

Skylla und Charybdis

Er nahm zwei Dinge wahr, als er erwachte, und er wußte nicht, welches schlimmer war:

Das erste war ein dumpfer Schmerz in seinem Kopf. Seine rechte Gesichtshälfte war taub, aber seine Schläfe schmerzte furchtbar, wo ihn der Hieb getroffen hatte.

Das zweite war, daß er gefesselt war.

Seine Hände und Füße waren gebunden; mit dünnen, aber sehr kräftigen Stricken, nicht so fest, daß es ihm das Blut abschnürte, aber fest genug, jeden Gedanken an eine Flucht im Keim zu ersticken.

Ein fest angelegter Verband spannte sich um seinen Kopf, und als er die Augen öffnete, sah er einen blauen, vollkommen wolkenlosen Himmel über sich, der leicht hin und her schwankte.

Das war der dritte Gedanke. Er war wieder auf dem Schiff, und das Schiff auf dem Meer.

Dann erwachte er vollends, und mit dem Erwachen kam die Erinnerung: *Das Schaf. Xanopher. Eurylochos und – der Pfeil.*

Odysseus stöhnte leise. Es war geschehen. Das, wovor Teiresias ihn am meisten gewarnt hatte, war getan worden. Er selbst war es gewesen, der den verhängnisvollen Pfeil abgeschossen hatte, wenn auch nicht freiwillig.

Er selbst!

„Du bist wach."

Ein Schatten legte sich auf sein Gesicht, und als er aufsah, erkannte er den vertrauten Umriß Eurylochos', eine hoch aufgerichtete, finstere Gestalt, die sich wie ein bedrohlicher Schattenriß gegen den grellen Feuerball der Sonne erhob, eingerahmt von flammenden Linien schmerzhaft hellen Lichts, wie um den düsteren Eindruck noch zu verstärken. Er

konnte sein Gesicht nicht erkennen, aber er fühlte die Sorge, mit der der Hauptmann auf ihn herabblickte. Er schwieg.

Eurylochos seufzte und ließ sich neben ihm in die Hocke sinken. Sein Gesicht sah alt aus, dachte Odysseus bestürzt. Alt und unendlich müde.

„Hast du Schmerzen?“ fragte Eurylochos.

Odysseus unterdrückte im letzten Moment den Impuls, den Kopf zu schütteln. Die Zeit, da er sich Stolz erlauben konnte, war wohl endgültig vorüber.

„Ja“, sagte er. „Aber sie sind zu ertragen. Binde mich los.“

Eurylochos' Antlitz verdüsterte sich. „Nein“, sagte er nach einer Weile. „Wenigstens ... jetzt noch nicht.“

„So?“ Odysseus versuchte vergeblich, verletzenden Hohn in seine Stimme zu legen. „Wann dann, *Hauptmann?* Wenn wir alle tot sind?“

„Bald“, erwiderte Eurylochos ruhig. „Wenn wir Ithaka erreicht haben. Vielleicht auch eher. Wenn du uns dein Ehrenwort gibst, vernünftig zu sein.“

„Vernünftig?“ wiederholte Odysseus ungläubig. „So vernünftig wie ihr alle, wie? Ihr habt – “

„Das einzige getan, was uns zu tun blieb“, unterbrach ihn Eurylochos. Seine Stimme bebte. Der Klang darin war Furcht, aber auch noch etwas anderes, das Odysseus nicht einordnen konnte.

„Du hast dich gegen deinen König gestellt“, sagte er ruhig.

„Das habe ich nicht“, widersprach Eurylochos heftig. „Ich habe mich gegen einen Mann gestellt, der nicht mehr weiß, was er tut. Es ist mir nicht leichtgefallen, und ich weiß, daß ich einen hohen Preis dafür zahlen muß. Aber ich würde es wieder tun.“

„Was?“ fragte Odysseus. „Den Tod wählen?“

„Das Leben“, widersprach Eurylochos. „Noch leben wir, Odysseus. Das Schiff ist repariert, wir haben zu essen, und wir machen gute Fahrt. In wenigen Tagen schon werden wir

Ithaka erreichen. Dann kannst du mich anklagen und meinetwegen hinrichten lassen. Zumindest habe ich das Leben der anderen gerettet. Und deines."

Odysseus starrte ihn an. Eurylochos' Blick flackerte vor Furcht, aber es war auch gleichzeitig eine Entschlossenheit darin, die Odysseus beeindruckte.

„Hat er recht?" dachte er. „Hat er recht, und nicht ich?" War dies alles nur ein grausamer Streich, den ihm seine überreizten Nerven gespielt hatten, hatte er versagt? Er hatte Teiresias' Worte gehört, und er hatte sie nicht vergessen, aber – es war auch möglich, daß es Zeus, Pallas Athene und den grausamen Meeresgott Poseidon gar nicht gab, daß einzig und allein der Hades Realität war und vielleicht nicht einmal er.

Aber dieser Gedanke war ungleich erschreckender als der, daß sich Teiresias' Worte erfüllen sollten. Wenn nur der Schrecken Realität hatte, was war dann mit dem Trost, den andere Seiten der Götterwelt vermittelten? Sollte dann dieser Aspekt vollkommen untergehen und die Menschen vollkommen ihren Trugbildern überlassen bleiben? Gab es nur die böse Seite der Götter?

Odysseus wußte es nicht, aber in einem Punkt war er sich sicher: Daß er mit seinem Abstieg in den Hades das Geheimnis von Leben und Tod nicht hatte lösen können. Er hatte mehr Fragen als Antworten mitgebracht, und vielleicht war die Meuterei und alles andere nichts als eine direkte Folge davon. Was er erlebt hatte, war zuviel für einen einfachen Sterblichen. Möglich, daß er der Lösung nahe gewesen war, aber er bezweifelte, ob ein Mensch sie überhaupt zu begreifen in der Lage war. Vielleicht hatte er sich einfach geirrt.

An diesem Punkt seiner Überlegungen angekommen, spürte Odysseus eine plötzliche Erleichterung. Das, was ihm Teiresias geweissagt hatte, war grausam, aber er hatte keinen Beweis, daß es wirklich geschehen würde. Und selbst wenn,

war andererseits zumindest *eine* Gewißheit darin enthalten: Daß er seine Heimat wiedersehen würde, wenn er auch nicht wußte, in welchem Zustand er sie vorfinden würde. Doch gleichgültig, was das Schicksal noch für ihn bereithielt: Aus all den Niederlagen, die er in seinem Leben bereits hatte einstecken müssen, war er jedesmal gestärkt hervorgegangen, erfahrener und erst dadurch in der Lage, mit der nächsten Prüfung fertig zu werden. Das, was ihm jetzt bevorstand, mochte vielleicht sogar schlimmer sein als sein Erlebnis im Hades, aber solange er innerlich bereit war zu kämpfen, würde er es durchstehen.

Eurylochos mußte sein Schweigen falsch gedeutet haben, denn in seine Augen trat erneut ein Ausdruck des Schmerzes. „Du... haßt mich, nicht wahr?" fragte er ganz leise. „Du glaubst, ich hätte dich verraten."

„Das hast du", antwortete Odysseus, ohne ihn anzusehen.

„Aber ich mußte es tun."

„Ich weiß", murmelte Odysseus.

Eurylochos schwieg einen Moment. „Dann... billigst du, was ich getan habe?" fragte er stockend.

Odysseus schüttelte den Kopf. „Nein. Aber ich verstehe es." Er richtete sich auf, so weit es die Schmerzen in seinem Kopf und die Fesseln zuließen, und sah Eurylochos an.

„Du hast getan, was du glaubtest tun zu müssen", fuhr er fort. „An deinem Verhalten ist nichts Ehrloses. Ich hasse dich nicht. Aber das heißt nicht, daß ich dir verzeihen werde." Er steckte Eurylochos die gefesselten Hände entgegen. „Binde mich los."

Eurylochos starrte ihn an. „Heißt das, daß – "

„Ich gebe dir mein Wort", unterbrach ihn Odysseus, „nichts gegen dich und die Männer zu unternehmen, die dir folgten, bis wir Ithaka erreicht haben – oder irgendeinen anderen Hafen. Nicht mehr."

Wieder schwieg der Hauptmann für lange Zeit. Dann nick-

te er. „Mehr wollte ich nicht hören“, sagte er. Mit einer raschen Bewegung zog er das Messer, durchtrennte Odysseus’ Fesseln und stand auf. „Dein Wort, Odysseus“, erinnerte er. „Bis wir Ithaka erreichen.“

„Oder die Strafe der Götter uns“, fügte Odysseus hinzu.

Eurylochos nickte. „Oder die Strafe der Götter uns.“

Die nächsten vier Tage verlief ihre Reise monoton und nahezu ereignislos. Der Wind blies beständig aus der gleichen Richtung und trieb sie in gleichmäßiger Trägheit einem unbekannten Ziel entgegen. Odysseus sprach nicht viel in diesen vier Tagen, und er bewegte sich kaum aus dem kleinen Zelt heraus, das eigens für ihn im Heck des Schiffes aufgeschlagen worden war; gerade genug, seinen Gliedern ein wenig Bewegung zu gönnen. An Bord des Schiffes herrschte eine gedrückte, niedergeschlagene Stimmung. Wenn Odysseus einem der Männer begegnete, senkte dieser meist den Blick oder ging rasch weg, und Odysseus seinerseits war froh darum.

Aber er spürte auch, daß es nicht allein seine Gegenwart war, die die Männer bedrückte, oder die Meuterei, die – dessen war er jetzt ganz sicher – fast ohne ihr eigenes Zutun ausgebrochen war. Irgendwie war alles so gekommen, wie es hatte kommen müssen. Die Dinge hatten sich einfach entwikkelt, und niemand war in der Lage gewesen, etwas daran zu ändern. Jetzt warteten sie, und worauf, wußten sie wohl selbst nicht so recht. Vielleicht darauf, endlich die Heimat zu erreichen; vielleicht auf die Strafe der Götter, die Teiresias ihnen allen prophezeit hatte.

Sie ereilte sie am Mittag des fünften Tages.

Odysseus stand zu diesem Zeitpunkt zusammen mit Eurylochos am Bug des Schiffes und starrte auf das trügerisch glatte Meer hinaus. Er hatte sein Zelt verlassen, ohne wirklich zu wissen, warum. Eine nervöse Unruhe hatte von ihm Besitz er-

griffen, und er war nicht der einzige, der von diesem Gefühl geplagt wurde, wie er sehr wohl bemerkte. Die Bewegungen der Männer waren rascher und abgehackter geworden, ihre Gesten nervöser und fahriger; öfter als sonst konnte er beobachten, wie die Männer unsicher auf das Meer hinausblickten. Selbst Eurylochos, der ihm während der letzten vier Tage beständig ausgewichen war – soweit er das in der Enge des Schiffes überhaupt gekonnt hatte –, war stehengeblieben, als Odysseus neben ihn trat. Auch sein Blick war auf das Meer gerichtet. Odysseus sah, daß seine Hände in kleinen Bewegungen über die Reling fuhren, deren er sich nicht einmal bewußt zu sein schien.

„Etwas geschieht", dachte er. „Jetzt." Aber er wußte nicht, was.

„Du spürst es auch, nicht wahr?" flüsterte Eurylochos plötzlich. Er sah Odysseus bei diesen Worten nicht an. Sein Blick blieb weiterhin starr auf das Meer gerichtet. Nicht einmal den Wind, der sein Gesicht peitschte, schien er zu bemerken.

Statt der weitschweifigen und komplizierten Antwort, zu der er angesetzt hatte, nickte Odysseus einfach. Ja, er spürte es, so deutlich wie jeder einzelne Mann hier an Bord. Dann hörten sie es, und beide im gleichen Augenblick; ein dumpfes, gleichmäßiges Grollen und Dröhnen, von dem er im allerersten Moment glaubte, daß es nichts als das Rauschen des Blutes in seinen eigenen Ohren sei. Aber fast im gleichen Augenblick fuhr Eurylochos sichtbar zusammen, und auch ein paar der anderen Männer hoben die Blicke und starrten auf das Meer hinaus. In ihren Augen erschien die Furcht, die sie in den letzten Tagen mühsam unterdrückt hatten.

„Was ist das?" fragte Odysseus leise. „Hörst du es auch, Eurylochos? Fast, als... als würden wir geradewegs auf einen Wasserfall zusteuern."

Und genauso war es. Wie treffend dieser Vergleich war, begriff Odysseus erst, als er seine eigenen Worte hörte. Es

war das Geräusch eines Wasserfalles. Aber ein Wasserfall auf dem offenen Meer? Unmöglich, dachte er.

„Ich höre es", flüsterte Eurylochos. „Und es gefällt mir nicht." Er löste die Hände von der Reling, sah Odysseus an und starrte dann wieder nach vorne. Seine Augen weiteten sich, obwohl es noch immer nichts zu sehen gab außer einer blauen Unendlichkeit.

„Charybdis", dachte Odysseus. Eurylochos mußte es im gleichen Augenblick begriffen haben wie er. Was sie hörten, war die Stimme der Charybdis, des entsetzlichen Höllenstrudels, vor dem sie Circe gewarnt hatte. Aber das sprach er nicht aus.

Irgendwie spürte er, daß es nicht mehr nötig war, irgend etwas auszusprechen. Es war kein Zufall, daß er sich gerade in diesem Moment der Charybdis erinnerte, und der schrecklichen Skylla, die sie bewachte. Eurylochos wußte es, und Odysseus spürte, daß dieses Wissen im gleichen Moment in jedem einzelnen Mann der Besatzung war.

„Das... ist das Ende", murmelte Eurylochos. „Du... du hattest recht, Odysseus. Du hattest recht, und ich habe mich getäuscht. Nicht... nicht du warst es, der versagt hat."

„Schweig", murmelte Odysseus. Es war kein Befehl, sondern eine Bitte, und Eurylochos kam ihr nach.

Eine unnatürliche, bedrückende Stille breitete sich auf dem Deck des kleinen Schiffes aus. Die Männer erstarrten, und wohin Odysseus auch sah, erblickte er in ihren Gesichtern den gleichen, halb entsetzten, halb auch ergebenen Ausdruck. Der Schrecken, das Entsetzen, die von ihnen Besitz ergriffen hatten, waren von lähmender Art. Niemand rührte sich mehr. Sie machten keinen Versuch, den Kurs zu ändern. Auch dieses Wissen war mit unerschütterlicher Sicherheit in jedem einzelnen von ihnen: daß es sinnlos wäre, es auch nur zu versuchen. Selbst dieses plötzliche, allumfassende Wissen gehörte zu dem bösen Spiel, das die Götter mit ihnen spiel-

ten. Was nutzte ein Triumph, dachte Odysseus bitter, wenn er nicht vollkommen ausgekostet wurde.

Das Schiff wurde schneller, obwohl der Wind eher nachließ. Das große Segel hing jetzt schlaff am Mast, aber das Schiff teilte die Wogen immer rascher, und die Planken unter ihren Füßen zitterten jetzt nicht mehr im Takt der Wellen, sondern in einem anderen, grollenden, drohenden Rhythmus.

Dann begann sich etwas vor ihnen zu verändern.

Im allerersten Moment sah es aus, als käme Nebel auf, ein feiner grauer Schleier, der fast reglos über dem Meer vor ihnen hing, aber schon bald begriff Odysseus, daß das, was er für Nebel hielt, nichts als hochgewirbelte Gischt war, der Atem des Götterstrudels, der schon ganze Flotten zermahlen hatte. Aus dem ruhigen, wenn auch jetzt sehr schnellen Dahingleiten des Schiffes wurde ein stampfendes Schlingern und Hopsen, bei dem sich die Männer kaum mehr auf den Beinen halten konnten. Und noch immer rührte sich keiner der Männer.

Dann wuchs in der grauen Gischt etwas heran, etwas Großes, Glänzendes, ein Ding aus tangglitzernden Gliedern. Mannsgroße gelbe Augen ohne Pupillen starrten mit dumpfer Bosheit auf das kleine Schiffchen herab, das sich seinem Schlund näherte.

Die Skylla. Das Ungeheuer, das die Charybdis bewachte. Die Geißel der Meere, die schon zahllose Seefahrer verschlungen hatte. Niemand, keiner von ihnen, hatte daran geglaubt, daß es sie wirklich gab, aber jetzt sahen sie sie, die Bestie. Sie war da, groß wie ein Berg und mit Hunderten von peitschenden, mannsdicken Armen; halb Krake, halb zum Leben erwachter Alptraum, der letzte der Titanen, den die Götter am Leben gelassen hatten, um Narren wie sie zu verschlingen.

Odysseus starrte den grauschwarzen Giganten an, reglos,

gelähmt vor Schrecken und Unglauben, und wie er, waren auch Eurylochos und alle anderen an Bord erstarrt. Nicht einmal ein Schrei drang in das Gischten und Rauschen des Wassers, denn...

...denn dies alles gehörte zur Falle der Skylla!

Die Erkenntnis kam mit solcher Wucht, daß Odysseus aufstöhnte. Plötzlich begriff er.

„Es ist das Ungeheuer!" brüllte Odysseus. Er wirbelte herum, packte Eurylochos bei den Schultern und schüttelte ihn so heftig, daß er gegen die Reling taumelte. „Versteh doch!" schrie er. „Sie lähmt uns! Die Skylla betäubt unsere Gedanken!"

Und wie zur Antwort stieß die Skylla ein ungeheures Grollen aus; ein Laut, mächtiger als das Dröhnen der Charybdis, die – auch das erkannte Odysseus mit jener fast unnatürlichen Klarheit, die plötzlich von seinem Denken Besitz ergriffen hatte – nichts anderes war als der Sog, den der ungeheuere Körper des Titanen verursachte, als er das Wasser teilte. Der Blick dieser riesigen, kochenden Augen richtete sich direkt auf Odysseus. Ein einzelner, langer Krakenarm löste sich aus dem Wasser und klatschte schwerfällig zurück.

Das Schiff ächzte und schlingerte unter der Flutwelle, die schon diese scheinbar gemächliche Bewegung hervorrief. Odysseus taumelte gegen die Reling und hielt sich mit letzter Kraft fest. Zwei, drei Männer wurden von den Füßen gerissen, und ein vierter taumelte über die Reling und versank im schäumenden Wasser, um nie wieder aufzutauchen.

„Rudert!" schrie Odysseus. Verzweifelt stieß er sich von der Reling ab, zerrte Eurylochos einfach mit sich und stolperte über das schlingernde Deck nach hinten, zum Ruder. „Geht an die Ruder!" schrie er mit vollem Stimmaufwand. „Was ihr spürt, ist der Geist der Skylla! Sie lähmt euren Willen!"

Und – er hatte selbst nicht damit gerechnet – seine Worte

brachen den bösen Bann. Plötzlich machte die dumpfe Betäubung in den Blicken der Männer schierem Entsetzen Platz – und sie begannen sich wieder zu bewegen!

Die Skylla stieß ein zorniges Kreischen aus, als sie spürte, wie ihr Einfluß brach. Ihr riesiger Leib hob sich wütend aus dem Meer; Odysseus sah den gigantischen Krakenschnabel, groß genug, einen Mann zu verschlingen, die entsetzlich langen, sich windenden Arme, die in rasender Wut den Ozean peitschten.

„An die Ruder!" brüllte er. „Rudert, Männer! Rudert um euer Leben!"

Aber so sehr er sich auch gegen das Ruder stemmte – das Schiff wich kaum von seinem Kurs ab – einem Kurs, der es geradewegs in die peitschenden Arme des Titanen hineinführen mußte.

Mehr und mehr Männer griffen jetzt nach den Riemen. Ein schwerfälliges, dumpfes Zittern lief durch den Rumpf, als die Ruder eintauchten und versuchten, den Bug herumzuzwingen, den Kurs in den Tod noch einmal zu ändern.

Dann – von einem Augenblick auf den anderen – kam Sturm auf.

Der Himmel verfinsterte sich, so rasch, als zöge jemand einen schwarzen Vorhang vor die Sonne. Das Segel über Odysseus' Kopf spannte sich mit einem Knall. Das Ruder wurde ihm aus der Hand gerissen. Der Sturm packte ihn, hob ihn wie ein Blatt in die Höhe und schleuderte ihn drei, vier Manneslängen weit durch die Luft. Er schlug krachend auf dem Bug auf, blieb einen Moment benommen liegen und stemmte sich mühsam hoch. Er sah alles nur noch wie durch einen blutigen, tanzenden Nebel.

Das Schiff erzitterte unter seinen Füßen, und er spürte, wie sich der Boden langsam, aber unbarmherzig, auf eine Seite zu senken begann. Das Schiff legte sich zur Seite. Irgendwo über ihm in den Masten zerbrach etwas; zertrümmertes Holz

und Segeltuchfetzen regneten auf ihn herab. Das Schiff stampfte und zitterte ununterbrochen, rings um sie schien das Wasser zu kochen, und der Wind steigerte sich von einem Atemzug auf den anderen zu einem tobenden Orkan, der das Segel endgültig zerfetzte. Über allem lag das wütende Schreien und Zischen der Skylla.

Mit letzter Kraft stemmte sich Odysseus hoch, taumelte über das Deck und gewahrte eine zusammengesunkene Gestalt im Bug.

Eurylochos! Mit einem Schrei war er bei ihm, zerrte ihn auf die Füße – und ließ ihn augenblicklich wieder los, als er seinem Blick begegnete.

Es war der eines Wahnsinnigen.

„Odysseus!" stammelte der Hauptmann. „Du... du hattest recht. Du hattest recht, und ich... ich habe versagt. Das alles hier ist meine Schuld! Ich – " Odysseus schüttelte ihn grob. „Hör auf!" schrie er. „Dazu ist jetzt keine Zeit. Geh ans Ruder! Wir haben eine Chance!"

Aber der Hauptmann schien ihn gar nicht zu hören. „Es ist meine Schuld!" wimmerte er. „Vergib mir, Odysseus! Vergib mir, wenn – "

In diesem Augenblick barst das Meer in einer gigantischen Fontäne aus Schaum und siedendem Wasser auseinander, und die Skylla tauchte empor.

Die Schreckensschreie der Männer gingen in ihrem Brüllen unter, einem Schrei, der das Firmament zum Beben und das Meer zum Erzittern brachte.

Rings um das Schiff wuchs ein Wald peitschender grüner Schlangenarme aus dem Meer, schoß auf die Männer zu und packte sie, wickelte sich um die Reling, um die Masten, packte die Aufbauten und zermalmte sie. Ein ungeheurer Ruck ging durch das Schiff.

Odysseus fiel, fing den Sturz im letzten Moment mit den Händen ab und starrte wie durch einen Nebel zum Heck des

Schiffes. Er sah, wie einer der Männer einen Speer hob und schleuderte. Die Klinge ritzte nicht einmal die Haut des Ungeheuers, aber ein weiterer, oberschenkeldicker Arm schnellte wie eine Peitschenschnur aus dem Wasser, wickelte sich um den Leib des Mannes und riß ihn in den Tod hinab. Und auch die anderen, gierig peitschenden Arme der Skylla hatten ihre Opfer gefunden. Zappelnd hingen die Griechen in den tödlichen Schlingen, mit Messern, Schwertern oder bloßen Händen um sich schlagend und dabei hilflos, eine willkommene Beute.

Odysseus wußte nicht, wie lange es dauerte. Sekunden, Mi-

nuten, Stunden – sein Zeitgefühl erlosch, und alles, was er spürte, war Furcht. Das Schiff barst; Holzplanken wurden zermahlen von Kräften, die über sein Vorstellungsvermögen gingen. Durch den Rumpf des Schiffes ging ein harter, zerschmetternder Ruck, der alle von den Füßen fegte, die bislang noch dem Toben widerstanden hatten. Die beiden Vordertaue des Mastbaums rissen, der Mast stürzte krachend nach hinten aufs Schiff. Der Steuermann wollte sich mit einem verzweifelten Satz in Sicherheit bringen, aber er schaffte es nicht mehr.

Odysseus wurde über Deck geschleudert. Er schlug mit den Armen wild um sich, bekam irgendwo ein Stück Holz zu fassen und klammerte sich mit aller Kraft fest. Eine Welle brach über ihn hinweg und erstickte seinen Schrei.

Ein grüngrauer, geschuppter Arm zuckte in seine Richtung. Odysseus duckte sich instinktiv, entging dem Zuschnappen des Fangarmes um Haaresbreite und prallte mit grausamer Wucht gegen den Rest der Reling. Dann traf ihn eine zweite Woge, hob ihn in die Höhe, riß ihn mit sich, drückte ihn unter Wasser. Als er wieder hochkam, lockerte sich sein Griff und er ließ das glitschige Stück Holz los, den einzigen Halt, den er in dem tosenden Element noch hatte. Verzweifelt schlug er mit den Armen um sich, bemüht, irgend etwas anderes zu fassen, an dem er sich festhalten konnte.

Für einen kurzen Augenblick tauchte das sinkende Boot vor seinen Augen auf: Odysseus dachte an Eurylochos, den einzigen Freund, für den Odysseus sein Leben zu opfern bereit gewesen wäre, und der nun in dem Bewußtsein sterben mußte, einen entsetzlichen Fehler begangen zu haben; die Verantwortung für den Tod all seiner Kameraden zu tragen.

Bevor Odysseus die Endgültigkeit ihres Scheiterns bewußt werden konnte, wurde er erneut unter Wasser gedrückt, mußte mit aller Gewalt dagegen ankämpfen, das Wasser einatmen, das ihn mit sich riß. Seine Kräfte begannen zu erlah-

men. Der Druck auf seinen Lungen wurde unerträglich, und in seinen Eingeweiden erwachte ein wühlender, unerträglicher Schmerz, der sich beständig steigerte. Nur noch Sekunden, und er würde den Mund öffnen und das tödliche Wasser einatmen...

Als seine Lungen zu platzen drohten und er nichts mehr sah außer flammenden Feuerrädern, wurde er von einer Woge nach oben gehoben. Sein Kopf tauchte einen Moment aus dem Wasser, lang genug für einen verzweifelten, schmerzhaften Atemzug. Doch gleich darauf wurde er von einer erbarmungslosen Welle wieder unter die Wasseroberfläche gedrückt, als spiele das Meer ein grausames Spiel mit ihm. Er ruderte verzweifelt mit Armen und Beinen, aber es gelang ihm nicht, erneut an die Oberfläche vorzustoßen.

Er versuchte zu atmen, hustete, spuckte Wasser aus und schluckte Wasser. Sein Kopf war einem gnadenlosen Druck ausgesetzt. „Das ist das Ende“, hämmerten seine Gedanken. Eine unglaubliche Angst hielt ihn gepackt, die panische Gewißheit, daß es diesmal kein Entrinnen gab. Bei diesem Gedanken verlor er das Bewußtsein.

Kalypso

Zum zweiten Male tauchte er aus dem Dunkel der Bewußtlosigkeit ins Wachsein empor.

Kälte und Feuchtigkeit: Das war das erste, was er empfand. Eine Kälte, die sich über seinen ganzen, zerschundenen Körper ausbreitete, und eine Feuchtigkeit, die bis in seine Knochen zu dringen schien. Dann Schmerz. Aber ein Schmerz, der nicht körperlicher Art war.

Langsam nahm er weitere Eindrücke wahr: die harten Kiesel unter seinem geschundenen Körper, das schattengemilderte Licht der Abendsonne, den vagen Umriß eines nahen Waldes. Und jetzt auch wirklichen, körperlichen Schmerz. Jeder Stein unter ihm schien sich wie eine spitze Nadel in seine Haut zu bohren, seine Arme und Beine taten weh, als habe er mehrere Tage hintereinander schwer gearbeitet. Jeder einzelne Muskel in seinem Leib war verkrampft.

Das Licht der untergehenden Sonne fiel warm auf sein Gesicht, aber die Strahlen vermochten die Kälte nicht zu verjagen, die tief in seinem Körper saß. Mühsam richtete er sich auf die Ellbogen auf.

Über ihm spannte sich ein wolkenloser, ganz leicht rötlich schimmernder Himmel. Der Sturm hatte sich gelegt, und selbst das Wispern des Windes war verklungen. Alles, was er hörte, war das leise Geräusch der Brandung, das in seiner Eintönigkeit beruhigend wirkte. Nach dem Inferno, das er überstanden hatte, kam ihm die Stille plötzlich fast störend vor.

Er erhob sich vollends, sah sich um und schüttelte verwirrt den Kopf. Im ersten Moment hatte er Mühe, sich darauf zu besinnen, was geschehen war. Natürlich erinnerte er sich an den Untergang des Schiffes, an die entsetzliche Skylla, an den Tod seiner Kameraden – aber all diese Bilder und Eindrücke

wirbelten in seinem Kopf durcheinander; er war nicht fähig, Ordnung in seine Erinnerungen zu bringen. Das einzige, was er wirklich wußte, war eben die Tatsache, daß er noch lebte, und daß das Meer ihn freigegeben hatte. Die Wogen hatten ihn auf einen flachen, mit feinen Kieseln übersäten Sandstrand gepült. Nichts deutete auf die Anwesenheit von Menschen hin...

Seine Gefährten! Der Gedanke an sie traf ihn wie ein Schlag. Verzweifelt sah er sich nach allen Richtungen um, noch nicht bereit, das hinzunehmen, was er im Innersten schon längst wußte: Daß sich die Prophezeiung Teiresias' erfüllt hatte. Der Sonnengott hatte sich auf grausame Weise für den Frevel gerächt, den sie an seinen heiligen Tieren begangen hatten.

Mühsam erhob er sich. Auf verkrampften, kraftlosen Beinen taumelte er den Strand entlang, suchte nach Spuren des Schiffes, nach Trümmern, Strandgut, nach Überlebenden.

Aber er fand nichts. Kein Holz, kein Tauwerk, keine Fässer oder Tuchfetzen, nichts von alledem, was das Meer nach einem Schiffsuntergang freizugeben bereit war, normalerweise. Und erst recht keine Spur eines seiner Gefährten. Er war der einzige Überlebende.

Müde ließ er sich schließlich am Strand nieder. Jetzt, wo die Last der Verantwortung von seinen Schultern genommen worden war, fühlte er sich hin und her gerissen zwischen einem Gefühl der Trauer und einer Erleichterung, die ihn selbst erschreckte, gegen die er aber machtlos war. Sosehr ihn der Tod der Gefährten auch bedrückte, war es doch etwas, mit dem er letztendlich gerechnet hatte. Aber ob es ihm gefiel oder nicht, er war nun wieder ein freier Mann, der gehen konnte, wohin er wollte, und der niemandem etwas schuldig war. Der Gedanke kam ihm zwar wie blanker Hohn vor, angesichts seines eigenen Zustandes und der Ungewißheit, an welcher Küste er gestrandet war – aber jetzt war er erst recht

nicht bereit aufzugeben. Der Preis, den so viele andere für seine völlige Freiheit von der Verantwortung bezahlt hatten, war einfach zu hoch, um sie jetzt wegzuwerfen. In diesem Punkt war sein erster Eindruck nicht richtig gewesen – er war seinen toten Kameraden etwas schuldig. Zu überleben nämlich.

Er blickte auf die Bucht hinab, in deren ruhigem Wasser sich die Sonnenstrahlen brachen. Während er noch über seine nächsten Schritte nachsann und überlegte, wo er am besten die Nacht verbrachte – direkt am Strand oder weiter im Landesinneren –, hörte er plötzlich ein Geräusch hinter sich. Das Knacken von Zweigen, dann zwei, drei leise Schritte, das Geräusch von kleinen Kieseln, die scharrend aneinanderrieben. Jemand kam! Vielleicht einer seiner Gefährten! Vielleicht war er doch nicht der einzige Überlebende und vielleicht –

Odysseus fuhr herum und erstarrte.

Es war keiner der anderen. Vor ihm, nur noch auf Armeslänge entfernt, stand eine Frau, die so gleichmütig auf ihn herabblickte, als stolpere sie jeden Tag am Strand über Schiffbrüchige. Sie zeigte auch nicht die mindesten Zeichen von Furcht.

Verwirrt stand Odysseus auf. Seine Hand tastete unwillkürlich zu der Stelle, an der normalerweise das Schwert hing. Die Waffe war nicht mehr da.

Der Frau war die Bewegung keineswegs entgangen, und Odysseus war sehr sicher, daß sie auch ihre Bedeutung kannte. Aber sie zeigte weiterhin keine Regung, sondern musterte ihn nur kühl. Der Blick ihrer meerblauen Augen blieb vollkommen ausdruckslos. Auch, als sich ihr Mund zu einem spöttischen Lächeln verzog, veränderte sich der Ausdruck ihrer Augen nicht.

„Willkommen, König des fernen Ithaka“, sagte sie mit voller, sehr wohltönender Stimme. „Wenn du dein Schwert

suchst, dann wende dich an Poseidon, der dir und deinen Gefährten so übel mitgespielt hat. Ich bin mir aber nicht sicher", fügte sie mit einem deutlich spöttischen Lächeln hinzu, „daß er es dir wiedergeben wird. Er ist im Moment nicht sehr gut auf dich zu sprechen."

„Du kennst mich?" fragte Odysseus überrascht. Unwillkürlich trat er einen Schritt zurück. Sein Blick glitt an der Unbekannten vorbei, suchte vergebens nach ihren Begleitern, die sich im nahen Gebüsch versteckt haben mochten. Bei aller Verwirrung über die unerwartete Begegnung kam ihm auch nicht nur eine Sekunde in den Sinn, daß sie allein sein konnte.

„Wer kennt den großen Odysseus nicht?" fuhr sie fort. „Doch bevor ich dir weitere Fragen beantworte, möchte ich mich dir gerne vorstellen."

Sie lächelte erneut.

„Schließlich sollst du wissen, mit wem du es zu tun hast."

Daß sie überhaupt wußte, wer er war, erschreckte Odysseus. Bei Zeus – war das ein neues Spiel? Hatten die Götter noch weitere Prüfungen für ihn vorgesehen? Nur mit Mühe beherrschte er seine Unsicherheit, als sie nun schwieg. „Also, wer bist du?" fragte er so bestimmt, wie er konnte.

Die Unbekannte schüttelte tadelnd den Kopf. „Man hat behauptet, du wärst ein ruhiger und besonnener Mann", sagte sie. „Ich werde mich in dir doch nicht getäuscht haben?"

„Ich weiß nicht, was du von mir erwartest", sagte er jetzt ungehalten. „Aber wenn du meine Besonnenheit suchst, dann sieh an der Stelle nach, an der Poseidon mein Schwert versenkt hat. Es würde mich gar nicht wundern, wenn sie direkt daneben liegt."

Die Fremde lachte hell auf, um gleich darauf wieder ernst zu werden. „Diese Worte passen eher schon zu dem Mann, der Troja bezwungen – "

„ – und seine Gefährten dem nassen Tod ausgeliefert hat,

ich weiß", beendete Odysseus ihren Satz. „Also noch einmal: Wer bist du?"

„Nun, was ich bin, würdest du sowieso nicht verstehen", antwortete die Unbekannte nachdenklich. „Auch du, der du schon so weit in der Welt herumgekommen bist, bist bestimmt noch nie auf jemanden wie mich gestoßen."

„Schluß mit dem Spielchen", sagte Odysseus. Seine Unsicherheit begann allmählich tiefem Ärger zu weichen. Das schmerzhafte Ziehen hinter seinen Schläfen erinnerte ihn daran, daß er es nur einem Wunder zu verdanken hatte, überhaupt noch am Leben zu sein. Eine geistreiche Auseinandersetzung war im Moment das letzte, was er brauchte. „Ob du mir nun sagen willst, wer du bist, oder nicht, magst du dir noch in Ruhe überlegen. Beantworte mir zumindest die Frage, wo wir uns hier befinden."

„Auf meiner Insel natürlich."

Odysseus fühlte eine Woge kalter Wut in sich aufsteigen. Alles, was er in den letzten Stunden an Enttäuschung und Schmerz empfunden hatte, war vergessen angesichts dieser wortverdrehenden Frau, die sich den denkbar schlechtesten Moment ausgesucht hatte, um ihn zu foppen.

„Wenn du mir jetzt nicht gleich sagst, wer du bist", drohte er und trat einen Schritt auf sie zu, „dann erdrossele ich dich mit meinen eigenen Händen, so wahr ich Odysseus heiße."

„Es wäre mir auch ein Rätsel, wessen Hände du sonst nehmen wolltest", seufzte die Unbekannte. „Aber lassen wir das. Schließlich stellst du kein unbilliges Ansinnen..."

„Wie du heißt, will ich wissen", zischte Odysseus.

Die Unbekannte lächelte; ein Lächeln, das irgend etwas in Odysseus schier zur Weißglut brachte.

„Kalypso heiße ich", sagte die Fremde schließlich, „und mein bescheidenes, um nicht zu sagen kärgliches Heim ist nur wenige hundert Meter vom Strand entfernt. Wenn es auch eines Königs nicht würdig ist – und schon gar nicht zu

vergleichen mit dem Palast der Circe –, so bleibt mir jedoch nichts anderes übrig, als es dir anzubieten."

„Du scheinst ja genauestens über mein Leben informiert zu sein", knurrte Odysseus. „Dann erinnere dich aber auch bitte daran, wie es Circe erging, als sie mich im Gewand falscher Gastfreundlichkeit hintergehen wollte."

„Bin ich etwa Circe?" fragte Kalypso und zog die Augenbrauen hoch. „Du willst mich doch hoffentlich nicht mit ihr vergleichen!" Sie schien wirklich getroffen zu sein. Ihre Reaktion war zum ersten Mal weder gespielt noch spöttisch.

„Ich will dich mit überhaupt niemanden vergleichen", behauptete Odysseus. „Ich will dir bloß klarmachen, daß du nur mit Ehrlichkeit und Offenheit etwas bei mir erreichen kannst."

„Erstaunliche Worte für einen, der den Beinamen ‚der Listenreiche' trägt", wunderte sich Kalypso. „Aber lassen wir das. Schließlich verliert man nicht alle Tage sein Schiff und seine Mannschaft. Ich biete dir meine Gastfreundschaft – ohne heimtückische Hintergedanken, wie du sie vielleicht bei der einen oder anderen Gelegenheit kennengelernt hast." Sie drehte sich um und winkte Odysseus, ihr zu folgen.

Kalypso führte ihn über den Strand auf einen schmalen Pfad, unter dessen Grasdecke nackter Felsen schimmerte. Der Pfad wand sich an einer Klippe empor. Er war so steil und glitschig, daß Odysseus seine ganze Konzentration aufwenden mußte, um nicht auszugleiten. Die wenigen Blicke, die er seiner Umgebung widmen konnte, genügten immerhin, um ihn halbwegs zu beruhigen: Der Pfad war ein denkbar schlechter Ort für einen Hinterhalt. Dann wäre es schon einfacher gewesen, ihn am Strand zu überrumpeln, mit der Dekkungsmöglichkeit des nahen Gebüschs. Hier war nichts, was Deckung bieten konnte. Der Grasbewuchs wurde immer spärlicher, bis nichts mehr als reiner Felsen um ihn herum war.

Dann kam ihm zu Bewußtsein, wie närrisch dieser Gedanke war. Wenn Kalypso wirklich Übles im Sinn gehabt hätte – was hätte sie wohl daran gehindert, ihn wie einen Hund zu ertränken, als er bewußtlos am Strand lag?

Schließlich erreichten sie eine Grotte, vor deren Eingang eine aus schmalen Holzlatten gezimmerte Hütte stand. Sie war tatsächlich so bescheiden, wie Kalypso behauptet hatte – um nicht zu sagen: ärmlich.

Als Odysseus über die Schwelle trat und sich umsah, war ihm, als müsse er seinen ersten Eindruck von Kalypso revidieren. Er hatte sie für oberflächlich und schwatzhaft gehalten, für mehr nicht. Doch trotz der fast armseligen Einrichtung wirkte die Hütte auf eigentümliche Art geschmackvoll und anheimelnd; in ihrer Einfachheit was sie beinahe behaglicher als der mit Prunk überladene Palast der Circe. In einer Ecke war die Schlafstelle, ein Lager aus Stroh, über dem Ziegenfelle ausgebreitet waren. In der Mitte der gegenüberliegenden Wand war die Feuerstelle eingelassen, in der noch die Reste eines Feuers glommen. Links von ihm stand ein schmaler Tisch mit zwei einander gegenüberstehenden Stühlen, die mit Ornamenten verziert waren und dennoch schlicht wirkten. An den Wänden hingen allerlei Gerätschaften, so kunstvoll angeordnet, daß sie insgesamt das Gefühl von Ruhe und Gelassenheit vermittelten. Kalypso war vielleicht nicht reich an weltlichen Gütern, aber reich an Geschmack.

„Und wo hast du deine Leibgarde versteckt?“ fragte Odysseus, nachdem er sich von seiner Überraschung erholt hatte.

„Tsss, tsss“, Kalypso schüttelte vorwurfsvoll den Kopf. „Eine Nymphe mit Leibgarde wäre dann doch eine etwas seltsame Vorstellung. Ich bin mir selbst Schutz genug.“

„Du bist eine Nymphe?“ fragte Odysseus spöttisch. „Seit wann wohnen Nymphen in Hütten?“

Kalypso zuckte mit den Achseln. „Seit wann schwimmen Könige nach Hause, statt ein Schiff zu benutzen?“ gab sie

spitz zurück. Als sie seinen neuerlichen Ärger bemerkte, fügte sie rasch hinzu: „Die Grotte war mir auf die Dauer nicht bequem genug."

Odysseus runzelte die Stirn. Kalypsos Stimme war frei von jedem Spott, und doch konnte er kaum glauben, was er hörte. Nymphen waren schattenhafte, zarte Wesen; Naturgeister, die es schon gegeben hatte, bevor Zeus mit seinem Gefolge auf dem Olymp einzog. Bislang war Odysseus noch nie einer Nymphe begegnet – niemand, den er persönlich kannte, war das –, ja, er hatte es sogar für unmöglich gehalten, einer begegnen zu können; aus dem sehr einfachen, aber einleuchtenden Grund, daß er nicht an ihre Existenz glaubte.

Und von Nymphen, die in Hütten wohnten, weil ihnen Quellen zu langweilig geworden waren, hatte er überhaupt noch nichts gehört.

Nun – gleichgültig, was Kalypso war – sie war in jedem Fall eine außergewöhnliche Frau. Und schön.

„Du siehst plötzlich so nachdenklich aus, König des fernen Ithaka", sagte Kalypso lächelnd. „Glaube mir, du wirst hier noch genug Zeit zum Nachdenken finden. So schnell lasse ich dich nicht mehr weg."

„Was soll das heißen?" fragte Odysseus.

„Das soll heißen, mein lieber Odysseus", lächelte Kalypso, „daß ich dich zu meinem Gemahl erkoren habe."

Er begann, den frühen Morgen zu lieben. Es war ein einzigartiges Erlebnis, ganz früh an den Strand Ogygias zu gehen, wenn die Dämmerung allmählich in den strahlenden Tag überging. Gewöhnlich flaute dann der Nachtwind ab, und die Bucht lag still und glatt wie ein Spiegel, in dem sich das tiefe Blau des Himmels brach. Die Luft war erfrischend kühl, und er genoß es, sich von der zunehmenden Wärme der steigenden Sonne durchwärmen zu lassen.

Doch auch während er am Strand auf und ab ging, oder

wenn er sich für eine Weile auf dem pulvertrockenen Sand niederließ, kamen seine Gedanken nie zur Ruhe. Er war sich ständig bewußt, daß es nur wenige Schritte bis zu Kalypsos Hütte waren, in der bereits ein zubereitetes Frühstück für ihn bereitstand: Leichter roter oder weißer Wein, gebratener Fisch, frisches Brot und gelegentlich ein Stück Wild.

Er wäre froh gewesen, wäre es nicht so. Es hätte einiges einfacher gemacht. In den ersten Tagen war er für Kalypsos Fürsorge mehr als dankbar gewesen, hatte sie ihm doch Trost gespendet, als ihn der furchtbare Schmerz um den Tod seiner Gefährten niederzuringen gedroht hatte. Doch nun, da er wieder frischen Lebensmut entwickelte, begann er ihre Fürsorge immer mehr als Einengung zu empfinden. Sie war immer für ihn da, wenn er sie brauchte, ohne seine Bewegungsfreiheit auf der Insel Ogygia einzuschränken.

Aber das war es ja gerade: diese Insel. Sicherlich eine Idylle und wie geschaffen, um die Wunden seines Körpers und auch seiner Seele auszuheilen. Doch bis zum Ende seiner Tage konnte er und wollte er hier nicht bleiben. Auch wenn er mit Kalypso Tisch und Bett teilte, so war sie doch nicht seine Frau, und was viel wichtiger war: Er liebte sie nicht.

Und außerdem war Ogygia nicht sein Königreich. Er gehörte nach Ithaka, an die Seite seiner Frau Penelope, um mit ihr gemeinsam bis ans Ende seiner Tage über sein Land zu regieren und Telemach auf die Übernahme seines schweren Erbes vorzubereiten. Er hätte sie nie verlassen sollen, nicht, um einen Krieg gegen das ferne Troja zu führen, der seinen Ruhm und seine Macht stärken sollte. Ruhm und Macht, das erkannte er erst jetzt, waren kalte Eckpfeiler der Eitelkeit, und was wirklich zählte, waren allein Liebe und Freundschaft – etwas, daß er nur in Ithaka fand.

Ithaka...

Mit wieviel Wehklang war dieser Name bereits verbunden, wieviele tapfere Männer waren in dem Glauben gestorben,

ihre Heimat bald wiederzusehen? Stolze achthundert Krieger waren sie gewesen, die siegestrunken von den Küsten Trojas aufgebrochen waren, und sie alle waren nun tot.

Er als einziger hatte überlebt, bislang, doch wozu, das wußte er nicht. Das einzige, was er zu wissen glaubte, hatte er der düsteren Prophezeiung Teiresias' entnommen. Er würde die Heimat wiedersehen, hatte ihm der tote Seher geweissagt, doch eine Heimat, die er nicht wiedererkennen würde. Er wußte nicht einmal, ob Penelope und Telemach noch am Leben waren. Und er wußte nicht, ob sich eine Rückkehr lohnte.

Während er auf die Bucht hinausstarrte, auf diesen mittlerweile vertrauten Ausläufer des weiten Meeres, das er zu fürchten gelernt hatte, formte sich in ihm ein Entschluß. Er würde mit Kalypso sprechen, heute noch. Sie mußte ein Einsehen mit ihm haben und konnte nicht so grausam sein, ihn den Rest seines Lebens auf Ogygia gefangenzuhalten. Er wußte, daß sie die Macht dazu hatte, seine Reisepläne zum Scheitern zu bringen; nur mit ihrer Hilfe konnte er überhaupt hoffen, ein halbwegs seetüchtiges Fahrzeug auf den richtigen Kurs zu bringen. Und er war sich alles andere als sicher, ob sie dazu bereit war. Ogygia war nicht nur ein Paradies, es war auch ein Käfig; ein Käfig mit unsichtbaren Stäben zwar, aber mit sehr festen.

Mit einem entschlossenen Ruck wandte er sich um und ging den Hügel zur Hütte empor. Die Morgenbrise hatte inzwischen eingesetzt, und der leichte Wind strich über seinen nackten Rücken. Alles, was er am Leib trug, war ein grobgewebter Rock, der wie er selbst als Strandgut nach Ogygia gelangt war. Er wußte, daß Kalypso dabei war, ihm neue Kleider zu nähen, und dieses Wissen versetzte ihm einen feinen Stich.

Als er die Hütte betrat, hockte Kalypso vor der Feuerstelle und blies in die verlöschende Glut. Obwohl er sich aus alter

Gewohnheit nahezu lautlos bewegte, hatte sie ihn gehört, denn die Sinne einer Nymphe waren um vieles feiner als die eines Menschen. Sie wandte sich zu ihm um, lächelte sanft und deutete auf den Tisch, der mit den zwei Gedecken und den Schalen frischen Obstes fast überladen wirkte.

„Du bist heute früh dran“, sagte sie in einem Tonfall, in dem die Spur eines Vorwurfs mitschwang. „Die Glut ist noch nicht entfacht, und der Fisch noch nicht gebraten.“

„Tu mir einen Gefallen“, sagte Odysseus so vorsichtig wie möglich und zwang sich ein Lächeln ab, „vergiß heute den Fisch, ja? Dein Frühstück ist so gut und reichhaltig, daß...“

Als er sich bewußt wurde, was für einen Unsinn er zu reden im Begriff war, verstummte er mitten im Satz. Was war mit ihm los, daß es ihm nicht wie gewohnt gelang, zu jeder Situation die passenden Worte zu finden?

Kalypso erhob sich vollends und musterte ihn stirnrunzelnd. „Was ist geschehen, daß du so außer Fassung bist? Hast du ein Schiff am fernen Horizont entdeckt, dem nun dein Herz nachweint?“

„Unsinn“, brummte Odysseus ungehalten. Er ärgerte sich, vor Kalypso derart die Fassung verloren zu haben. Der listenreiche Odysseus, wie man ihn nannte, war dafür bekannt, auch in aussichtslosen Situationen einen klaren Kopf zu bewahren und mit scharfer Zunge seine Ziele durchzusetzen. Wenn er jetzt seine Gefühle schon so wenig unter Kontrolle hatte, daß ihm eine Frau seine Verwirrung auf den ersten Blick ansah, dann war das ein alarmierendes Zeichen.

Natürlich war Kalypso nicht irgendeine Frau. Ob Nymphe oder nicht, sie stand auf geheimnisvolle Weise mit den Göttern im Bunde, schützte ihn vor ihrem Zorn, solange er sich auf Ogygia befand. Anders ausgedrückt: Er war ihr Gefangener. Sie wußten es beide, ohne es je ausgesprochen zu haben. Aber zumindest das würde sich jetzt ändern.

„Ich habe kein Schiff am Horizont entdeckt“, sagte Odys-

seus scharf. „Und wenn, würde es auch keinen Unterschied machen. Du würdest mich nicht gehen lassen.“

Kalypso trat an den Tisch, nahm einen Apfel aus der Obstschale und spielte gedankenverloren damit. „Wenn du kein Schiff gesehen hast, verstehe ich deine Aufregung um so weniger, lieber Odysseus. Daß du hier bei mir weilst, verdankst du deinem Dickschädel, mit dem du den Zorn der Götter herausgefordert hast. Sie, die dich Troja bezwingen ließen, haben deinen Unglauben und Größenwahn nicht hinnehmen können. Sag mir ehrlich: Fühltest du dich selbst nicht wie ein Gott, als es dir gelang, den furchtbaren Zyklopen zu blenden?“

„Das ist eine andere Geschichte, die nicht hierher gehört“, antwortete Odysseus ungehalten. „Du sprachst von Troja, und du sollst eine ehrliche Antwort erhalten: Ja, ich zweifelte an der Existenz der Götter, sowohl vor den Toren Trojas als auch in den langen Jahren vorher. Aber ich brachte ihnen Opfer dar und sprach ihre Namen mit Ehrfurcht aus. Und jetzt?“ Er lachte rauh. „Es ist wohl nicht mehr an der Zeit, an ihrer Existenz zu zweifeln. Aber was für Götter sind das, Kalypso, wenn sie achthundert tapfere Männer untergehen lassen, nur weil sie ein einzelner in ihren Augen herausgefordert hat...“

„Du hast die Götter nicht herausgefordert, sondern ihnen gelästert“, unterbrach in Kalypso. Plötzlich wirkte sie sehr ernst. „Das ist ein wesentlicher Unterschied.“

„Ach, ist es das?“ Odysseus trat einen weiteren Schritt in den Raum und starrte in die Glut, die durch Kalypsos Atem zu prasselndem Feuer entfacht worden war. Sein ganzes Leben hatte er sich mit List und Lügen durchgeschlagen, doch jetzt wollte er nicht mehr. Vielleicht, weil er spürte, daß er alt wurde. Oder war es, weil er begriffen hatte, daß es an der Zeit war, sich selbst und anderen nichts mehr vorzumachen?

Er straffte sich und sah Kalypso geradewegs in die Augen.

„Ich will dir sagen, was ich glaube, auch wenn der Zorn der Götter mich dann endgültig vernichtet." Er machte eine kleine Pause, fragte sich, ob es wirklich das war, was er jetzt wollte: Wahrheit. Aber er war zu weit gegangen, um jetzt noch aufhören zu können. „Die Götter haben meinen Weg mit einer Mischung aus Freude und Neid verfolgt", fuhr er schließlich fort. „Um selber zu leben, brauchen sie uns, die Helden. Wir vollbringen Unglaubliches, ja, fast Unmögliches. Wir sind der lebende Beweis ihrer Existenz. Doch was ist, wenn einer der lebenden Helden selbst nicht an die Götter glaubt? Entzieht er ihnen dann nicht die Lebensgrundlage?"

„Das ist ungeheuerlich", sagte Kalypso. „Ich hoffe, du weißt nicht, was du da gesagt hast, Odysseus. Du versteigst dich in deinem Größenwahn zu Dingen..."

„...die auf der Hand liegen", beendete Odysseus ihren Satz.

„Ich kann es einfach nicht glauben", sagte Kalypso leise. „Selbst jetzt, nachdem du die Existenz der Götter leibhaftig erfahren hast, ja, nachdem du ins Totenreich hinabgestiegen bist, bist du so vermessen, die Götter zu verhöhnen. Hältst du dich selbst etwa für einen Gott, bereit, bei nächster Gelegenheit auf den Olymp zu steigen?"

„Ja, aber nur, um ihn in Brand zu setzen!" sagte Odysseus wütend. Kalypso stieß einen halblauten, erschrockenen Ruf aus und schlug die Hand vor den Mund, und auch Odysseus begriff jetzt wirklich, was er da gesagt hatte.

Aber zumindest diese neuerliche Lästerung blieb ohne sofortige Strafe. Kein Blitz fuhr vom Himmel und spaltete das Haus und den Lästerer, und kein Ungeheuer tauchte auf, ihn für seine Worte zur Verantwortung zu ziehen.

Nach einer Weile schüttelte Odysseus traurig den Kopf. „Nein, Kalypso", fuhr er fort, sehr viel ruhiger. „Natürlich halte ich mich nicht für einen Gott. Du hast immer noch nicht begriffen. Das Zeitalter der Götter neigt sich dem Ende

zu. Weder ich noch einer meiner Zeitgenossen werden zu Göttern werden. Die Götter mögen noch genug Macht haben, um sterbliche Helden wie mich zu vernichten. Doch was geschieht, wenn sie es tun? Sie berauben sich selbst der Lebensgrundlage." Odysseus lächelte bitter. „Das ist die einzige Chance, die ich habe. Denn in welcher Form die Götter auch immer existieren: Sie brauchen mich, so wie ich sie brauche. Ohne sie hätten wir Troja nicht besiegen können, aber ohne uns würde ihr Ruhm schnell verblassen. Damit wären sie selbst auch dem Untergang geweiht."

Kalypso antwortete nicht, aber ihrem Gesicht war deutlich anzusehen, wie erschüttert sie war. Der Apfel in ihrer Hand zitterte leicht, als sie ihn in die Obstschale zurücklegte. „Du machst mir angst, Odysseus", gestand sie. „In dir ist eine wilde Art zu denken, die vor nichts haltmacht, selbst wenn es zu deinem Nachteil wäre. Der Odysseus, von dem man mir berichtet hat, soll dagegen ein vernünftiger Mann gewesen sein."

„Wenn ich so vernünftig wäre, wäre ich wohl nicht hier. Das hast du mir selbst doch gerade gesagt."

Kalypso nickte langsam. „Ich beginne langsam zu begreifen, warum dich die Götter vernichten wollen", sagte sie leise. „Du zweifelst alles an, nicht wahr? Das ist auch der Grund, warum du über alles ein Lügengebäude setzen kannst, über Dinge, an die du selbst nur bedingt glaubst. Gibt es überhaupt etwas in deinem Leben, an das du bedingungslos zu glauben bereit bist?"

„Ja, das gibt es", antwortete Odysseus. Er verspürte einen scharfen Stich, als er an Penelope dachte. „Es hat lange gedauert, bis ich begriffen habe, was wirklich wichtig für mich ist. Und deshalb, Kalypso, bitte ich dich, mich freizulassen und meine Rückkehr mit allen Kräften zu unterstützen."

Kalypsos Gesicht verhärtete sich, ein Schatten lief über ihre Züge, und ihre Augen funkelten vor Zorn. „Merke dir

das gut, Odysseus“, zischte sie. „Niemals werde ich dich freiwillig gehen lassen, eher töte ich dich!“

Odysseus hielt ihrem Blick stand, aber er spürte, daß er ihrem Zorn nichts entgegenzusetzen hatte. Nicht in diesem Moment. Wortlos drehte er sich um und verließ die Hütte. Er eilte zum Strand hinunter. Seine Gedanken waren in Aufruhr. Er begriff nicht, warum er der direkten Konfrontation mit Kalypso auswich. Wenn er früher in einer solchen Situation gewesen wäre, hätte er gewußt, was zu tun war. Er hätte versucht, auf die eine oder andere Weise seinen Willen durchzusetzen, gleichgültig, was andere dabei empfinden mochten. Er hätte Pläne geschmiedet, eine List ersonnen...

Wütend ballte er die Fäuste und blieb stehen. Sein Blick wanderte über die dicht bewachsenen Hänge Ogygias, die ihn in ihrem Reichtum und ihrer Üppigkeit zu verhöhnen schienen. Die Insel war schön, daran konnte kein Zweifel bestehen, ein Paradies, in dem das Wort Krieg wie ein ferner Hohn klang. Aber es war nicht sein Paradies.

Mit entschlossenen Schritten ging er die letzten Meter zum Strand hinunter, spürte den feinen Sand unter seinen Füßen und starrte in den wolkenlosen blauen Himmel, der am Horizont mit dem Blutrot der aufgehenden Sonne verschmolz, auf ewig getrennt von dem wellenbewegten Grünblau der Lagune. Irgendwo dort draußen, weit hinter dem Horizont, fuhren Schiffe über das Meer, und vielleicht hieß das Ziel des einen oder anderen sogar Ithaka.

Er wußte, daß ihm nicht mehr viel Zeit blieb. Auf Ogygia würde er seinen Lebenswillen und seine Energie verlieren, jeden Tag ein unmerkliches, kleines Stückchen mehr. Schließlich würde von ihm nichts mehr als eine leere Hülle übrigbleiben. Sein vielgerühmter scharfer Verstand war bereits müde geworden, eine stumpfe Waffe gegen Kalypsos unbeugsamen Willen, ihn nicht wegzulassen.

Vielleicht wäre es besser gewesen, eine List zu ersinnen, an-

statt Kalypso mit der Wahrheit beeindrucken zu wollen. Aber zum erstenmal spürte er auch, daß ihm gar nichts anderes mehr übrigblieb, als bei der Wahrheit zu bleiben, wollte er sich nicht vollkommen aufgeben. Das ganze feine Gespinst von Lügen und Halbwahrheiten war zerrissen, und was darunter zum Vorschein kam, war er selbst, der Kern seiner Persönlichkeit, der wahre Odysseus, den er selbst so wenig kannte. Es wäre leicht, jetzt aufzugeben, die Liebe und Geborgenheit Kalypsos anzunehmen und sich einzureden, daß er ja doch nie wieder eine Chance erhalten würde, seine Heimat wiederzusehen. Es wäre leicht, aber es wäre falsch.

Genauso falsch wie ein Versuch, Kalypso mit Gewalt zur Hilfe zu zwingen. Nicht nur, daß sie ihn geradewegs in sein Verderben schicken würde und er nicht mehr die Unbekümmertheit der Jugend besaß, die in jeder neuen Gefahr eine Herausforderung sah – er wußte einfach, daß er es sich selbst gegenüber schuldig war, sich diesmal ohne jede Spur von Verstellung um sein Ziel zu bemühen. *Das war es.* Odysseus' Herz machte einen Sprung, bevor es weiterschlug. *Er hatte gelernt, die Wahrheit zu sehen, und er konnte mit ihr leben.* Das war das Geschenk, das die Götter ihm gemacht hatten.

Er mußte noch einmal mit Kalypso reden.

Während er auf das Meer hinausstarrte, auf die ruhige und sich doch immer bewegende Wasseroberfläche, kamen seine Gedanken langsam zur Ruhe. Ein nie gekanntes Gefühl der Einheit mit dieser wunderlichen Welt durchströmte ihn. Er sah sich selbst nunmehr als winzigen Bestandteil der Welt, der große, mächtige Odysseus nichts weiter als ein Staubkorn gegen die Allmacht der Götter und Naturgewalten. Seltsamerweise verlieh ihm dieses Gefühl neue Kraft und Zuversicht.

Und irgendwie... spürte er plötzlich, daß etwas geschah. Eine Veränderung, die nicht sicht- oder greifbar war. Nicht

zum ersten Male in seinem Leben verfügte Odysseus plötzlich über Wissen, das nicht aus ihm kam, aber nun begriff er, warum es so war: Er war der Wahrheit sehr nahe gekommen, mit dem, was er Kalypso entgegengeschleudert hatte. Etwas von ihm gehörte zur schrecklichen Welt der Götter, und... ja, und dieses Etwas ließ ihn nun spüren, daß die Zeit des Wartens vorbei war. Wie lange war er schon hier? Monate? Wochen, Jahre? Er wußte es nicht. Zeit war bedeutungslos, hier auf Ogygia. Er spürte nur, daß er lange hiergewesen war, viel länger, als er ahnte. Jetzt, als er die Wahrheit endlich erkannt hatte, war die Zeit des Wartens vorüber. Vielleicht würden ihn die Götter nun endgültig zur Verantwortung ziehen, für den Frevel, den er begangen hatte.

Langsam und wie benommen löste sich sein Blick von der Unendlichkeit des Meeres. Er wußte nicht, wie lange er so dagestanden hatte, aber er wußte, daß es Zeit war, nochmals mit Kalypso zu sprechen.

Ohne zu zögern, wandte er sich um und schritt den schmalen Pfad zur Grotte hinauf. In ihm war nichts als Ruhe und die Gewißheit, diesmal die richtigen Worte zu finden.

Als er die Hütte betrat, stand Kalypso an dem schmalen Fenster und starrte nach draußen. Augenscheinlich hatte sie sein Kommen bereits beobachtet. Sie machte sich nicht einmal die Mühe, sich umzudrehen.

„Ich muß mit dir reden", sagte Odysseus ruhig.

„Ich wüßte nicht, was wir zu bereden haben", wehrte Kalypso ab. Sie drehte sich zu ihm um und musterte ihn eingehend. „Wenn man dich so ansieht, könnte man meinen, du würdest eine schicksalsschwere Entscheidung nach der anderen treffen." Ihr Spott traf nicht mehr, vielleicht, weil er nicht echt war.

„Es ist eine einzige Entscheidung, die ich getroffen habe", berichtigte sie Odysseus. „Aber sie ist wichtig."

„Wichtig! Es gibt keine Entscheidungen, die sich nicht

rückgängig machen ließen", sagte sie ärgerlich. „Was auch immer du dir für eine List ausgedacht hast, sie wird bei mir nicht verfangen." Aber auch mit Kalypso war eine Veränderung vor sich gegangen, spürte er. Er war nicht der einzige, der die Stimme der Götter gehört hatte.

„Wenn es keine Entscheidungen gibt, die man nicht mehr zurücknehmen kann, dann bitte ich dich darum, deine Entscheidung von vorhin zurückzunehmen."

Sie starrte ihn entgeistert an. „Ganz der alte Odysseus, ganz der Wortverdreher, von dem alle Welt spricht", zischte sie. Sie wirkte unsicher. Nervös. Zum ersten Mal, seit er sie kannte, war sie nervös. „Meinst du mich mit Worten überrumpeln zu können? Weit gefehlt, mein Freund. Eher schneide ich dir die Zunge ab, als auf deine Reden hereinzufallen."

„Ich will nicht mit dir streiten", sagte Odysseus leise. „Ich will nichts weiter, als dir meine Entscheidung mitteilen und dich bitten, mich bei meiner Rückkehr zu unterstützen. Tust du es nicht, so werde ich mich ohne deine Hilfe auf den Weg machen."

„Und scheitern", stellte Kalypso sachlich fest. „Selbst wenn ich dir helfen wollte, wäre das keine Garantie für dich, mehr als auch nur ein paar hundert Meter weit aufs offene Meer hinauszukommen."

„Ganz so unerfahren in seemännischen Dingen, wie du meinst, bin ich nicht mehr", antwortete Odysseus lächelnd. „Schließlich habe ich schon ein paar Schiffbrüche überlebt."

„Überlebt schon", gab Kalypso spöttisch zurück. „Aber wie."

Odysseus nickte langsam. „Aber wie, Kalypso. Du hast vollkommen recht. Der Gefangene einer alterslosen Nymphe, oder besser gesagt, der Gefangene seiner eigenen Bequemlichkeit, an der er letztendlich zugrunde gehen wird."

Kalypso starrte ihn an. „Siehst du das wirklich so?"

Odysseus verzichtete auf eine Antwort. Er hatte alles ge-

sagt, was es zu sagen gab. Es war jetzt an Kalypso zu entscheiden, ob sie sich seinem Abschied widersetzen oder aber ihm helfen wollte. Er würde gehen, das stand fest. Es war die gleiche unsichtbare Macht, die ihn hierher auf diese Insel verbannt hatte, die ihn nun zum Weggehen rief. Nicht einmal Kalypso würde etwas daran ändern können.

Kalypso biß sich auf die Unterlippe und schüttelte ungeduldig den Kopf. „Ich verstehe nicht, was dir hier nicht gefällt. Ogygia ist ein Traum, ein Paradies des Friedens. Du hast hier jede Bewegungsfreiheit, die du dir wünschen kannst. Und ich? Gefalle ich dir gar nicht? Bin ich kein Grund für dich, hier zu bleiben?"

Odysseus lächelte leicht. „Es wird wahrlich nicht viele Männer geben, die sich deinem Zauber entziehen können, Schönste aller Nymphen. Doch ist der Zauber der Liebe ein sehr flüchtiger, wenn er von den Lenden und nicht vom Herzen kommt."

„Damit willst du wohl sehr schmeichelhaft umschreiben, daß du mich nicht liebst", fragte Kalypso scharf.

Odysseus breitete die Hände zu einer entschuldigenden Geste aus. „Die Liebe ist nichts, was sich erzwingen ließe. Selbst wenn ich dich lieben wollte, so könnte ich es doch nicht, ohne mir selbst das Herz aus dem Leib zu reißen. In meinem Herzen aber wohnen Penelope, mein Sohn Telemach und das Volk von Ithaka, das einen Anspruch auf seinen legitimen König hat."

Kalypso starrte ihn wortlos an. Lange, sehr, sehr lange sprach keiner von ihnen ein Wort.

Aber dann nickte sie. „Dann geh, Odysseus", murmelte sie. „Ich werde dir keine Steine in den Weg legen. Doch laß mich dir noch eine Warnung mit auf den Weg geben. Meinen Zorn brauchst du nicht zu fürchten, doch dort draußen lauert das Meer, das dich vernichten wird. Wisse, Odysseus, daß die Zeit der Entbehrungen und Prüfungen für dich noch lan-

ge nicht vorbei ist. Mag sein, daß du recht hast und die alte Welt untergeht. Aber bedenke auch, daß wir beide Bestandteil dieser alten Welt sind. Wenn die Götter fallen, fallen auch wir."

Ihre Stimme klang kalt und bar jeden Gefühls, aber Odysseus wußte, daß der Eindruck täuschte. Bei aller Kühle, die sie mitunter an den Tag legte, war sie eine leidenschaftliche Frau, die nie etwas aufgeben würde, wenn sie nicht wirklich wollte.

Plötzlich tat sie ihm sehr leid. „Es sind sowieso nicht mehr viele Jahre, die ich vor mir habe, Kalypso", sagte er sanft. „Und Götter sterben nicht über Nacht. Mögen sie auch den Höhepunkt ihrer Macht überschritten haben, so werden es jedoch weder meine Kinder oder meine Enkel erleben, daß sie fallen. Doch was für einen Grund haben sie, mich noch weiter zu quälen? Ist es nicht Strafe genug, daß ich sämtliche Gefährten verlor? Ich verstehe nicht den Zorn des Sonnengottes, noch die Wut Poseidons, die nicht nachläßt, auch nach all dem, was er mir bereits angetan hat."

„Es ist nicht an dir, die Götter zu verstehen", wandte Kalypso ein, „du sollst sie akzeptieren, so, wie sie sind. Lernst du das nicht, wirst du letztendlich untergehen."

„Wie sollte ich sie akzeptieren, nach all dem, was sie mir angetan haben?" fragte Odysseus ungehalten. „Soll ich tatenlos zusehen, wie sie mein Leben zerstören, und ihnen dafür auch noch dankbar sein?"

„Die Götter brauchen deine Dankbarkeit nicht. Es war dein Hochmut, der sie herausforderte, und es wird dein Hochmut sein, wenn du letztendlich scheiterst. Du, der du so vermessen warst, dein Schicksal ausschließlich deiner Kraft und deinem Verstand anzuvertrauen, beginnst langsam zu begreifen, daß du nichts weiter als ein Staubkorn bist, ein Spielball der wahren Schicksalsmächte. Erst, wenn du das endgültig begreifst und dein Schicksal demütig wie ein Bettler

eine wohlgemeinte Gabe annimmst, wirst du bestehen können."

Odysseus runzelte die Stirn und sah zu dem schmalen, unverglasten Fenster hinaus, durch das die Strahlen der aufsteigenden Sonne wie Finger nach ihm griffen – der ferne Gruß eines Sonnengottes, von dessen Existenz er trotz allem immer noch nicht vollständig überzeugt war. Es war wohl tatsächlich so, wie Kalypso angedeutet hatte: Er konnte die Existenz der Götter einfach nicht akzeptieren und hatte sich daher immer auf seine eigene Kraft und Stärke verlassen.

„Ich verstehe nicht, warum du mir plötzlich helfen willst", sagte Odysseus aufrichtig. Er dachte daran, wie sie seinen drängenden Wunsch zur Rückkehr beim ersten Mal abgeschmettert hatte, vor weniger als einer Stunde. *Niemals werde ich dich freiwillig gehen lassen, eher töte ich dich!*

Kalypso lachte traurig. „Du traust mir nicht, König des fernen Ithaka. Du glaubst, ich wolle dir eine besonders geschmacklose Falle stellen, indem ich dich dem Zorn Poseidons ausliefere."

Odysseus wußte nicht, wie er auf diese Anschuldigung reagieren sollte. Er war die Ausflüchte leid, die langen Erklärungen, die nichts erklären, sondern vielmehr verbergen sollten, was er wirklich dachte. „Vielleicht ist es tatsächlich so, wie du sagst", gestand er schließlich. „Ich kann einfach nicht verstehen, warum du plötzlich bereit bist, mich gehen zu lassen."

Augenblicklich kehrte die Kälte in Kalypsos Blick zurück, und ihre funkelnden Augen glitten an Odysseus vorbei in die Ferne. „Nimm an, ich sei deiner überdrüssig, König des fernen Ithaka." Sie lachte heiser. „Du bist ein anstrengender Gast. Dein Körper mag zwar hier sein, aber deine Seele ist es nicht. Sie ist in Ithaka, bei deiner Frau und deiner Familie. Magst du zurückkehren und dort versuchen, glücklich zu werden. Ich jedenfalls werde dich nicht halten."

Odysseus starrte Kalypso mit wachsendem Unglauben an.

Nach all dieser Zeit, nach den schönen und zugleich trostlosen Momenten, nach all seinen vergeblichen Versuchen, seine Freiheit von ihr zu erbetteln, zu erfeilschen oder erschleichen... *ließ sie ihn plötzlich gehen?*

Wieso? Warum nur?

Und dann glaubte er zu begreifen.

Auch Kalypso war letztendlich eine Sterbliche. O ja, ein Wesen, das so alt wie diese Welt war, und dessen Leben wohl in Zeiträumen zu messen war, die er sich nicht einmal vorzustellen vermochte – sein eigenes Leben konnte kaum mehr als ein Lidzucken in der Spanne ihrer Existenz sein. Aber sie war keine Göttin. Selbst für sie gab es Mächte, die ihr überlegen waren, denen sie Gehorsam schuldete, ohne daß es ein Wort der Erklärung bedurft hätte, und ohne daß er auch nur den allermindesten Zweifel verspürte, wußte er plötzlich, daß Kalypsos jäher Sinneswandel nicht ihrem eigenen Willen entsprang. Sie war seiner nicht überdrüssig geworden, spielte kein neues Spiel mit ihm – nein, es war der direkte Befehl der Götter, auf den sie handelte. Irgendeine Macht wollte aus irgendeinem Grund, daß er irgendwohin ging; vielleicht nach Hause, vielleicht auch nur zu einem anderen Ort auf seiner schrecklichen, scheinbar niemals endenden Reise.

Odysseus sprach nichts von alledem aus, aber schon am nächsten Morgen verließ er Ogygia für immer.

Und drei Monate später – auf den Tag genau zehn Jahre, nachdem er Trojas brennende Trümmer hinter sich zurückgelassen hatte, kam er endlich, endlich nach Hause.

Die Heimkehr

Ithaka...

Welch herrlicher, süßer Klang. Wie oft hatte ihn allein dieser Name davon abgehalten zu verzagen, in wie vielen, scheinbar ausweglosen Situationen hatte ihm allein die Erinnerung an seine Heimat noch einmal Kraft gegeben, hatte ihn allein der Gedanke an seine sanften Küsten, seine bewaldeten Berge und die blühenden Wiesen und reichen Felder weiterkämpfen lassen...

Mit den ersten Strahlen der aufgehenden Sonne war er fortgesegelt, damals, vor so vielen Jahren, ein Jüngling noch, schon König und Held zwar, aber noch kein Mann, und mit den letzten Strahlen der Sonne trat er nun wieder an Land, als wäre nur ein Tag vergangen.

Es war sehr warm, selbst jetzt noch, nachdem die Dämmerung mit Macht hereinzubrechen begann. Selbst das Wasser, das Odysseus' Beine bis zu den Knien hinauf umspülte, war warm und sanft, wie die streichelnden Hände einer Frau. Und die Nacht, das Wispern des Windes in den nahen Baumwipfeln, das Raunen der Brandung, dies alles schien ihm ein stummes Willkommen zuzurufen. Er war zu Hause.

Er hatte es nicht mehr geglaubt. Zwar hatte ein Teil von ihm, jener kleine, aber ungemein starke Teil der menschlichen Seele, der logischen Argumenten gegenüber stets verschlossen bleibt, sich an die Hoffnung geklammert, irgendeines Tages doch noch einmal zurück hierher zu kommen. Aber der andere Odysseus, der kalte Rechner und Denker, der er war, hatte eben diese Hoffnung längst aufgegeben gehabt. Selbst jetzt, als er am Strand stand und das Wasser spürte, all die vertrauten Umrisse vor sich sah, glaubte er es noch nicht wirklich; er schloß die Augen, und einen Moment lang wagte er fast nicht, die Lider wieder zu heben, aus der

absurden Furcht heraus, daß alles nur ein Trugbild gewesen sein könnte, ein böser Traum, den ihm die Götter geschickt hatten, um seine Hoffnung – und damit seine Qual – noch mehr zu schüren. Aber dann zwang er sich, diesen Gedanken zu verscheuchen, öffnete die Augen wieder und ging mit wenigen, raschen Schritten vollends an Land, wo er erneut stehenblieb und sich wieder zum Meer umwandte.

Das Schiff hatte beigedreht und war schon wieder auf dem Weg zurück. Der Bug zeigte auf das offene Meer, nach Westen, wo – zehn Tagesreisen entfernt – die Heimat seiner Besatzung lag. Der Rumpf selbst war bereits mit der Nacht verschmolzen, nur das Segel leuchtete noch als mattweißer Fleck durch die sich rasch verdichtende Dunkelheit, und Odysseus wußte, daß die Männer dort drüben auch ihn nicht mehr erkennen konnten. Trotzdem hob er die Arme und winkte dem Boot zum Abschied zu. Es tat ihm leid, daß er ihnen nicht die gebührende Belohnung geben konnte, aber Kapitän und Besatzung des Schiffes hatten es abgelehnt, ihn gänzlich nach Hause zu bringen; statt im Hafen von Ithaka war das Schiff der Phäaken vor der Phorkys-Bucht vor Anker gegangen, nahe genug der Stadt, daß er sie bei Morgengrauen erreicht haben konnte, aber weit genug, vom Hafen aus nicht gesichtet werden zu können. Teiresias' düstere Prophezeiung schien sich auch in diesem Punkte erfüllt zu haben. Ithaka war nicht mehr die Insel, die er verlassen hatte. Wo früher Gastfreundschaft und Hilfsbereitschaft über alles geschrieben worden waren, regierte nun die Angst.

Odysseus verjagte auch diesen Gedanken und drehte sich wieder zum Land um. Er hatte es bis hierher geschafft, allen Hindernissen und Gefahren zum Trotz; er würde auch das letzte Stück seines Weges noch bewältigen. Morgen, wenn die Sonne aufging, würde er in die Stadt gehen, und dann würde sich zeigen, wer der wahre Herr von Ithaka war. Morgen.

Dieser Abend gehörte ihm.

Er war so lange fortgewesen, daß wenige Stunden keine Rolle mehr spielten. Und vielleicht zum ersten Male im Leben gönnte er sich den Luxus, nur an sich und sonst an keinen zu denken, nicht einmal an Penelope und Telemach. Nein – dieser Augenblick, dieser eine Moment, für den er lange Jahre seines Lebens geopfert hatte, dieser Moment gehörte ihm. Und ganz gleich, was geschehen mochte, er würde ihn als seinen kostbaren Schatz im Herzen bewahren.

Er war zu Hause.

Odysseus genoß den Klang dieses Wortes wie den Geschmack eines kostbaren Weines. Niemand, der nicht wie er mehr als zehn Jahre durch eine feindselige, tödliche Welt geirrt war, vermochte zu ermessen, was dieses Wort *wirklich* bedeutete.

Er wandte sich wieder um, ging ein paar Schritte den Strand hinauf, blieb abermals stehen und sah sich um. Nichts schien sich verändert zu haben. Alles war so, ganz genau so, wie er es in seiner Erinnerung bewahrt hatte, und obwohl sich die Nacht mittlerweile vollends über Himmel und Meer gesenkt hatte, erkannte er doch jeden Umriß, jede Linie, jede noch so kleine Einzelheit wieder: hinter ihm die beiden mit scharfzackigen Felsspitzen besetzten Landzungen, die wie eine von der Hand der Natur errichtete Wehrmauer ins Meer hinausgriffen und nur eine schmale Zufahrt zur Bucht freiließen, so daß die Bucht einen sicheren Hafen auch bei stürmischer See bildete. Zur Linken stand der große Ölbaum, von den Jahren gebeugt, aber noch immer nicht gebrochen. Daneben war die Grotte, in deren ewiger Dämmerung – der Sage nach – Meernymphen ihren Wohnsitz haben sollten, und in der er als Kind so gerne gespielt hatte.

Nein – nichts schien sich verändert zu haben. Jede Linie, jeder Strauch, jeder Schatten war gleich; selbst das Wasser schien noch dasselbe zu sein, das vor so langer Zeit gegen den Strand gerollt war. Es war, dachte er – und bei diesem Ge-

danken schlich sich ein winziger Funke von Furcht in sein Herz –, als wäre die Zeit in dieser Bucht einfach stehengeblieben, als hätte irgend jemand dafür gesorgt, daß dieser kleine Teil Ithakas noch ganz genau so sei wie damals.

Und vielleicht war es so, überlegte er ernsthaft. Er hatte seine Lektion gelernt, und sie war schmerzhaft genug gewesen. Es gab die Götter, und sie hatten Macht, auch wenn sie vielleicht ganz anders waren, als die Menschen glaubten, und ihre Macht von gänzlich anderer Art. Aber gleichwie – Odysseus zweifelte keine Sekunde daran, daß es in ihrer Macht stand, selbst der Zeit ihren Willen aufzuzwingen.

Und trotzdem schreckte ihn dieser Gedanke nicht mehr. Selbst wenn sich in diesem Moment der Boden aufgetan hätte, um ihn zu verschlingen, es hätte nichts mehr geändert. Er war zu Hause, und das allein zählte. Welche Gefahren konnten ihn jetzt noch schrecken, ihn, der gegen Götter, Zauberer und Ungeheuer gekämpft hatte?

Ein siegessicheres Lächeln auf den Lippen, wandte sich Odysseus nach Westen und marschierte los.

Vier oder fünf Stunden später lächelte Odysseus nicht mehr, und sein Optimismus hatte einen spürbaren Dämpfer erhalten. Odysseus bedauerte es jetzt bitter, das Angebot des Kapitäns so voreilig ausgeschlagen zu haben, sich einen Vorrat an Essen und einen Schlauch mit Wein mit auf den Weg zu nehmen. Entweder hatte ihm seine Erinnerung einen Streich gespielt, oder seine Kräfte waren doch mehr geschwunden, als er bisher geahnt hatte – auf jeden Fall lag die Bucht sehr viel weiter von der Stadt entfernt, als er geglaubt hatte, und als Mitternacht vorüber war, stolperte er noch immer über steinige Wiesen und durch dunkel daliegende Wälder, und Hunger und Durst waren mittlerweile quälend geworden. Seine Füße schmerzten, sein Rücken tat weh, und er hätte viel für einen Schluck Wasser oder ein Stück trockenes Brot

gegeben. Und doch hatte er noch nicht einmal den halben Weg geschafft, wie er nüchtern feststellte. Vielleicht würde er die Stadt auf diese Weise sogar erreichen, bis die Sonne aufging – aber in welchem Zustand! Odysseus glaubte nicht, daß es seine Feinde sehr beeindruckte, wenn der legitime König dieses Landes auf Händen und Füßen durch das Stadttor gekrochen kam, um sein Recht zu fordern...

Aber ein Gott hatte ein Einsehen mit ihm, einer, der niemals einen Unterschied zwischen Rang und Herkunft machte und Zufall hieß.

Odysseus hatte sich einen weiteren, steinigen Hang hinaufgearbeitet, nur um dahinter einen neuen, noch ein kleines bißchen höheren Berg zu erblicken, als er auf halber Höhe ein Licht gewahrte; ein trübes, gelbes Flackern, das wie ein mattes Auge durch die Nacht zu ihm hinaufblinzelte. Ein Licht – das bedeutete Menschen, Wärme, Wasser und vielleicht sogar etwas zu essen!

Der Anblick gab ihm wieder neue Kraft. Er straffte sich, lief mit weiten, federnden Schritten den Hang hinab und fand schon nach wenigen Dutzend Schritten das erste Zeichen menschlicher Besiedlung – genauer gesagt, stolperte er darüber und fiel der Länge nach hin.

Odysseus unterdrückte einen Schmerzenslaut, als er sich an einem der scharfkantigen Steine stieß, mit denen die Wiese übersät war. Er blieb einen Moment benommen liegen und spürte, wie Blut über sein Gesicht lief und sich mit dem eingetrockneten Schweiß und Staub darauf vermengte. Erst nach ein paar Sekunden richtete er sich auf, drehte sich mühsam herum und erkannte, worüber er gestolpert war: Es war eine kniehohe, mit mehr gutem Willen als Können errichtete Mauer aus grauem Felsgestein, in deren Ritzen und Fugen Moos wucherte. Ärgerlich runzelte er die Stirn. Die Mauer war wirklich hoch genug, sie nicht zu übersehen, selbst bei Nacht, und daß er es doch getan hatte, zeigte deutlich, wie er-

schöpft er war. Seine Kräfte – und damit seine Aufmerksamkeit – ließen offensichtlich nach. Er mußte vorsichtig sein. Mit aller Deutlichkeit führte er sich vor Augen, was er über die Situation in Ithaka erfahren hatte, auf dem Weg hierher. Es war zwar sein eigenes Königreich, in das er heimkehrte, aber er würde es sich erkämpfen müssen. Wenn er unvorsichtig war, konnte es gut sein, daß er das nächste Mal nicht über eine Mauer stolperte, sondern geradewegs in einen Speer...

Er stand auf, schüttelte ein paarmal den Kopf, um den dumpfen Schmerz daraus zu vertreiben, und sah wieder auf das Licht herab. Er war jetzt nahe genug herangekommen, um zu erkennen, daß es aus dem Fenster einer kleinen, aus den gleichen grauen Steinen wie die Mauer erbauten Hütte fiel. Der Anblick berührte etwas in ihm, einen Teil seiner Erinnerungen, den er verschüttet geglaubt hatte, und er hatte das Gefühl, diese Hütte und ihren Bewohner kennen zu müssen – aber sein Kopf blieb leer. Vielleicht durfte er nicht zu viel auf einmal von sich erwarten. Er ging weiter.

Als er näher kam, begann im Inneren der Hütte ein Hund zu bellen. Ein Schatten erschien vor dem Licht, und gleich darauf wurde die Tür aufgestoßen. Das Bellen des Hundes schlug in ein dumpfes Knurren um, und plötzlich schnellte ein dunkler, kräftiger Schatten auf ihn zu. Odysseus drehte sich ganz instinktiv, um dem Hund nicht seine Kehle zum Angriff zu bieten, und hob die Arme.

Aber der erwartete Anprall blieb aus. Kurz bevor der Hund ihn erreichte, erscholl aus der Hütte heraus ein schriller Pfiff. Das Tier brach seinen Angriff auf der Stelle ab, wich jedoch nicht zurück, sondern blieb mit sprungbereit gespannten Hinterläufen stehen und knurrte ihn an. Seine Fänge leuchteten in der Dunkelheit wie kleine, gebogene Messerchen.

Odysseus blickte wieder zur Hütte hinüber. Unter der Tür

war ein breitschultriger Mann erschienen, dessen Gesicht Odysseus in der Dunkelheit nicht erkennen konnte. Dafür schien der Mann ihn um so genauer zu sehen, denn er musterte den nächtlichen Besucher eine ganze Weile stumm, ehe er endlich vollends aus dem Haus heraustrat und eine halb einladende, halb aber auch befehlende Geste machte.

„Kommt näher, Fremder, wenn Ihr nichts Böses im Sinn habt", rief er.

Und im gleichen Moment, in dem er seine Stimme hörte, erkannte ihn Odysseus.

Er mußte mit aller Macht an sich halten, um nicht vor Freude aufzuschreien. Es war Eumaios, der alte Schweinehirte, sein Freund aus frühesten Kindertagen und trotz seines niederen Standes enger Vertrauter! Er lebte noch! Nach all diesen Jahren lebte er noch!

Eumaios schien sein Schweigen falsch zu deuten, denn seine Hand senkte sich auf seinen Gürtel, wo er – wie Odysseus wußte – einen handlichen Knüppel trug, wie andere ein Schwert. Er wußte übrigens auch ebensogut damit umzugehen.

„Was stehst du da 'rum, Kerl?" fragte er. Seine Stimme klang nicht mehr ganz so freundlich wie bisher. „Wenn du vorhast, mich auszuplündern, verschwinde lieber. Außer einer blutigen Nase wirst du dir bei mir nichts holen."

„Ich ... plane nichts Übles", sagte Odysseus rasch.

Einen ganz kleinen Moment schwieg der Sauhirte, und Odysseus glaubte schon fast, er hätte ihn auch seinerseits erkannt. Aber dann machte Eumaios eine unwillige Handbewegung. „Warum stehst du dann da rum, statt dich zu melden, wie es ein ehrlicher Mann täte?" fragte er. „Komm näher oder verschwinde, Kerl!"

„Ich ... bin verletzt", antwortete Odysseus stockend.

„Dann komm her", knurrte Eumaios, „oder bleib stehen und blute noch ein bißchen, wenn es dir Spaß macht."

Odysseus grinste. Ja, das war Eumaios, wie er leibte und lebte. Seinen bissigen Humor schien er jedenfalls nicht eingebüßt zu haben, in den vergangenen Jahren.

„Keine Angst vor dem Hund“, fuhr Eumaios fort, als er sich immer noch nicht rührte. „Der tut dir nichts – solange ich ihn zurückhalte.“ Er trat beiseite und machte eine einladende Geste auf die Hütte hin, ohne jedoch die Hand vom Knüppel zu nehmen.

Odysseus ging langsam auf ihn zu. Der Hund folgte ihm, immer im gleichen Abstand und ohne den Blick seiner wachsamen Augen auch nur einen Augenblick von ihm zu wenden, aber wie Eumaios gesagt hatte, machte er keine Anstalten, ihn anzugreifen. Er knurrte nicht einmal. Eumaios hatte ihn gut trainiert, dachte Odysseus anerkennend. Aber Eumaios hatte schon immer gut mit Tieren umgehen können.

Mit gesenktem Haupt, so daß Eumaios sein Gesicht zwar sehen, aber sicherlich nicht erkennen konnte, trat er an dem alten Hirten vorbei in die Hütte. Eumaios beobachtete ihn aufmerksam, aber das Mißtrauen in seinem Blick milderte sich, als er das Blut auf Odysseus' Gesicht und die frische Wunde sah.

„Was ist passiert?“ fragte er ohne Umschweife.

Odysseus preßte die Hand gegen das Gesicht, als hätte er Schmerzen. Er bezweifelte, daß Eumaios ihn erkennen würde; nicht nach fast zwanzig Jahren, nicht mit all dem Schmutz und Blut im Gesicht und dem schwarzen Vollbart, den er sich in den letzten drei Monaten hatte wachsen lassen. Aber er hatte Gefallen an dem Spiel gefunden und beschloß, es noch eine kleine Weile fortzusetzen.

„Ich bin gestolpert“, sagte er. „Ein heimtückischer Mensch hat eine Mauer quer über die Wiese gebaut, damit sich arglose Fremde wie ich den Hals brechen.“

„Arglose Fremde, so.“ In Eumaios' Augen blitzte es spöttisch auf, während er Odysseus von Kopf bis Fuß musterte.

„Ihr tragt ein Schwert", sagte er. „Und die Kleider eines Kriegers. Ganz so arglos scheint Ihr gar nicht zu sein. Wer seid Ihr, und was wollt Ihr hier?"

„Ein Mann mit Kopfschmerzen", antwortete Odysseus ausweichend. „Und was ich will – ein wenig Wasser, um meine Wunde zu kühlen, noch ein wenig, um meinen Durst zu stillen, und eine kräftige Mahlzeit, wenn Ihr eine habt. Ich bezahle dafür", fügte er rasch hinzu.

Eumaios seufzte. „Wasser und Essen bekommt Ihr umsonst, mein Freund Arglos", sagte er. „Ihr könnt mit Worten bezahlen. Setzt Euch." Er deutete mit einer Kopfbewegung auf ein Schaffell, das neben der Feuerstelle ausgerollt war und fast die ganze Einrichtung der Hütte bildete – was allerdings eher daran lag, daß sie nicht groß genug war, irgendwelchen Möbelstücken Platz zu bieten.

„Aber jetzt hole ich erst einmal das Wasser. Mein Freund wird Euch Gesellschaft leisten – nur damit Euch nicht langweilig wird." Er deutete auf den Hund, grinste flüchtig und wandte sich rasch zur Tür, um geduckt hindurchzugehen. Der Hund ließ sich niedersinken, legte den Kopf auf die Vorderpfoten und schloß die Augen zu schmalen Schlitzen. Aber seine Ohren blieben steil aufgerichtet. Odysseus zweifelte keine Sekunde daran, daß er ihn in Stücke reißen würde, wenn er auch nur versuchte, die Hütte zu verlassen.

Eumaios kam schon nach wenigen Augenblicken zurück, stellte eine Schale mit frischem Quellwasser vor Odysseus ab und machte eine auffordernde Geste. „Trinkt, Fremder", sagte er. „Und dann erzählt. Aber erst stillt Euren Durst."

Odysseus griff rasch nach der Schale, nahm einen gewaltigen Schluck und genoß für Sekunden nichts anderes als das Gefühl, das eisige Wasser seine Kehle hinabrinnen zu lassen. Er leerte die Schale fast völlig, ohne auch nur einen Tropfen darauf zu verschwenden, sein Gesicht zu säubern. Danach griff er nach dem süßen weißen Brot, das Eumaios ihm reich-

te, und schlang es herunter. Der Sauhirte sah ihm kopfschüttelnd zu, sagte aber kein Wort, sondern ging schweigend hinaus, um die Schale erneut zu füllen. Erst als er längst zurück war und Odysseus das Brot bis auf den letzten Krümel vertilgt hatte, seufzte er hörbar, ließ sich mit überkreuzten Beinen auf der anderen Seite der Feuerstelle nieder und maß ihn abermals mit einem langen, nachdenklichen Blick.

„Ihr müßt eine lange Reise hinter Euch haben, Eurem Appetit nach zu schließen", sagte er lächelnd.

Odysseus überhörte die Frage geflissentlich, die sich hinter diesen Worten verbarg.

„Eine sehr lange", sagte er. „Viel länger, als Ihr Euch vorstellen könnt, Freund. Ich danke Euch für Eure Gastfreundschaft."

„Um ein Haar hätte sie darin bestanden, ein Grab für Euch auszuheben, Fremdling", antwortete Eumaios ernst. Er deutete mit einer Kopfbewegung auf den Hund, der neben ihm lag und noch immer so tat, als schliefe er. „Das Tier hätte dich zerreißen können, weißt du das?"

„Fürchtest du dich so sehr, daß du Hunde zum Töten abrichtest?" fragte Odysseus spöttisch.

Für einen ganz kurzen Moment flammte das alte Mißtrauen wieder in Eumaios' Blick auf. Dann seufzte er. „Eine berechtigte Frage", murmelte er. „Sie zeigt, daß du wirklich von so weit her kommst, wie du behauptest. Tatsächlich habe ich es wohl zwei Freunden zu verdanken, daß ich noch am Leben bin." Er lächelte, ließ die linke Hand zwischen die Ohren des Hundes sinken und legte die rechte auf seinen Knüttel. „Diesen beiden hier."

Odysseus erwiderte sein Lächeln, beugte sich vor und tauchte die Hände in die Schale, um sich das Gesicht zu waschen, führte die Bewegung aber nicht zu Ende. „Du hast... Feinde?" fragte er, im Tonfall eines Mannes, dem gerade ein wichtiger Gedanke gekommen war.

„So kann man sagen", erwiderte Eumaios mit einem wehleidigen Lächeln.

„Ich schulde dir etwas", erinnerte Odysseus. „Und ich bin ein Krieger. Wenn ich also..."

Eumaios winkte rasch ab. „Unsinn. Ihr wißt nicht, was Ihr sagt. Außerdem würde es nichts nutzen, wenn Ihr ein paar davon erschlagen würdet. Sie trachten mir nicht direkt nach dem Leben. Aber sie würden mir keine Träne nachweinen, wenn mir etwas zustieße... Ihr versteht?"

Odysseus nickte ernst. „Was hast du Ihnen getan?"

„Nichts", antwortete Eumaios. Sein Gesichtsausdruck verdüsterte sich.

„Ich gehöre nur zu den wenigen, die dem legitimen Herrscher dieser Insel noch die Treue halten, das genügt."

„Dem legitimen Herrscher?" wiederholte Odysseus. „Ihr meint... König Odysseus?"

Eumaios starrte ihn einen Moment verdutzt an. Odysseus wartete darauf, daß Eumaios ihn nun erkennen würde, aber es geschah nicht. Statt dessen senkte er traurig den Blick.

„Odysseus, ja", seufzte er. „Dem wahren König von Ithaka."

„Es heißt, er wäre vor langer Zeit fortgesegelt, und niemand hätte von seinem Verbleib gehört, seit er Trojas Ruinen hinter sich gelassen hat", sagte Odysseus vorsichtig.

„Das stimmt", bestätigte Eumaios leise. Der Ton in seiner Stimme war nun wirklicher Schmerz. „Aber er wird wiederkommen. Ich weiß es!"

Odysseus schwieg. Jetzt, als er den Schmerz in Eumaios' Stimme spürte, kam er sich mit einem Male schäbig vor, sich ein Spielchen mit diesem alten, treuen Mann zu erlauben. Es war nicht richtig.

Ohne ein weiteres Wort senkte er die Hände in die Schale, schöpfte Wasser und begann sich das Gesicht zu waschen. Eumaios sah ihn dabei nicht an, sondern starrte weiter vor

sich auf den Boden, in dumpfes Brüten und Trauer versunken, die Odysseus' Worte in ihm ausgelöst hatten.

„Ich habe von deinem König Odysseus gehört, auf meinen Reisen", sagte er. „Man hat mir erzählt, er wäre tot."

„Das ist er nicht!" fuhr Eumaios auf. „Ich weiß es. Sprich' nicht so, oder du kannst wieder hinausgehen in die Nacht, aus der du gekommen bist. Odysseus lebt! Und eines Tages wird er..."

Er brach ab, als Odysseus die Hände vom Gesicht nahm. Seine Augen weiteten sich.

„Eines Tages wird er zurückkehren", führte Odysseus den Satz zu Ende. Er lächelte, so sanft und warm, wie er nur konnte. „Und was, mein Freund, wenn dieser Tag heute wäre?"

Alle Farbe wich aus Eumaios' Gesicht. Seine Hände hoben sich, erstarrten mitten in der Bewegung und begannen zu zittern. Er wollte etwas sagen, aber er brachte keinen Laut hervor.

„Ich bin es", sagte Odysseus leise. „Du irrst dich nicht, mein Freund. Ich bin zurück."

„Aber... aber das ist... das... das ist doch..."

„Unmöglich?" Odysseus lächelte. „O ja, das habe ich selbst gedacht, und mehr als nur einmal. Aber ich bin zurückgekehrt, Eumaios."

„Ihr... Ihr seid es... wirklich?" stammelte Eumaios.

Und plötzlich schrie er auf, warf sich vor und umarmte Odysseus mit solcher Macht, daß dem der Atem wegblieb. „Ihr seid zurück!" schrie er. „Die Götter seien gepriesen, Ihr..." Seine Stimme versagte; die Worte gingen in ein trokkenes, krampfhaftes Schluchzen über, während er Odysseus weiterhin an sich preßte, ihn abwechselnd drückte und streichelte wie ein kleines Kind.

Odysseus ließ ihn eine Weile einfach gewähren. Unter allen anderen Umständen hätte er eine solche Behandlung als al-

bern und unwürdig empfunden, aber in diesem Moment tat die Liebe und Freundschaft dieses alten Mannes einfach gut. Und er schämte sich nicht, als er selbst jetzt das heiße Brennen von Tränen in den Augen spürte. Erst nach einer Weile löste er sich aus Eumaios' Griff und schob ihn mit sanfter Gewalt von sich.

„Ich bin es wirklich, Eumaios", sagte er lächelnd. „Aber ich werde es nicht mehr lange sein, wenn du mich aus lauter Liebe erdrückst."

Eumaios fuhr schuldbewußt zusammen, wischte sich mit dem Unterarm die Tränen aus dem Gesicht und rang mühsam nach Atem. „Verzeiht, mein König", schluchzte er, „aber es war... zu plötzlich. Ich... ich habe gehofft, daß Ihr wiederkehrt, ich habe die Götter angefleht, jeden Tag und jede Nacht, aber jetzt..."

„Schon gut", unterbrach ihn Odysseus. „Ich verstehe dich ja. Und es tut gut, einen Freund wiederzusehen, nach so langer Zeit."

„Nach all diesen Jahren!" sagte Eumaios und zog die Nase hoch. Tränen liefen über seine Wangen, aber in seinen Augen stand ein strahlendes Lachen. „Ihr seid es wirklich. Jetzt... jetzt wird alles gut. Jetzt wird wieder alles gut!"

„Was wird wieder gut?" fragte Odysseus lauernd.

Eumaios blinzelte. „Aber wißt Ihr denn nicht...?"

„Ich habe so manches gehört, auf dem Weg hierher", antwortete Odysseus. „Aber ich würde es gerne aus deinem Mund hören. In Ithakas Mauern regieren jetzt fremde Herrscher?"

Eumaios' Blick verdüsterte sich. „Wäre es nur das", sagte er zornig. „Ich weiß nicht, was man Euch erzählt hat, aber gleich was – es ist schlimmer. Ithaka ist nicht mehr, was es war, ehe Ihr fortgingt, Herr." Er stockte. Auf seinem Gesicht erschien ein betroffener Ausdruck. „Ich Narr!" rief er aus. „Verzeiht meine Unhöflichkeit, Herr. Da rede ich und rede,

und Ihr müßt Wasser und trockenes Brot zu Euch nehmen. Ich werde sofort mein bestes Schwein schlachten und – "

„Das ist nicht nötig", unterbrach ihn Odysseus rasch. „Essen und trinken können wir später. Jetzt laßt uns reden, Freund. Was geschah, nachdem ich fortging?"

„Nachdem Ihr fortgingt?" Eumaios seufzte. Wieder machte sich eine sonderbare Mischung aus Trauer und Wut auf seinem Gesicht breit. „Viel, Herr", sagte er. „Und wenig davon war gut. Wir erhielten Nachricht von Euch, wenigstens von Zeit zu Zeit – von Euren Heldentaten, die Ihr im Kampf gegen die Trojaner vollbrachtet, von Eurer List, die Ihr ersonnen hattet, um Trojas Mauern zu brechen, und Eurem endgültigen Sieg über die Trojer. Doch dann hörten wir nichts mehr. Es hieß, daß die Götter selbst Euch vernichtet hätten, mitsamt Eurer Flotte."

Odysseus nickte betrübt. „Was die Flotte angeht, so ist es wahr, wenn auch nicht sofort. Ich..." Er zögerte, sah Eumaios einen Moment lang nachdenklich an und lehnte sich dann zurück. Vielleicht war es wirklich besser, wenn zuerst er berichtete; nicht nur allein, um Eumaios' verständliche Neugier zu stillen, sondern auch, um sich selbst Klarheit zu verschaffen. Manchmal hatte er das Gefühl, daß er selbst noch nicht wirklich begriffen hatte, was geschehen war. All seine Abenteuer zusammen schienen ihm eine tiefere Bedeutung zu haben, als er selbst bereits erkannt haben mochte.

„Gut", sagte er nach einer Weile. „Dann werde als erster ich berichten, was mir widerfahren ist."

Und damit begann er mit leiser, sehr ruhiger Stimme zu sprechen.

Natürlich war in dieser Nacht nicht mehr an Schlaf zu denken, und auch Odysseus' Erschöpfung wich einer jetzt fast wohltuenden, nur auf seinen Körper beschränkten Mattigkeit, bei der er des Erzählens nicht müde wurde. Er sprach

die ganze Nacht, und Eumaios hörte ihm gebannt zu, ohne ihn zu unterbrechen, mit Ausnahme eines einzigen Males, als er den Hund aus dem Haus lassen mußte. Als Odysseus endlich geendet hatte, färbte sich der Himmel im Osten bereits rot und kündigte das Erwachen des neuen Tages an.

„Ich weiß nicht, warum sie mich gehen ließ“, schloß Odysseus. „Nicht wirklich. Vielleicht war sie meiner überdrüssig.“

„Oder es war wirklich ein Befehl der Götter“, murmelte Eumaios. „Nach allem, was Ihr durchlitten habt, hatten sie vielleicht doch ein Einsehen mit Euch, Herr. Oder mit uns“, fügte er, sehr viel leiser und sehr traurig, wie es Odysseus schien, hinzu. Für die Dauer eines einzelnen Herzschlages starrte er dumpf vor sich auf den Boden, dann gab er sich einen Ruck, sah auf und lächelte. „Und von Ogygia aus seid Ihr direkt hierhergesegelt?“ fragte er. „Die ganze Strecke, nur mit einem Floß?“

Odysseus schüttelte rasch den Kopf. „Oh nein“, antwortete er. Er lachte, aber es klang eher traurig. „Ich kam nicht sehr weit mit der Nußschale, die ich mit meinen bescheidenen Mitteln zimmern konnte. Aber ich hatte Glück. Ich traf zum ersten Mal seit langer Zeit auf Menschen, die es einfach gut mit mir meinten, ohne irgendwelche Hintergedanken oder Heimtücke. Wind und Wellen trugen mich ins Land der Phäaken, und König Alkinoos gewährte mir Gastfreundschaft, bis meine Wunden verheilt waren und ich mich kräftig genug fühlte, endgültig nach Hause zurückzukehren. Es war eines seiner Schiffe, das mich nach Ithaka brachte, gestern, als die Sonne unterging.“

„Die Phäaken sind als gastfreundlich und friedfertig bekannt“, stimmte Eumaios zu. „Früher waren sie gute Freunde und Verbündete Ithakas.“

„Früher?“

„Ithaka hat keine Freunde mehr“, sagte Eumaios düster. „Habt Ihr denn nicht gehört, wie es hier aussieht?“

„Doch“, bestätigte Odysseus. „Der Kapitän des Schiffes, das mich herbrachte, weigerte sich, den Hafen anzulaufen.“

„Mit Recht!“ sagte Eumaios heftig, „denn er hätte um sein Hab und Gut fürchten müssen, wenn nicht um sein Schiff. Im Palast regieren Räuber und Diebe, Herr, und ihre Handlanger sind überall. Jedes Jahr sind es weniger Schiffe, die den Hafen anlaufen. Manche von ihnen segeln nicht wieder nach Hause. Viele“, fuhr er nach einem merklichen Zögern fort, und ohne Odysseus bei diesen Worten anzusehen, „munkeln, daß es Krieg geben könnte, wenn sich nichts ändert.“

„Krieg? Zwischen wem?“

„Zwischen Ithaka und den Nachbarländern“, sagte Eumaios ernst. „Die Lumpen, die Euren Thron begehren, werden immer frecher, Herr. Sie breiten sich wie Ungeziefer im Lande aus. Es ist nur eine Frage der Zeit, wann unsere Nachbarn ihrer ständigen Frechheiten und Übergriffe überdrüssig sind.“ Plötzlich lächelte er. „Aber nun wird sich alles ändern. Jetzt, wo Ihr zurück seid.“

Odysseus schwieg einen Moment. Er ahnte nur zu gut, was in dem alten Schweinehirten vorging – aber er hatte zu oft erlebt, wie leicht es war, falsche Hoffnungen zu erwecken, und wie bitter die Enttäuschung.

„Wir sind nur zwei“, sagte er vorsichtig. „Ein alter Mann und ein nicht ganz so alter, aber auch nicht mehr junger König.“

Eumaios machte eine wegwerfende Handbewegung. „Ihr seid nicht irgendein Mann, Herr“, sagte er bestimmt. „Ihr seid Odysseus, der legitime Herrscher dieses Landes. Diese Ratten werden vor Angst einfach tot umfallen, wenn sie Euch sehen.“

Odysseus seufzte. Er hatte seine Zweifel, daß es wirklich so leicht sein würde, wie Eumaios glaubte; und im Grunde seines Herzens wußte Eumaios wohl ebensogut wie er, daß der

Kampf, der ihnen bevorstand, vielleicht der härteste seines Lebens sein würde.

„Vielleicht erzählst du von Anfang an, Eumaios", sagte er. „Wenn ich erst weiß, mit wem ich es zu tun habe, fällt es uns vielleicht leichter, eine Möglichkeit zu ersinnen, sie zu verjagen."

„Nehmt Euer Schwert und geht in die Stadt", sagte Eumaios heftig. „Das Volk von Ithaka wartet auf Eure Rückkehr! Ein Wort, und Ihr habt fünfhundert Männer hinter Euch, die diesen Lumpen mit Freude die Kehle durchschneiden."

Odysseus sah ihn ernst an. Er zweifelte nicht daran, daß es wirklich so war, wie Eumaios behauptete – er hatte genug Erfahrung mit geknechteten und unterdrückten Menschen, um zu wissen, daß es manchmal nur eines Wortes bedurfte, sie zum Aufstand zu bringen – oder eines Mannes.

Aber war es wirklich das, was er wollte?

Odysseus begriff erst in diesem Moment, wie sehr er sich verändert hatte, in den letzten zehn Jahren. Der Odysseus, der von Troja fortgesegelt wäre, hätte keinen Augenblick gezögert, Eumaios' Rat zu folgen und ganz offen in die Stadt zu gehen, um seinen Palast einfach zu stürmen und die fremden Machthaber hinauszuwerfen – oder das, was das aufgebrachte Volk von ihnen übriggelassen hätte. Aber diesen Odysseus gab es nicht mehr; schon lange nicht mehr. Er hatte zuviel Blut gesehen. Zu viele Tote. Zu viele Schmerzen. Er war des Kämpfens müde. Odysseus war nach wie vor entschlossen, seinen rechtmäßigen Besitz zurückzuerlangen, und er war nach wie vor bereit, sein Leben einzusetzen, um Ithaka wieder zu seinem Königreich zu machen – aber nur sein Leben. Und er war sehr sicher, daß die Götter ihn nicht nach Hause geschickt hatten, damit er dort ein Blutbad anrichtete.

„Nein", sagte er. „Ich werde den Palast zurückerobern, Freund – aber nicht so. Berichte."

Eumaios sah ihn einen Moment lang verwirrt an. Aber schließlich nickte er, wenn Odysseus ihm auch überdeutlich ansah, wie wenig einverstanden er mit seinen letzten Worten war.

„Die Geschichte ist rasch erzählt", sagte er, „auch wenn sie lang ist. Alles war gut, solange die Boten Nachricht von Euch brachten, Herr, und von Eurem Kampf gegen die Trojer. Doch dann fiel Troja, und es kam der Tag, daß uns die Nachricht ereilte, Ihr selbst wäret mit zwölf Schiffen auf dem Wege nach Hause: Ihr könnt Euch vorstellen, wie groß die Freude im Volk war, und erst im Herzen von Penelope! Doch diese Freude sank, mit jedem Tag, der verging, ohne daß Ihr oder auch nur Kunde von Euch gekommen wäre. Und nach und nach verbreitete sich die Sage von Eurem Tode, sicherlich ausgestreut von frechen Verrätern. Doch ihr Gift ging auf, und nachdem ein Jahr vergangen war, ohne daß wir ein Lebenszeichen von Euch erhalten hätten, da fanden sich die ersten Geier ein, um nach Aas Ausschau zu halten, das sie fressen konnten. Bald waren es über hundert, die gekommen waren, zusammen mit ihren Dienern und Sklaven, und etliche auch mit ihren Kriegern. Was hätte Penelope tun sollen? Sie aus dem Palast werfen?"

„Kaum", murmelte Odysseus, obwohl Eumaios' Frage nicht von der Art war, die eine Antwort erwartete. Er brauchte nicht viel Phantasie, sich die Situation lebhaft vorzustellen. Er hatte sie mehr als einmal selbst erlebt. Eumaios Vergleich mit den Aasgeiern war zutreffend – Ithaka war eine zu fette Beute, als daß er im Ernst erwarten konnte, niemand wäre gekommen, um sie sich zu nehmen.

„Trotzdem blieb sie standhaft", fuhr Eumaios fort. „Sie wehrte alle Angebote, ihr Schutz und Sicherheit zu bieten, ab, und Euer Sohn Telemach, der mittlerweile selbst zu einem Mann und Helden herangewachen ist, unterstützte seine Mutter, so gut er konnte. Aber er war nur einer, und ein

Jüngling dazu.“ Er lächelte. „Ihr werdet stolz auf ihn sein, Herr“, sagte er, „wenn Ihr ihn seht. Er ist ein Sohn, der seines Vaters würdig ist.“

„Du kennst ihn?“

„Er war oft bei mir“, antwortete Eumaios. „Und er kommt noch heute. Oft sitzen wir beisammen, und ich erzähle ihm von Euch. Ginge es nach ihm, hätte er längst sein Schwert genommen und all dieses Gesindel aus dem Land geworfen.“

„Und wer hat ihn davon abgehalten?“ fragte Odysseus ruhig, obwohl er die Anwort zu wissen glaubte.

Eumaios druckste einen Moment herum. „Ich“, gestand er schließlich. „Und bevor Ihr fragt – aus dem gleichen Grund wie Ihr. Es... hätte ein Blutbad gegeben, hätte er es versucht. Diese sogenannten Freier sind jetzt seit vier Jahren im Land. Sie werden kaum freiwillig gehen, nur weil ein Knabe sie dazu auffordert.“

„Aber von mir erwartest du, daß ich es versuche?“ fragte Odysseus spöttisch.

Eumaios schnaubte. „Das ist etwas anderes, Herr“, behauptete er. „Euch wird das Volk folgen, und sicher auch viele von denen, die die Fremden mitgebracht haben.“

Odysseus seufzte. Wie konnte er Eumaios nur begreiflich machen, daß es nicht darum ging, ob das Volk im folgte oder nicht, sondern daß er einfach kein weiteres Gemetzel mehr wollte?

„Erzähle weiter“, sagte er.

„Es gibt nicht mehr viel zu erzählen“, fuhr Eumaios fort. „Vor einem Jahr versuchte Euer Sohn, die Freier aus dem Haus zu werfen – mit dem Ergebnis, daß sie ihn fast umgebracht hätten. Daraufhin bestieg er ein Schiff und machte sich selbst auf die Suche nach Euch.“

„Telemach ist nicht in Ithaka?“ fragte Odysseus alarmiert.

Eumaios machte eine besänftigende Geste. „Doch, das ist er“, antwortete er rasch. „Vor zwei Wochen kehrte er zu-

rück, ohne auch nur eine Spur von Euch gefunden zu haben." Er schüttelte traurig den Kopf. „Dieses Lumpengesindel hat ihn ausgelacht, vor aller Augen, Herr. Und nicht genug damit, beschlossen sie, Penelope nunmehr zu einer Entscheidung zu zwingen. Beim nächsten Neumond wollen sie, daß sie einen von ihnen erwählt."

„Und wenn sie es nicht tut?" fragte Odysseus.

Eumaios schnaubte. „Könnt Ihr Euch das nicht denken?"

Doch, das konnte er. Sie würden sich Ithaka mit Gewalt nehmen. Und wahrscheinlich würde es so oder so zu einem entsetzlichen Blutvergießen kommen, denn Odysseus war nicht naiv genug, sich im Ernst einzubilden, daß neunundneunzig von ihnen tatenlos zusahen, wie einer den goldenen Apfel pflückte, um den sie vier Jahre lang gebuhlt hatten. Einen Moment lang spürte er die heftige Verlockung, einfach abzuwarten, bis sie sich gegenseitig die Köpfe eingeschlagen hatten, um dann in die Stadt zu gehen und sich die Überlebenden vorzuknöpfen.

Aber auch das war etwas, das vielleicht der alte Odysseus getan hätte. Er nicht.

„Bis zum nächsten Neumond", sagte er nachdenklich. „Nun, das sind noch fast zwei Wochen, nicht wahr?"

Eumaios nickte, und nach einer Weile begann Odysseus ganz leicht zu lächeln. „Zeit genug, sich eine meiner berühmten Listen einfallen zu lassen, findest du nicht?" sagte er.

Die nächsten fünf Tage blieb Odysseus Eumaios' Gast, ohne die Hütte des alten Freundes auch nur einmal zu verlassen. Er schlief viel, aß und trank Eumaios' besten Wein und aß sein schmackhaftestes Fleisch. Die übrige Zeit verbrachten sie fast nur mit Reden – Eumaios wurde nicht müde, Odysseus' Erzählungen zu lauschen, und je mehr Odysseus seinerseits von allem berichtete, was ihm während seiner Irrfahrt zugestoßen war, desto mehr Einzelheiten fielen ihm ein; Din-

ge, die er selbst schon vergessen zu haben glaubte, aber auch solche, die er lieber vergessen hätte und nicht konnte.

Vieles von dem, was er erlebt – oder, genauer gesagt: erlitten — hatte, schien ihm nun in einem neuen Licht. Aus dem sicheren Abstand betrachtet, den die Erinnerung allen Schrecken verleiht, kam ihm alles immer weniger wie ein Zufall vor, oder Willkür. Nein, Odysseus war mittlerweile fast überzeugt, daß all dies eine tiefere Bedeutung hatte und Teil eines großen Planes war, obwohl er noch immer nicht zu sagen vermochte, wie dieser Plan aussah und was an seinem Ende stand – der Sieg oder der Tod. Oder vielleicht beides. Aber die Zeit schritt unerbittlich dahin, und irgendwann begann sich etwas in Eumaios' Blick zu ändern. Er sprach es nie aus, nicht einmal mit einer Andeutung, aber Odysseus begriff sehr gut, was er ihm sagen wollte: daß sich die Lage in Ithaka nicht vom Geschichtenerzählen allein änderte.

Und er hatte recht. Odysseus war nach Hause zurückgekehrt. Sein Palast, sein Heim, seine Familie, dies alles lag nur mehr wenige Wegstunden von ihm entfernt; und doch würden diese wenigen Stunden vielleicht schwerer werden als alles, was zuvor geschehen war. Vielleicht würde er daran scheitern.

Am Nachmittag des fünften Tages schließlich sah er Telemach wieder.

Sie saßen zusammen beim Mahl, als der Hund unruhig wurde und den Kopf hob, und einen Augenblick später erschien auch auf Eumaios' Gesicht ein gebannter, lauschender Ausdruck.

„Ein Freund kommt", sagte Odysseus.

Eumaios sah verwirrt auf. „Das... stimmt", sagte er. „Aber woher wißt Ihr das? Habt Ihr gelernt, durch Wände zu sehen, auf Euren Reisen?"

Odysseus lächelte. „Nein", erklärte er. „Aber die Augen offenzuhalten und wirklich zu sehen." Er deutete mit einer

Kopfbewegung auf den Hund. „Ich habe erlebt, wie er sich benimmt, wenn sich ein Fremder deiner Hütte nähert, Freund."

Eumaios wollte antworten, aber in diesem Moment hatten die Schritte die Hütte erreicht, und der Hund stieß nun doch ein leises, wachsames Knurren aus. Dann öffnete jemand von außen die Tür; ein hochgewachsener, breitschultriger Mann trat in die Hütte und richtete sich hinter der Tür wieder auf.

Odysseus unterdrückte im letzten Moment einen Schrei, als er den Neuankömmling erkannte.

Es war Telemach; niemand anderes als sein Sohn Telemach, den er seit so vielen Jahren nicht mehr gesehen hatte. Er war ein Kind gewesen, als er gegangen war, fast ein Säugling noch, der auf allen vieren gekrochen war und nur ein paar Worte brabbeln konnte.

Jetzt sah sich Odysseus einem Mann gegenüber – und was für einem Mann!

Für einen Moment hatte er das Gefühl, sich selbst gegenüberzustehen, zwanzig Jahre jünger, als er heute war. Dabei ähnelte Telemachs Gesicht dem seinen kein bißchen; vom Äußeren her war der Knabe schon immer mehr nach seiner Mutter gekommen, was Odysseus' Freunden früher oft Anlaß zu gutmütigen Sticheleien gegeben hatte. Und doch waren sie sich so ähnlich, wie sich nur Vater und Sohn sein konnten: Telemach war kein Riese von Statur, aber er war groß, schön gewachsen, und trotz seiner noch nicht einmal zwanzig Jahre hatte er kräftige Hände und einen klaren Blick.

Und auch Telemach schien etwas Ähnliches zu spüren, als er auf Odysseus herabblickte, der bei seinem Eintreten halb in die Höhe gefahren und dann zur Reglosigkeit erstarrt war. Einen Moment, einen kurzen Moment nur, kreuzten sich ihre Blicke, aber in diesem Augenblick war es, als sprächen ihre Seelen miteinander. Odysseus spürte sich von einem Gefühl

der Wärme durchströmt, das mit Worten nicht einmal zu beschreiben war; und er wußte mit unerschütterlicher Sicherheit, daß es seinem Sohn ebenso erging.

Schließlich schüttelte Telemach verwirrt den Kopf, löste sich mit sichtlicher Anstrengung aus seiner Starre und machte eine Handbewegung, die zugleich Eumaios und auch Odysseus galt.

„Du hast Besuch, Freund Eumaios“, sagte er. „Sag ihm, daß er Platz behalten soll – ich finde schon ein Fleckchen, auf das ich mich setzen kann.“

„Warum sagt Ihr mir dies nicht selbst, junger Herr?“ fragte Odysseus. „Ist es unter Eurer Würde, mit einem dahergelaufenen Fremden zu reden?“

Telemach blickte ihn betroffen an. Einen Moment lang wirkte er gleichzeitig verärgert wie überrascht, dann schüttelte er fast überhastet den Kopf. Ein Ausdruck von Verwirrung trat in seine Züge. Offensichtlich wußte er beim besten Willen nicht, was er mit diesem sonderbaren Fremden anfangen sollte, den er bei Eumaios angetroffen hatte. Er hatte Odysseus nicht erkannt. Aber das war wohl auch unmöglich.

„Natürlich... nicht“, antwortete er stockend. „Verzeiht, Alter. Ich... wollte Euch nicht beleidigen.“ Er warf Eumaios einen fragenden Blick zu – dem dieser auswich, wie Odysseus registrierte –, ließ sich mit untergeschlagenen Beinen zu Boden sinken und begann geistesabwesend den Kopf des Hundes zu streicheln.

„Wer ist dein... dein Gast, Eumaios?“ fragte er schließlich stockend.

„Ein alter Freund, Telemach“, antwortete der Sauhirte. „Ein sehr guter, alter Freund. Er war... lange auf Reisen.“

Wieder blickte Telemach Odysseus sehr lange und sehr nachdenklich an, und wieder glaubte Odysseus für einen Moment so etwas wie Erkennen in seinen Augen aufblitzen zu sehen – und wieder verging das Gefühl.

„Eumaios hat mir von Euch erzählt, junger Herr“, begann Odysseus.

„So?“ Telemach lächelte verlegen. „Dann hat er mit Sicherheit wieder übertrieben. Er gefällt sich darin, mich als Helden herauszustreichen, der ich nicht bin.“

„Nur als würdigen Sohn Eures Vaters“, verbesserte ihn Odysseus.

Telemachs Augen wurden schmal. „Meines... Vaters?“ wiederholte er. „Ihr kennt Odysseus, den König von Ithaka?“

„Gewissermaßen“, antwortete Odysseus rasch. „Ich... habe von ihm gehört, auf meinen Reisen. Und Ihr als sein Sohn scheint mir genau der Mann, den ich jetzt brauche.“

„Brauche?“ Telemach beugte sich vor und angelte ein Stück Bratenfleisch aus der Schüssel, die ihm Eumaios hinhielt, ohne Odysseus indes auch nur eine Sekunde aus dem Auge zu lassen. „Wozu, Freund?“

„Ich bin hier, um... ein Versprechen einzulösen, Telemach. Und du scheinst mir genau der Richtige, mir dabei behilflich zu sein.“

„Ein Versprechen?“ wiederholte Telemach verwirrt. „Was für ein Versprechen? Und was habe ich mit Eurem Versprechen zu schaffen, Alter?“

„Nun“, erwiderte Odysseus vorsichtig, „es ist ein Versprechen, das ich deiner Mutter gab, Telemach, vor sehr langer Zeit.“

„Meiner... Mutter?!“ Telemach starrte ihn an.

„Ja, Eurer Mutter, Ihr junger Narr“, sagte Eumaios. „Begreift Ihr denn immer noch nicht? Dieser Mann ist Odysseus.“

„Odysseus?“ Telemach hob die Hand, ließ sie wieder sinken, öffnete den Mund, ohne auch nur den mindesten Ton hervorzubekommen, starrte Eumaios an, dann Odysseus, dann wieder Eumaios und schließlich wieder seinen Vater.

Odysseus hatte niemals zuvor einen Ausdruck solcher Hilflosigkeit im Blick eines Menschen gesehen wie jetzt in dem seines Sohnes.

„Das... das ist... nicht möglich“, stammelte Telemach schließlich. „Ihr seid... du... du kannst nicht...“

„Ich bin es, Telemach“, unterbrach ihn Odysseus, beinahe sanft. „Glaube es ruhig. Ich bin es. Ich bin zurückgekehrt.“

„Un... unmöglich“, stammelte Telemach. „Das kann nicht... nicht, nicht nach... nicht nach all diesen Jahren, und...“

Er sprach nicht weiter. Seine Stimme versagte, und mit einem Mal trat anstelle der Verwirrung und des Unglaubens in seine Augen etwas Neues: Schrecken. Schrecken, Schmerz und ein Vorwurf, der Odysseus wie ein Messerstich traf, vielleicht gerade um so schmerzhafter, weil Telemach kein einziges Wort sagte.

„Du bist es wirklich?“ stammelte er. „Vater? Du... du bist... heimgekommen? Nach all dieser Zeit?“ Und plötzlich war es mit seiner Selbstbeherrschung vorüber; mit einem krächzenden Schrei warf er sich vor, umschlang Odysseus mit den Armen und preßte ihn heftig an sich.

Und jetzt brach es auch aus Odysseus heraus: Er spürte, wie heiße Tränen seine Augen füllten; ohne sie unterdrücken zu können oder auch nur zu wollen, erwiderte nun er seinerseits die Umarmung seines so lange Zeit verloren geglaubten Sohnes und ließ seinen Tränen freien Lauf.

Es dauerte lange, bis sie sich beide wieder so weit beruhigt hatten, daß Telemach damit begann, Fragen zu stellen, und Odysseus, sie zu beantworten. Zum zweiten Male innerhalb weniger Tage berichtete Odysseus so von seinen Fahrten und Abenteuern, wenn er auch manches wegließ und auf viele Ausschmückungen und genauere Schilderungen verzichtete; später – wenn es ein Später für Telemach und ihn gab – war Zeit genug zum Reden. Jetzt galt es zu handeln. „Und

jetzt bin ich hier", schloß er seinen Bericht – trotz allem nach mehr als zwei Stunden –, „um einen Plan auszuarbeiten, die Ordnung in Ithaka wiederherzustellen." Er deutete auf Eumaios und lächelte verzeihend. „Eumaios hat mir berichtet, wie es im Palast und in der Stadt aussieht. Aber Eumaios ist ein Hirte; ein guter Freund und zuverlässiger Verbündeter, doch ein Mann des Friedens. Du bist ein Krieger."

„Das stimmt", sagte Telemach ruhig. „Aber was immer er dir gesagt haben mag – es kann höchstens noch schlimmer sein. Du bist allein gekommen? Ohne ein Heer? Ohne Männer – oder wenigstens Gold, sie anzuwerben?"

Odysseus schüttelte entschieden den Kopf. „Keinen Krieg mehr", sagte er. „Was getan werden muß, wird getan – aber von mir, nicht von anderen."

„Das ist unmöglich", widersprach Telemach aufgeregt. „Es sind nicht nur zehn oder zwanzig Männer, von denen wir reden, Vater, sondern viel mehr. Allein aus Dulichion mehr als sechzig Mann, aus Same und Zakynth jeweils zwanzig, zwölf verräterische Hunde selbst aus unserem eigenen Land..." Er schüttelte den Kopf. „Alles in allem sind es an die hundert Männer, die allein den Palast besetzt halten. Selbst wir beide zusammen können nicht gegen hundert Feinde siegen."

„Nicht mit Gewalt", bestätigte Odysseus. „Aber vielleicht mit einer List."

„Einer List?" Telemach blickte seinen Vater zweifelnd an. „Eine List", wiederholte er, „mag vielleicht gegen einen Gegner helfen, oder zehn – aber hundert?"

„Gerade gegen hundert", mischte sich Eumaios ein. „Glaubt mir, junger Herr – Euer Vater hat seinen Beinamen nicht umsonst."

Odysseus warf ihm einen raschen, dankbaren Blick zu, ehe er sich wieder an seinen Sohn wandte. „Wir haben einen großen Vorteil auf unserer Seite", begann er, „nämlich den, daß

außer uns dreien hier noch niemand weiß, daß ich zurückgekehrt bin. Und so soll es auch bleiben. Niemand – auch deine Mutter Penelope nicht“, fügte er mit leicht erhobener Stimme hinzu, als Telemach auffahren wollte, „darf erfahren, daß ich noch lebe. Du selbst, Telemach, wirst noch heute in die Stadt zurückkehren, als wäre nichts geschehen. Eumaios und ich folgen dir morgen früh.“

Telemach blickte ihn zweifelnd an. „Und das ist alles?“

„Nein“, antwortete Odysseus rasch. „Du wirst zwei Dinge tun bis morgen früh – zum einen wirst du unter einem Vorwand alle Waffen aus dem Thronsaal entfernen lassen, zum anderen versuchst du herauszufinden, wer von den Dienern und Knechten im Palast noch auf unserer Seite steht.“

„Fast alle“, sagte Telemach impulsiv. „Sie warten nur darauf, daß du zurückkehrst, um dieses Gesindel endlich aus dem Haus zu werfen.“

„Und genau das ist es, was ich verhindern will, mein Sohn“, dachte Odysseus traurig. Aber wie sollte er das Telemach erklären?

Er versuchte sich vorzustellen, wie er wohl auf solche Worte reagiert hätte, in dem Alter, in dem Telemach jetzt war, und lächelte.

Nein, er konnte Telemach nicht erklären, daß er jetzt sicher war, daß die Götter ihn gerade nach Hause geschickt hatten, um ein Blutbad zu verhindern, nicht um es anzurichten.

„Morgen, noch vor der Mittagsstunde“, fuhr er nach einer langen, bedeutungsschweren Pause fort, „werden Eumaios und ich in die Stadt kommen. Ich werde das Gewand und die Maske eines Bettlers tragen, und niemand wird mich erkennen. Auch du nicht, verstehst du?“

„Sie werden dich aus dem Haus werfen“, prophezeite Telemach düster.

„Das bleibt abzuwarten“, sagte Odysseus. „Und selbst

wenn, du wirst nichts unternehmen. Versuche meinetwegen, sie mit Worten zu besänftigen, aber stell dich nicht mit Gewalt gegen sie. Nicht, ehe ich dir das Zeichen dazu gebe."

„Und wann wird das sein?" fragte Telemach unwillig.

Odysseus lächelte.

Dann begann er, seinem Sohn mit sehr ruhigen, einprägsamen Worten seinen Plan zu erklären.

Die Rache

Obwohl er es von Eumaios und auch aus Telemachs Mund erfahren hatte, war er überrascht, zu sehen, wie wenig sich Stadt und Palast verändert hatten. Schon als sie den Höhenzug überschritten und sich die Stadt mit der umlaufenden, nur zu vier Fünfteln geschlossenen Wehrmauer unter ihnen erstreckte, verspürte Odysseus ein heftiges Gefühl der Freude, in das sich allerdings eine gehörige Portion Wehmut mischte. Auf seine Überraschung, wie wenig sich alles äußerlich verändert hatte, folgte der schmerzhafte Gedanke, daß die wirkliche Veränderung, die mit Ithaka vonstatten gegangen war, um so größer war. Trotzdem: es war das gleiche Gefühl, das er schon an seinem ersten Abend in der Bucht am anderen Ende der Insel gehabt hatte – die Zeit schien hier stehengeblieben zu sein. Nichts hatte sich verändert. Selbst die wilden Blumen, die beiderseits des gewundenen Trampelpfades wucherten, den Eumaios und er hinabgingen, schienen dieselben zu sein.

Dann kamen sie der Stadt näher, und er erkannte nun doch gewisse Veränderungen; Veränderungen, die um so schmerzhafter waren, weil sie auf den ersten Blick so trügerisch harmlos wirkten.

Das große, aus gewaltigen, eisenbeschlagenen Eichenbohlen gezimmerte Stadttor, das immer offen gestanden hatte, um allen Hungernden und Frierenden und unschuldig Verfolgten Zuflucht zu gewähren, war jetzt verschlossen. Ein Doppelposten stand davor. Speerträger in den rot-grün-golden gemusterten Waffenröcken Sames, und Krieger in den dunkelblauen Röcken Zakynths patrouillierten oben auf der Mauer. Im Hafen lag nur ein einziges Boot: ein gewaltiges Kriegsschiff von Odysseus unbekannter Nationalität, dessen Katapulte und Speere drohend auf die Hafeneinfahrt deute-

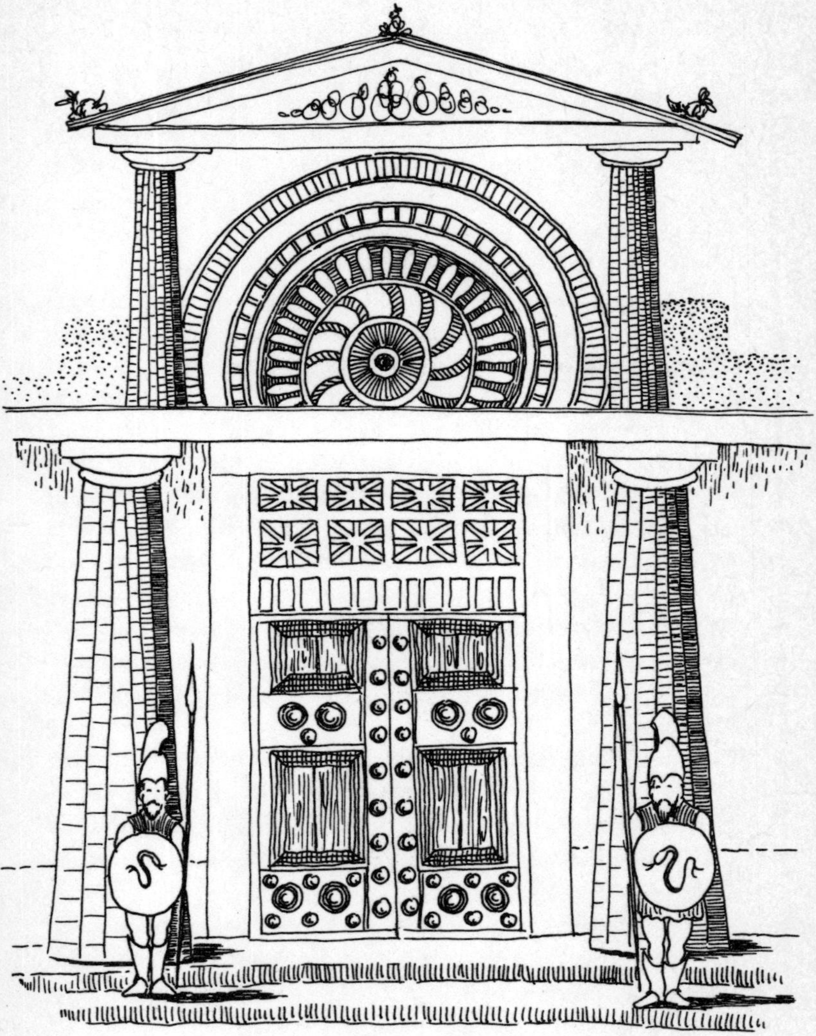

ten, und auch auf dem Dach des Palastes, der noch immer das höchste Gebäude der Stadt war, erblickte Odysseus das Blitzen von Waffen. Und die Uniformen der Männer, die sie trugen, waren nicht die seines Heeres.

Odysseus' Miene verdüsterte sich, je weiter sie sich der Stadt näherten. Ithaka hatte sich in eine Festung verwandelt, und nicht nur äußerlich. Je näher sie der Stadt kamen, desto deutlicher glaubte er, die Furcht zu spüren, die sich zwischen ihren Mauern breitgemacht hatte wie übler Gestank.

Eumaios schien seine Gedanken zu erraten, denn er warf ihm einen raschen, warnenden Blick zu, während sie sich dem Tor näherten. Einer der beiden Posten sah auf, als er den Sauhirten und seinen unbekannten Begleiter näher kommen sah, und für einen ganz kurzen Moment wurden seine Augen schmal, während sich sein Blick auf Odysseus heftete.

Odysseus war sicher, daß er nicht erkannt wurde, denn er trug das schäbigste Gewand, das er in Eumaios' Kleiderkiste nur hatte finden können, und hatte Bart und Haar mit Schmutz eingerieben. Auch auf Gesicht und Hände hatte er so viel Schmutz und Staub verteilt, daß sie ihm ein grindiges Aussehen gaben. Wer ihn sah, mußte ihn für den erbärmlichsten Bettler halten, der jemals Ithakas Mauern durchschritten hatte.

Und genau so wollte er auch aussehen. Odysseus' Plan beruhte auf einem einzigen Umstand – nämlich dem, daß niemand wußte, wer er war. Nur solange sich die Aasgeier sicher fühlten, konnte er hoffen, sie ohne überflüssiges Blutvergießen verjagen zu können.

So schritt er, mit gesenktem Blick und den kleinen, trippelden Schritten des Menschen, dem die Angst zu einem wohlbekannten Weggefährten geworden ist, an Eumaios' Seite auf das Tor zu, das nicht ganz geschlossen war, wie er jetzt sah, sondern nur angelehnt. Der Mann, der ihnen entgegengesehen hatte, rührte sich nicht, sondern blickte Odysseus

nur weiter mit einer Mischung aus Abscheu und Verwirrung an, aber der andere senkte plötzlich seinen Speer und hinderte Eumaios so daran, das Tor zu durchschreiten.

„Nicht so schnell, Freund", sagte er. „Du bist doch dieser Sauhirte, nicht wahr?"

Natürlich antwortete Eumaios nicht, aber das war auch nicht nötig. Sowohl er als auch Odysseus begriffen wohl im gleichen Moment, daß der Posten darauf aus war, einen Streit vom Zaune zu brechen. Vielleicht handelte er auf Befehl, überlegte Odysseus – schließlich war es kein Geheimnis, daß Eumaios einer der wenigen war, die immer noch an die Rückkehr des legitimen Herren dieses Reiches glaubten und die fremden Besatzer ganz offen als das bezeichneten, was sie waren: Diebe und Aasgeier.

Vielleicht langweilte er sich auch nur. Der Kerl sah ganz aus wie einer, der einen Menschen aus purem Übermut erschlägt.

„Und du, Kerl?" Der Blick des Postens richtete sich auf Odysseus. Ein gefährliches, böses Glitzern trat in seine Augen. „Wer bist du?"

„Nur ein einfacher Mann, Herr, der hofft, auf großherzige Menschen zu treffen, die ihm zu essen und ein Dach über dem Kopf gewähren werden", antwortete Odysseus, sehr leise, sehr höflich – aber ganz und gar nicht in dem unterwürfigen Ton, den der Mann erwartet haben mußte, denn in seinem Blick spiegelte sich zuerst Erstaunen, dann pure Wut. Seine Hand schloß sich fester um den Speer. Odysseus spannte sich. Er war waffenlos, aber das bedeutete nicht, daß er wehrlos gewesen wäre. Wenn der Bursche ihn oder Eumaios angriff, würde er sterben, ehe er auch nur Gelegenheit fand, einen Warnruf auszustoßen.

Aber der gefährliche Moment ging vorüber. Der Griff des Mannes lockerte sich wieder, und seine Lippen verzogen sich abfällig. Er spie aus.

„Wirklich, ein Anblick, der das Herz erfreut“, sagte er hämisch. „Ein Taugenichts führt den anderen. Gleich und gleich gesellt sich gern, wie?“ Er lachte, aber es klang ein ganz kleines bißchen unsicher. „Wohin wollt ihr?“ fragte er scharf. „Etwa in den Palast, betteln? Das solltet ihr lieber gar nicht erst versuchen. Sie haben ihren Bettler dort.“

„Laß die beiden Alten doch in Frieden“, mischte sich sein Kamerad ein. „Was kümmert es uns, wenn sie in den Palast gehen und sich dort eine Tracht Prügel einhandeln?“ Er trat zwischen Odysseus und seinen Kameraden, drückte das Tor mit der Schulter ein wenig weiter auf und machte eine herrische Kopfbewegung. „Geht!“

Odysseus und Eumaios gehorchten. Mit raschen Schritten ließen sie die Stadtmauer hinter sich und näherten sich dem Palast. Erst als sie fast die halbe Wegstrecke zurückgelegt hatten, blieb Odysseus stehen und legte Eumaios die Hand auf den Arm, um auch ihn zum Anhalten zu bewegen.

„Was hat der Mann gemeint, Eumaios?“ fragte er. „Er sagte, sie hätten einen Bettler?“

„Den haben sie“, antwortete Eumaios düster. „Iros, Herr. Ein Mann wie ein Berg, keine zwanzig Jahre alt und kerngesund. Er ist stark wie ein Ochse, aber er arbeitet nicht, sondern treibt sich im Palast herum und bettelt.“

„Warum unterstützen sie ihn?“ fragte Odysseus.

„Weil sie ihn mitgebracht haben“, murmelte Eumaios. Er verzog die Lippen zu einer Grimasse des Ekels. „Es war Antinoos’ Idee, Herr. Ihr wißt, daß zu Eurer Zeit jeder, der Hunger hatte, im Palast eine Mahlzeit und ein Dach für eine Nacht bekommen konnte. Antinoos aber wurde dies zuviel. Vielleicht fürchtete er, ein Spion könnte sich einschleichen – oder es war einfach nur ein grausamer Scherz. Auf jeden Fall brachte er eines Tages diesen Iros mit und verkündete, er würde vom Tage an im Palast leben – damit es nicht hieße, im Palast von Ithaka gäbe es keine Barmherzigkeit mehr.

Aber seit jenem Tag darf sich kein Bettler mehr im Palast sehenlassen."

Odysseus schwieg einen Moment, was nicht zuletzt daran lag, daß es Augenblicke dauerte, bis ihm wirklich klar wurde, wie böse diese Idee war. „Antinoos, sagst du", murmelte er.

Eumaios nickte.

„Ich erinnere mich – Telemach nannte seinen Namen ein paarmal. Er scheint... ein interessanter Mann zu sein."

„Er ist der Schlimmste von allen, Herr", sagte Eumaios und ballte die Faust. „Der Tod ist zu gut für ihn. Ihr –"

„Genug", unterbrach ihn Odysseus, leise, aber sehr bestimmt. Er machte eine warnende Geste. „Und vergiß den Herrn, Eumaios, wenn du nicht willst, daß alles herauskommt."

Eumaios fuhr schuldbewußt zusammen, schwieg aber. Sie gingen weiter.

Aber es kam noch einmal ein gefährlicher Augenblick, und noch dazu einer, in dem sich Odysseus um ein Haar selbst verraten hätte: der Augenblick, in dem sie die Stadt durchquert hatten und den Palast betraten.

Odysseus verharrte im Schritt, obwohl er es nicht einmal wollte. Jetzt, jetzt erst, kam er nach Hause, und es war, als stürzten zwei Jahrzehnte wie eine steinerne Last über ihm zusammen. Er taumelte, hatte für einen Moment Mühe zu atmen, griff hilfesuchend um sich und wäre wahrscheinlich gestürzt, hätte Eumaios ihn nicht gehalten.

„Was ist?" fragte Eumaios erschrocken. „Was habt Ihr, Herr?"

„Nichts", murmelte Odysseus. Mühsam befreite er sich aus Eumaios' Griff, taumelte ein Stück zurück und registrierte voller Schrecken, daß der kurze Zwischenfall bemerkt worden war. Die Palastwachen sahen neugierig zu ihnen hin, und aus dem Gebäude eilte ein Diener auf ihn und Eumaios zu, mit sehr besorgtem Gesicht.

„Seid Ihr krank?“ fragte Eumaios erschrocken.

Odysseus schüttelte hastig den Kopf. „Nein“, zischte er. Der Diener war nun fast auf Hörweite heran. „Es war nur alles zu viel auf einmal. Aber vielleicht können wir Kapital aus meiner Schwä – “

Er sprach nicht weiter, denn der Diener war jetzt nahe genug herangekommen, daß er seine Worte verstehen konnte. Aber auf seinem Gesicht lag kein Mißtrauen, sondern nur ein Ausdruck echter Sorge, als er auf Eumaios und seinen Begleitet zueilte.

„Eumaios, guter Freund, was ist geschehen?“ begann er aufgeregt. „Was ist mit deinem Freund? Ist er krank oder verwundet?“

„Nein“, antwortete Eumaios hastig. „Nur ein kleiner Schwächeanfall, der vorübergehen wird. Mein Freund hier,“ er deutete auf Odysseus, „war zu lange unterwegs, und wohl auch zu lange ohne rechtes Essen, in seinem Alter.“

„Dann bring ihn herein“, sagte der Palastdiener bestimmt. „Wenn eine Mahlzeit und ein paar Stunden der Ruhe alles sind, was der arme Alte braucht, so soll er sie haben.“

„In den Palast?“ fragte Eumaios zweifelnd, und mit einem bezeichnenden Blick auf die Wachen. „Aber es ist verboten!“

„Heute nicht“, unterbrach ihn der Diener. „Telemach selbst hat angeordnet, daß heute jedem Einlaß gewährt wird, der ihn begehrt, und jedem Hilfe, der sie braucht, ganz wie es früher Sitte an unserem Hofe war.“

„Telemach?“ vergewisserte sich Eumaios.

„Telemach“, bestätigte der Diener. Er schwieg einen Moment, und als er weitersprach, hörte Odysseus einen deutlichen Unterton von Stolz in seiner Stimme. Seine Augen leuchteten. „Etwas ist geschehen, mit dem jungen Herrn. Ich weiß nicht, was, aber wenn du in seine Augen blickst, Eumaios, wirst auch du es erkennen. Vielleicht hat er sich endlich darauf besonnen, wer sein Vater war.“

„Dieser junge Narr!“ dachte Odysseus wütend. Er hatte der Versuchung also doch nicht widerstehen können! Begriff er denn nicht, daß er damit vielleicht alles zunichte machte? Aber gleichzeitig verspürte er auch einen ungerechtfertigten Stolz. Der Alte hatte es ja selbst gesagt – Telemach war sein Sohn, und er hätte nicht anders gehandelt, an seiner Stelle und in seinem Alter. Obwohl Telemachs Benehmen eine nicht geringe Gefahr bedeutete, fühlte Odysseus sich plötzlich erheblich sicherer, denn er wußte jetzt, daß er sich auf seinen Sohn verlassen konnte, so sicher wie auf sich selbst.

Mit einem dankbaren Nicken schlossen sie sich dem Diener an und folgten ihm in den Palast. Die beiden Männer, die mit gekreuzten Speeren den Eingang bewachten, zögerten einen ganz kurzen Moment, ehe sie den Weg freigaben. Telemachs Befehle mußten wohl sehr eindeutig gewesen sein.

Als sie den Palast betraten, war Odysseus für einen Moment fast blind, denn seine Augen hatten sich an das grelle Sonnenlicht draußen gewöhnt. Trotzdem bewegte er sich mit weit größerer Sicherheit und Selbstverständlichkeit durch die Gänge und Flure des Palastes als Eumaios oder selbst der Diener; mit einer größeren Sicherheit auf jeden Fall, als es einem Fremden zukam, der angeblich zum ersten Mal im Leben hier war. Obwohl er wenig mehr als Schatten sah, fielen ihm doch die überraschten Blicke auf, die ihm der Diener zuwarf, immer wenn er meinte, Odysseus sähe es nicht. Ganz instinktiv ging er deshalb ein wenig langsamer; schwerer und auf den knorrigen Stab gestützt, den Eumaios ihm gegeben hatte, als hätte er kaum mehr die Kraft, sich auf den Beinen zu halten.

Und so vollständig gespielt war der schwankende Gang nicht einmal – wenn auch aus gänzlich anderen Gründen, als der freundliche Diener vermuten mochte –, denn mit jedem Schritt, den sie tiefer in den Palast eindrangen, kostete es Odysseus mehr Kraft, sich wenigstens nach außen hin zu

beherrschen. Oh, wie gut konnte er Telemach mit einem Male verstehen! Wie schwer fiel es ihm plötzlich selbst, sich nicht einfach die falschen Kleider vom Leibe zu reißen, den Bettelstab wie eine Waffe zu schwingen und die frechen Eindringlinge kurzerhand aus dem Palast zu werfen! Plötzlich begriff er, daß dies die schwerste Prüfung war, die die Götter ihm auferlegt hatten. Und er war noch immer nicht sicher, ob er sie wirklich bestehen würde.

Schließlich näherten sie sich dem großen Saal, in dem auch Odysseus und seine Freunde früher so gerne und oft gefeiert hatten. Das Lachen lärmender Zecher wies ihnen schon von weitem den Weg, und in den frischen Geruch des Morgens mischte sich bald das schwere, süße Aroma von Wein und Gebratenem, von brennenden Fackeln und Schweiß – ein Geruch, der in die Nacht gehörte, nicht in den frühen Morgen, und der Odysseus' Zorn nur noch schürte. Odysseus betete im stillen zu den Göttern, daß sie ihm die Kraft gaben, sich zu beherrschen und dem Plan zu folgen, den er zusammen mit Telemach ersonnen hatte.

Trotzdem hätte er es beinahe nicht geschafft.

Er hatte Schlimmes erwartet, aber der Anblick, der sich ihm bot, als er hinter Eumaios in perfekt geschauspielerter Erschöpfung über die Schwelle wankte, übertraf selbst seine schlimmsten Befürchtungen: Der große Festsaal, der für ihn immer gleichbedeutend mit der Erinnerung an Frohsinn und ausgelassene Heiterkeit gewesen war, hatte sich in eine Lasterhöhle verwandelt. Die Fenster waren fast ausnahmslos mit schweren samtenen Vorhängen verhängt, so daß trotz des hellen Tages eine halbdunkle Düsternis herrschte. Die Luft war schwer vom Geruch süßen Weines und berauschenden Rauches. Kleider und Kissen lagen in loser Unordnung auf dem Boden, und die Dienerschaft hatte wohl noch nicht einmal die Zeit gefunden, die Spuren der Feier vom vergangenen Abend zu beseitigen. Für einen kurzen Moment war Odys-

seus fast froh, daß es so dunkel war und er nur Andeutungen erkennen konnte, denn schon das wenige, das er sah, war sehr viel mehr, als er sehen wollte.

Und die Dunkelheit kam ihm auch noch in anderer Hinsicht zustatten – so sehr, wie sie verhinderte, daß er mehr als Schatten und Schemen mit kaum angedeuteten Gesichtern sah, verhinderte sie auch, daß er erkannt wurde – und das wäre wohl, trotz seiner Verkleidung, zweifellos geschehen. Denn zu seiner maßlosen Überraschung gewahrte Odysseus hier im Saal nicht nur Fremde und Feinde, sondern neben seinem Sohn Telemach auch drei seiner vertrautesten Freunde: Mentor, Antiphos und Halitherses, dazu den alten Seher Theoklymenos, der aus seiner Heimat hatte fliehen müssen und in Ithaka ein neues Zuhause gefunden hatte. Auch ihn kannte Odysseus, wenn auch nicht so gut wie die drei erstgenannten.

Vor allem der Anblick Mentors erschütterte ihn, denn sie waren einst Freunde gewesen, so gute Freunde, wie man sich nur vorstellen konnte. Aber Mentor war schon damals alt gewesen, so alt, daß Odysseus bis jetzt nicht einmal der Gedanke gekommen war, er könne noch am Leben sein. Aber er war es, ebenso wie Antiphos und Halitherses, die rechts und links von ihm Platz genommen hatten und – auch das entging Odysseus keineswegs – zusammen mit Telemach als einzige im Saal überhaupt Waffen trugen.

Und endlich begriff er. Telemach hatte alle seine Befehle treulich ausgeführt: Er hatte ganz offensichtlich dafür gesorgt, daß nur ihm und seiner Mutter treu ergebene Diener an diesem Tage im Palast Dienst taten, und ebenso sichtlich hatte er dafür gesorgt, daß sämtliche Waffen und Rüstungen, die zur Zier an den Wänden gehangen hatten, entfernt worden waren. Aber er hatte noch mehr getan. Offensichtlich hatte er nicht nur den Dienern gegenüber gewisse Äußerungen getan... Odysseus' Ärger wuchs.

Aber es war zu spät, irgend etwas zu unternehmen, denn in diesem Moment hatte nicht nur Telemach die beiden Neuankömmlinge entdeckt. Das Schlagen der Zimbeln und Schellen, das das Gelage bisher untermalt hatte, verstummte, und auch der Gesang endete mit einem fast kläglichen Laut, so daß man für einen Moment nur noch den wilden Lärm der Gäste hörte, bis auch dieser nach und nach verebbte und sich aller Aufmerksamkeit auf Odysseus und seinen Begleiter richtete.

Odysseus warf einen fast flehenden Blick in Telemachs Richtung. *Worauf, bei Zeus, wartete dieser junge Narr noch?!*

Sein stummes Gebet wurde erhört, denn mit einem Male sprang Telemach auf, eilte auf Eumaios zu und streckte mit einem erfreuten Lächeln beide Hände nach ihm aus, wie nach einem Bruder, den er umarmen wollte. Er übertrieb, dachte Odysseus besorgt. Für Telemach schien dies alles hier nichts als ein großer Spaß zu sein. Er begriff einfach nicht, daß es eine Posse war, bei der nicht nur sein Leben auf dem Spiel stand, sondern auch das zahlloser anderer. Ein Fehler, ein einziger, kleiner Fehler, und Ithaka würde in Strömen von Blut ertrinken...

„Eumaios?" rief Telemach, mit so lauter Stimme, daß auch der letzte im Saale aufsah und sich verwundert umblickte. Gottlob konzentrierte sich fast aller Aufmerksamkeit auf den Hirten, dessen Namen Telemach gerufen hatte. Aller, dachte Odysseus besorgt, bis auf die Mentors, Antiphors' und Halitherses'. „Sie wissen es", dachte er erschrocken. „Dieser junge Narr hat es ihnen gesagt!" So unauffällig, wie er nur konnte, zog er sich ein Stück weiter in die Schatten der Tür zurück und senkte den Blick.

Telemach hatte Eumaios inzwischen erreicht und umarmte ihn überschwenglich. „Mein alter Freund Eumaios", rief er, „wie froh bin ich, dich hier zu sehen! Und du hast Besuch

mitgebracht, wie ich sehe?“ Er löste sich von Eumaios, drehte sich halbwegs herum und trat nun auf Odysseus zu. „Nicht so schüchtern, Freund“, sagte er. „Warum verbirgst du dich? Tritt nur hervor und zeige dich.“

„Er... traut sich nicht“, sagte Eumaios rasch. „Er ist ein einfacher Mann, Herr, der sich schämt, Euch hohen Herren entgegenzutreten.“

Telemach wollte antworten, aber sowohl Odysseus als auch Eumaios warfen ihm so beschwörende Blicke zu, daß er wohl begriff, daß er den Bogen zu überspannen drohte; statt fortzufahren, drehte er sich herum, ging zum Tisch, der sich unter der Last der aufgehäuften Speisen und Köstlichkeiten schier zu biegen schien, nahm aus dem vor ihm stehenden Korb ein ganzes Brot, dazu eine Handvoll Fleisch und gab Eumaios beides. „Hier, mein Freund“, sagte er, „reiche diese Gaben dem Fremden. Vielleicht nimmt ihm dies die Angst.“

Eumaios nickte ohne ein weiteres Wort und reichte Odysseus Brot und Fleisch, stellte sich dabei aber wie zufällig so vor ihn, daß man sein Gesicht nicht sehen konnte.

„Welcher von ihnen ist Antinoos?“ flüsterte Odysseus, während er Telemachs Geschenke in seinem Ranzen verstaute.

„Der Große, der gleich neben Telemach sitzt“, gab Eumaios zurück. „Der Mann mit der Narbe im Gesicht – könnt Ihr ihn sehen?“

Odysseus nickte, obwohl er kaum mehr als einen Umriß wahrnahm. Aber er würde sich diesen Mann genauer ansehen. Wenn das, was Eumaios und Telemach ihm in den letzten Tagen berichtet hatten, auch nur halbwegs zutraf, war es vielleicht nicht nötig, das letzte Kapitel dieser Geschichte mit Blut zu schreiben. Und wenn doch, so vielleicht nur mit sehr wenig Blut.

Laut sagte er: „Ich danke Euch, edler Telemach. Ihr seid wahrlich ein würdiger Sohn Eures Vaters. Ihr –“

„Und du ein alter Schwätzer“, unterbrach ihn eine scharfe Stimme. Sie war sehr unangenehm, und Odysseus war nicht besonders überrascht, sie als die des Antinoos zu erkennen, als er aufsah.

„Du hast dein Brot, und sogar ein Stück Fleisch“, fuhr Antinoos fort. „Was willst du also noch? Pack dich gefälligst.“

Odysseus antwortete nicht, aber er reagierte auch nicht, so daß Antinoos wütend aufsprang und die Hand auf das Schwert senkte – genauer gesagt, auf die Stelle, an der er wohl normalerweise sein Schwert zu tragen pflegte, denn er war wie alle anderen hier waffenlos. Als seine Finger ins Leere griffen, verdüsterte sich seine Miene noch mehr. Aber sein Zorn entlud sich nicht auf Odysseus, wie dieser beinahe gehofft hatte, sondern auf Eumaios. In seinen dunklen Augen blitzte es zornig auf.

„Natürlich warst du es, der dieses Gesindel hierher gebracht hat!“ sagte er wütend. „Wer sonst außer Eumaios, dem berüchtigten Sauhirten, der behauptet, einem toten König die Treue zu halten und doch nur Unfrieden und Zank verbreitet. Warum hast du diesen Menschen in die Stadt gebracht? Hatten wir nicht Landstreicher genug, daß du uns auch noch diesen nutzlosen Fresser in den Saal schleppst?“

„Harter Mann“, antwortete Eumaios gelassen, „den Seher, den Arzt, den Baumeister, den Sänger – sie alle beruft man in den Palast und wetteifert um ihre Gunst. Den Bettler aber hat niemand gerufen. Er kommt von selbst, doch auch ihn stößt man nicht hinaus! Und das soll auch diesem Mann nicht geschehen, solange Penelope und Telemach dieses Haus bewohnen.“

„Das ist wahr“, stimmte Telemach zu. „Aber deine Worte sind trotzdem vergebens, mein Freund. Bemühe dich nicht – du kennst ja die Gewohnheit dieses Mannes, andere zu beleidigen.“

Antinoos blieb erstaunlich ruhig; nur in seinen Augen

blitzte es erneut auf, und diesmal war es nicht nur heißer Zorn, den Odysseus darin sah, sondern etwas, das viel tiefer ging, und viel stärker brannte.

„Große Worte, Telemach“, sagte er kalt. „Schade nur, daß sie nicht auch ein großer Mann zu mir spricht, sondern ein Knabe.“ Er lachte hart. „Gestern abend, als du uns alle zu diesem Festmahl geladen hast, Telemach“, fuhr er fort, wobei er eine weit ausholende Geste machte, die fast alle Anwesenden einschloß, „da haben sich die meisten von uns gefragt, warum du darauf bestehst, daß wir ohne Waffen kommen. Jetzt weiß ich es. Vor allem, wo ich sehe, daß du dein Schwert sehr wohl umgebunden hast.“

Telemach erbleichte sichtbar. Seine Hand fuhr zum Gürtel, löste halb die Spange – und hob sich wieder.

„Ich habe nicht vor, mit dir zu streiten, Antinoos“, sagte er gepreßt. „Das eine aber merke dir: Du bist nicht mein Vormund, daß du mir befehlen könntest, diesen Fremdling aus dem Haus zu treiben – oder irgendeinen anderen Menschen. Noch gehört dieses Haus mir!“

Antinoos lachte, sehr leise und auf eine Art, die nicht nur Odysseus klarmachte, daß man über diesen Punkt durchaus verschiedener Auffassung sein konnte. Seine Hände ballten sich ganz langsam zu Fäusten, und Odysseus sah, wie sich auch zahlreiche der anderen Gestalten spannten.

„Aber ihr Herren!“ sagte er rasch. „Ich beschwöre Euch – keinen Streit um meinetwegen. Ich bin es nicht wert!“

Telemach sah ihn verwirrt an; ganz offensichtlich hatte er damit gerechnet, daß Odysseus den willkommenen Anlaß ergreifen und Antinoos vor aller Augen herausfordern würde; jetzt schien er beinahe enttäuscht zu sein, daß sein Vater es nicht tat.

Antinoos' Reaktion hingegen war sehr viel direkter: Er ergriff einen Fußschemel, holte aus und warf damit nach Odysseus wie nach einem Hund. Odysseus wich dem Wurf im letz-

ten Moment aus, konnte aber nicht verhindern, daß der schwere Schemel ihn an der Schulter streifte und er gegen den Türpfosten fiel.

„Das ist meine Art, mit Bettlergesindel zu reden“, sagte Antinoos kalt. Sein Blick war dabei unverwandt auf Telemach gerichtet. „Und jetzt sage diesem alten Fresser, daß er besser daran täte, freiwillig zu gehen – ehe man ihn aus dem Palast tragen muß.“

Telemach wurde noch bleicher, als er schon war. Seine Hand legte sich um den Schwertgriff. Aber wieder schien er sich im letzten Moment eines Besseren zu besinnen. „Ich will mich nicht streiten, Antinoos“, sagte er. „Weder mit Euch noch mit einem anderen, und vor allem nicht heute.“

„Warum nicht heute?“ fragte Antinoos spöttisch. „Die Gelegenheit ist günstig. Wir sind ohne Waffen, und –“

„Und das aus gutem Grund“, mischte sich Mentor ein. Er war aufgestanden und neben Telemach getreten. Jetzt legte er dem jungen Prinzen begütigend die Hand auf die Schulter, drückte ihn mit sanfter Gewalt in seinen Sitz zurück und lächelte Antinoos kalt zu.

„Verzeiht Telemachs Worte“, sagte er. „Haltet ihm zugute, daß er jung und ungestüm ist und in seinen Adern das heiße Blut eines Odysseus fließt.“

„Was hat das mit diesem Bettler zu tun?“ fragte Antinoos erregt.

„Nichts“, antwortete Mentor. „Nichts und alles, lieber Antinoos. Diesen jämmerlichen Alten einzuladen, war nicht so sinnlos, wie du glaubst. Erinnerst du dich, daß du selbst Eumaios gefragt hast, warum er ihn herbrachte? Und erinnerst du dich, was er antwortete?“

Antinoos nickte ungeduldig. „Was willst du, alter Narr?“ Sprich nicht in Rätseln.“

„Ich spreche nicht in Rätseln“, antwortete Mentor ruhig. „Du wirst gleich verstehen, was ich meine. Gastfreundschaft

und Schutz, Antinoos, waren es einst, die Ithaka überall in der Welt bekannt und beliebt machten. Und sie sollen es wieder sein, sobald dieses Haus wieder einen Herrn hat. Deswegen hat Telemach Befehl gegeben, den ersten Bettler hereinzurufen, den der Zufall des Weges führt, und deshalb – "

„Hat er den Palast auch deshalb umstellen lassen?" fiel ihm Antinoos ins Wort. „Von Männern, die er sich treu ergeben dünkt? Und hat er uns deshalb entwaffnen lassen?" Er starrte Telemach an. „Du Narr. Glaubst du wirklich, wir bräuchten Waffen, um mit dir und diesen drei alten Männern fertig zu werden? Wir sind fast hundert."

„Was Euch wie ein Hinterhalt vorkommt, edler Antinoos", sagte Mentor ruhig, „geschah zu Euer aller Schutz."

„Schutz?" Antinoos lachte böse. „Vor wem sollte uns Telemach wohl beschützen?"

„Vor euch selbst", antwortete Mentor gelassen. „Denn noch ehe die Sonne untergeht, wird Ithaka einen neuen Herrn haben."

Es wurde augenblicklich still. Selbst Odysseus – von dem diese Worte ja ursprünglich stammten – hielt für einen Moment den Atem an, wenn auch aus gänzlich anderen Gründen als alle anderen Anwesenden. Aller Blicke konzentrierten sich auf Mentors Gesicht.

Schließlich war es wieder Antinoos, der als erster das Schweigen brach. „Was... soll... das heißen?" fragte er stockend.

„Das soll heißen, daß meine Mutter Penelope und ich des Wartens müde geworden sind", antwortete nun Telemach an Mentors Stelle. Er stand auf, postierte sich neben dem alt gewordenen Kämpfer und sah ruhig auf Antinoos.

„Noch heute", fuhr Telemach mit erhobener Stimme fort, „wird meine Mutter Penelope einen von euch zum Gemahlen wählen. Ithaka braucht wieder einen König." Sein Blick wurde hart. „Ich flehe die Götter an, daß Ihr es nicht seid, Anti-

noos, doch wenn, so werde ich ihre Wahl akzeptieren. Besser ein schlechter König als gar keiner. Das Reich ginge unter, müßten wir die jetzigen Zustände noch lange ertragen."

„Einen... neuen Gemahl?" Antinoos sah Telemach und Mentor abwechselnd an. Der Ausdruck von Mißtrauen auf seinen Zügen hatte sich nicht gelegt. Im Gegenteil. „Und... wie?"

„Das wird sie Euch selbst sagen", sagte Mentor rasch, ehe Telemach Gelegenheit fand, sehr viel schärfer zu antworten und damit vielleicht doch noch einen Streit mit Antinoos vom Zaun zu brechen.

Odysseus fuhr wie unter einem Hieb zusammen. Wie alle anderen hatte er gebannt die Unterhaltung zwischen Antinoos und Telemach verfolgt und nicht darauf geachtet, was hinter seinem Rücken vor sich ging. Und so war ihm wie allen anderen entgangen, daß Penelope den Saal betreten hatte.

Es war wie eine eiskalte Dusche. Odysseus erstarrte. Ein Gefühl eisiger Kälte breitete sich in seinem Inneren aus, eine Mischung aus Schrecken und Freude, wie er sie niemals zuvor in solcher Stärke verspürt hatte. Sein Herz schien mit einem einzigen Satz bis in seinen Hals hinaufzuspringen und dort rasend schnell und schmerzhaft hart weiterzuhämmern. Er wankte. Für einen Moment verschwammen der Palast und die Freier vor seinen Augen, wurden unwirklich, unwichtig. Alles verblaßte, bis die Welt zu einem winzigen Ausschnitt zusammenzuschrumpfen schien, in dem es nur noch sie gab: Penelope!

Penelope! Penelope, seine geliebte Penelope, seine Frau, um derentwillen er all diese entsetzlichen Prüfungen und Abenteuer überstanden hatte, seine Penelope...

Seine Gedanken begannen sich zu verwirren, und er spürte, daß er dabei war, vollends die Beherrschung zu verlieren. Er wankte erneut, klammerte sich verzweifelt an den erstbesten Halt, den seine Hände fanden, und spürte erst, als Eu-

maios schmerzhaft aufstöhnte, daß es der Arm seines Freundes gewesen war.

„Bei allen Göttern, Herr!“ keuchte Eumaios. „Beherrscht Euch, Sie dürfen es nicht merken! Noch nicht!“

Und – Odysseus wußte selbst nicht, woher er die Kraft nahm – Eumaios' Worte wirkten. Penelopes Gesicht hörte auf sich vor seinen Augen zu drehen, die Welt wurde wieder wirklich, und ganz plötzlich begriff er, in welcher Gefahr sie sich alle befanden; nicht nur er, Eumaios, Telemach und die wenigen anderen Freunde, sondern auch und vor allem Penelope. Ganz kurz nur war er ihrem Blick begegnet, doch schon dieser Sekundenbruchteil reichte aus, ihn begreifen zu lassen, daß Penelope so gut wie Mentor und die beiden anderen wußte, wer da in der Gestalt eines Bettlers ins Haus gekommen war. Odysseus' Verstimmung schlug in jähen Zorn auf Telemach um. Alles, alles hatte er verstehen können, denn Telemach war jung, fast noch ein Kind, und auf keinen Fall alt genug, der Verlockung eines dramatischen Auftrittes widerstehen zu können. Aber begriff er denn nicht, daß er nicht nur sich selbst und seinen Vater, sondern auch Penelope dem sicheren Tod auslieferte mit dem, was er getan hatte? Wenn sie jetzt verloren, wenn Odysseus versagte, dann würde auch Penelope den Tod finden. Antinoos und seine Spießgesellen hatten gar keine andere Wahl mehr, als auch sie zu töten!

Wütend fuhr er herum und starrte Telemach an. Aber alles, was er in den Augen seines Sohnes las, war ein siegessicheres Lächeln.

Und dann, endlich, begriff er.

Was Telemach getan hatte, war so typisch für ihn selbst, daß er es im ersten Moment noch nicht einmal gemerkt hatte – eine List, die einem Odysseus Ehre gemacht hätte.

Odysseus hatte jetzt gar keine andere Wahl mehr, als zu gewinnen.

Mühsam drehte er sich herum und konzentrierte sich wieder auf Penelope.

Sie war nicht allein. In ihrer Begleitung befand sich ein halbes Dutzend ihrer Dienerinnen, von denen vier mit offenbar sehr schweren, geflochtenen Körben beladen waren, die sie jetzt vor dem Tisch abluden, während Telemach einem der Diener mit Gesten zu verstehen gab, die Tafel leerzuräumen. Penelope wich Odysseus' Blick aus, aber sie tat es sehr geschickt, so daß keiner der anderen irgend etwas bemerkte.

Schließlich klatschte sie lautstark in die Hände und verschaffte sich so Gehör. „Wohlan, ihr Freier", begann sie. „Ihr alle habt die Worte meines Sohnes Telemach vernommen. Seit vier Jahren seid ihr Gäste in Ithakas Mauern, und seit vier Jahren wartet ihr darauf, daß ich mich entscheide. Heute nun soll diese Entscheidung fallen. Durch einen fairen Wettkampf unter euch."

„Ein Wettkampf?" Antinoos runzelte die Stirn. „Wie soll der aussehen? Hofft Euer kluger Sohn Telemach etwa, daß wir uns gegenseitig erschlagen, so daß er nur noch mit – "

„Schweigt!" unterbrach ihn Penelope ruhig. „Was fällt Euch ein, in solchem Ton von meinem Sohn zu reden, Antinoos?" Sie maß Antinoos mit einem Blick, der glühendes Metall zu Eis verwandelt hätte, dann machte sie erneut eine herrische, befehlende Handbewegung und trat zu ihren Dienerinnen an den Tisch.

„Ich spreche nicht vom Töten", fuhr sie nach einer Weile fort. „Sondern von einem Kräftemessen, in dem der Stärkere unter euch ermittelt werden soll." Sie bückte sich nach einem der Körbe, öffnete ihn und zog einen fast mannslangen, in saubere weiße Tücher gewickelten Gegenstand hervor, den sie mit beiden Händen hoch über den Kopf hob.

„Dies hier", fuhr sie mit erhobener, stolzer Stimme fort, „ist der eiserne Bogen meines Gemahles Odysseus. Wem es gelingt, ihn zu spannen und einen Pfeil durch die Löcher von

zwölf hintereinander aufgestellten Äxten zu schießen, der soll mich und mein Reich bekommen."

Wieder herrschte für Augenblicke absolute Stille. Jedermann kannte den eisernen Bogen des Odysseus, und jedermann hatte die Sagen und Legenden gehört, die sich um diese Waffe rankten – unter anderem die, daß es niemandem außer Odysseus selbst jemals gelungen war, sie auch nur zu spannen.

Und wieder war es Antinoos, der als erster das Schweigen brach. „Und wenn es keinem gelingt, Penelope?" fragte er.

„Einem der Unseren wird es gelingen", erwiderte Penelope gelassen. „Wenn nicht, so werde ich eine neue Prüfung ersinnen. Sind Euch die Bedingungen zu hart, Antinoos?"

Den letzten Satz brachte sie ganz bewußt spöttisch hervor – und er verfehlte seine Wirkung keineswegs. Antinoos zuckte wie unter einem Hieb zusammen, sagte aber nichts mehr, sondern fuhr im Gegenteil herum und half den Dienern, den Tisch abzuräumen – auf eine für ihn sehr typische Art allerdings, indem er einfach Töpfe und Geschirr zu Boden fegte. Wütend riß er den Deckel eines zweiten Korbes auf, in dem sich die Hälfte der zwölf Äxte befanden, von denen Penelope gesprochen hatte. Er hämmerte die erste Axt mit einem einzigen zornigen Schlag in die Eichenplatte des Tisches und zerrte den Stiel heraus.

Als er nach dem zweiten Beil greifen wollte, fiel ihm Telemach in den Arm. „Nicht so rasch, edler Antinoos", sagte er spöttisch. „Ihr wollt uns doch nicht etwa allen den Spaß verderben, indem Ihr die Äxte ungenau aufstellt. Immerhin", fügte er mit einer Kopfbewegung auf den Bogen in Penelopes Händen hinzu, „soll noch ein Pfeil durch die Löcher fliegen."

„Dieser Narr", flüsterte Odysseus. „Er wird noch alles verderben!"

„Das wird er", antwortete Eumaios, ebenso leise wie er.

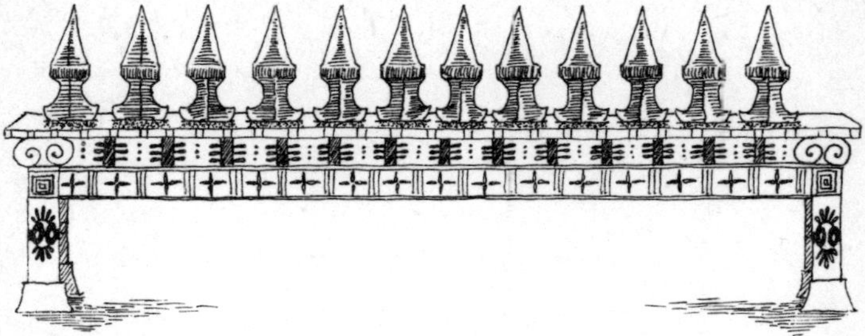

„Aber ich kann ihn verstehen.“ Er sah Odysseus rasch und sehr ernst an. „Ich glaube, es ist alles gut vorbereitet. Ich kenne die Wachen, die draußen vor der Tür stehen... sie gehören zu denen, die Euch treu ergeben sind.“

Er seufzte. „Aber uns bleibt nicht viel Zeit, Herr. Wenn der Kampf erst einmal losbricht, werden die Krieger schnell hier sein. Und es sind nur eine Handvoll, auf die wir wirklich zählen können.“

„Es wird keinen Kampf geben, Eumaios“, sagte Odysseus entschlossen. „Nicht, wenn ich es irgendwie verhindern kann.“

Eumaios widersprach nicht mehr, aber sein Gesichtsausdruck sprach Bände. Und auch Odysseus selbst war nicht mehr so sehr davon überzeugt, wirklich alles ohne Blutvergießen erledigen zu können, wie noch vor wenigen Stunden. Es waren viele, die den Thronsaal füllten. An die hundert Männer, von denen Antinoos sicherlich der Schlimmste war, die aber auch ohne ihn noch eine Bande von Aasgeiern und Halsabschneidern bildeten, wie Odysseus kaum eine schlimmere begegnet war.

Mittlerweile waren Telemach und Penelope mit ihren Vorbereitungen fertig: Aus dem Holz der Tafel ragten zwölf Äxte in schnurgerader Linie, so präzise ausgerichtet, daß der Speerschaft, den Telemach probehalber durch die Löcher stieß, nicht ein einziges Mal auf Widerstand traf. Penelope

hatte den mannshohen Bogen von seinen Tüchern befreit und vor sich auf den Tisch gelegt. Die Sehne aus fünffach geflochtenen, goldenen Schnüren lag eingerollt daneben. Odysseus wußte, daß neun von zehn der Anwesenden allein an der Aufgabe scheitern würden, die Sehne auf die Waffe aufzuziehen. Es war nicht ganz so unmöglich, wie die Legende behauptete, aber es war schwer, sehr schwer. Auch ihn hatte es immer große Anstrengung gekostet.

„Wohlan, ihr Freier!" rief Telemach spöttisch. „Beginnt! Ihr kämpft um einen Preis, wie es in ganz Griechenland keinen zweiten mehr zu erringen gibt! Wer will der erste sein?"

Wie Odysseus erwartet hatte, dauerte es eine ganze Weile, ehe sich die ersten Freiwilligen meldeten – der Anblick des Bogens, von dem jedermann gehört, an dessen Existenz aber die meisten wohl insgeheim gezweifelt hatten, nahm vielen wohl den Mut.

Aber schließlich trat der erste hervor, nahm Bogen und Sehne zur Hand und versuchte sein Glück.

Es dauerte länger als zwei Stunden, bis auch der letzte Mann seine Kräfte an dem gewaltigen Bogen gemessen hatte. Zweien – Antinoos und Telemach – wäre es fast gelungen, die Sehne anzulegen, und Odysseus war sogar sicher, daß sein Sohn es geschafft hätte, hätte er wirklich gewollt. Aber er war klug genug, im allerletzten Moment aufzugeben.

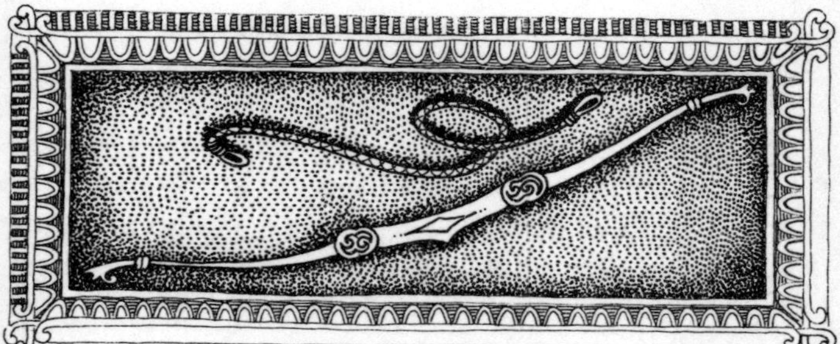

„Das ist Betrug!“ fuhr Antinoos auf. „Du stellst eine Aufgabe, die nicht zu lösen ist, Penelope!“

„Odysseus hat sie gelöst“, antwortete Penelope ruhig.

„Odysseus“, fauchte Antinoos. „Das mag stimmen oder auch nicht. Aber Odysseus ist nicht hier. Du verlangst Unmögliches.“

Penelope schwieg einen Moment, als müsse sie über Antinoos’ Worte nachdenken. Dann nickte sie. „Dann will ich die Bedingungen ändern“, sagte sie. „Gelingt es dir und Telemach mit vereinten Kräften, diesen Bogen zu spannen, so mag ein Wettschießen entscheiden – zwischen Euch und einem Mann meiner Wahl.“

„Einem Mann Eurer Wahl?“ Antinoos unterdrückte mit Mühe ein Lachen, während sein Blick über Mentor, Antiphos und Halitherses glitt, und für einen ganz kurzen Moment sogar über die Gestalten Eumaios’ und Odysseus’ selbst. Ganz offensichtlich war keiner unter ihnen, dem er ernsthaft zutraute, mit dieser gewaltigen Waffe umzugehen, abgesehen vielleicht von Telemach – aber der war ja Penelopes Sohn und somit kaum in der Lage, sie zur Gemahlin zu nehmen und ihm somit den Thron streitig zu machen.

„Nun gut“, sagte er. „So soll es geschehen! Beginnt!“ Fordernd streckte er die Hand aus, ergriff den mächtigen, eisernen Bogen und wartete, bis Telemach das andere Ende der Waffe ergriffen hatte. Selbst zu zweit fiel es ihnen schwer, die goldene Sehne aufzulegen, und als sie es geschafft hatten, glänzten ihrer beider Gesichter vor Schweiß. Trotzdem wirkte Antinoos überaus zufrieden.

Penelope deutete kühl auf den Tisch, aus dessen Platte das Dutzend Äxte ragte. „Beginnt. Wer immer glaubt, diese Waffe weit genug spannen zu können, um einen Pfeil damit abzuschießen, mag es versuchen.“

Wieder dauerte es eine Weile, bis der erste zögernd aus der Reihe der Freier trat. Diesmal erkannte Odysseus den Mann

sogar – es war ein junger Grieche namens Leiodes, von dem Eumaios gesagt hatte, er wäre einer der wenigen, die eigentlich gar nicht hierher gehörten, denn er war weder habgierig noch ein gewissenloser Lump wie viele der anderen. Wahrscheinlich blieb er einfach aus Gewohnheit, vielleicht auch, weil er nicht den Mut hatte, sich von seinen Kumpanen loszusagen und als Feigling vor ihnen zu stehen.

Als er jetzt nach dem Bogen griff, da tat er es ohne wirkliche Begeisterung, wie Odysseus bemerkte. Vielmehr schien er in der verzauberten Waffe endlich eine Gelegenheit zu sehen, sich aus der Affäre zu ziehen – er versuchte kaum ernsthaft, sie zu spannen, sondern zerrte nur einmal an der straffgespannten Sehne, zuckte mit den Achseln und reichte die Waffe an Antinoos zurück.

Dieser schenkte ihm einen bösen Blick, sagte aber kein Wort, sondern reichte die Waffe an den nächsten weiter, während Leiodes sich entfernte und nicht nur den Saal, sondern auch den Palast verließ.

So ging es weiter: Mann um Mann versuchte, den Bogen wenigstens weit genug zu spannen, um einen Pfeil abzuschießen, auch wenn er nicht die Wucht hatte, die zwölf Äxte zu durchbohren, aber keinem gelang es.

Schließlich waren auf der Seite der Freier nur mehr zwei Männer übrig: Antinoos selbst und Eurymachos, ein Hüne wie er und sein ärgster Konkurrent im Werben um Penelope, auch wenn er nicht ganz so rücksichtslos war und daher weniger auffiel.

Eurymachos zögerte, nach der Waffe zu greifen, aber Antinoos schien fest entschlossen, bis ganz zuletzt zu warten – wohl, weil er der Meinung war, als einziger genug Kraft zu haben, den Bogen spannen zu können –, denn er schüttelte nur den Kopf und deutete mit einer halb einladenden, halb aber auch befehlenden Geste auf die Waffe. „Mach nur", sagte er. „Du bist von allen hier vielleicht der einzige, der

außer mir eine Chance hat. Deshalb lasse ich dir den Vortritt."

Eurymachos zögerte noch immer, aber dann griff er doch entschlossen zu, riß die Waffe mit einem einzigen Ruck in die Höhe – und zog mit aller Kraft an der Sehne.

Odysseus sah, wie sich seine mächtigen Muskeln unter dem dünnen Hemd wie knotige Stricke spannten. Für einen winzigen Augenblick schien es fast, als bewege sich die Pfeilspitze nach hinten.

Aber nur fast. Seine Kräfte versagten wie die aller anderen zuvor.

„Sinnlos", sagte er. „Das ist vollkommen unmöglich. Ein Gott könnte diese Waffe spannen, aber kein lebender Mensch."

„Mein Mann Odysseus konnte es", sagte Penelope ruhig. „Erwartet ihr von mir, mich einem Schwächeren hinzugeben als dem, dem ich gehörte?"

„Du lügst", behauptete Antinoos. Er hatte Eurymachos Versuch sehr genau beobachtet und mußte wohl erkannt haben, daß auch seine Kräfte kaum reichten, die Waffe zu spannen, geschweige denn abzuschießen. Jetzt versuchte er eine andere Taktik. „Du lügst!" sagte er noch einmal. „Niemand kann diese Waffe spannen! Niemand! Du läßt es uns versuchen, damit wir uns zum Gespött machen! Du – "

„Und wenn einer hier wäre, dem es gelänge?" unterbrach ihn Eumaios.

Antinoos erstarrte. Für die Dauer eines Herzschlages starrte er Eumaios ungläubig an, dann verdüsterte sich sein Gesicht vor Zorn. „Was mischst du dich ein, Schweinehirte", schrie er. „Willst du vielleicht behaupten, du könntest es?"

Statt einer Antwort trat Eumaios mit gemessenen Schritten auf ihn zu und streckte die Hand aus, und Antinoos war so verblüfft über diese vermeintliche Unverschämtheit, daß er ihm die Waffe tatsächlich aushändigte. Aber als Eumaios

sich herumdrehen und wieder gehen wollte, packte er ihn grob am Arm und zerrte ihn zurück.

„Was fällt dir ein, Kerl?“ schrie er. „Denkst du, ich messe mich mit einem Sauhirten wie mit einem Gleichgestellten?“

„Nein“, sagte Telemach ruhig. „Gewiß nicht, Antinoos. Der Bogen ist auch nicht für ihn, sondern für den Alten da.“ Er deutete auf Odysseus.

Antinoos' Augen wurden rund vor Unglauben und Staunen.

„Der Bettler?“ keuchte er. „Bist du verrückt geworden? Dieser alte Hungerleider hat ja nicht einmal die Kraft, sich auf den Beinen zu halten!“

„Warum fürchtest du dich dann vor ihm?“ fragte Telemach ruhig. Gleichzeitig machte er eine Bewegung mit der Linken, die Eumaios galt. Jedenfalls war es das, was alle dachten, auch Antinoos. Niemand außer Telemach, Eumaios und Odysseus selbst ahnte in diesem Moment, daß Telemachs harmloses Winken weit mehr bewirkte, als daß der Sauhirte sich losriß und weiter auf Odysseus zuging: Sie verwandelte den Thronsaal in eine Falle. Unbemerkt legten sich schwere, eisenbeschlagene Riegel vor die Türen, schlossen sich die Tore des Palastes, und wurden Läden vor Fenster und Schießscharten gelegt. Die Besatzung des Königspalastes war viel zu klein, einem ernsthaften Angriff länger als eine Stunde standzuhalten. Aber mehr war auch nicht notwendig. Die Entscheidung würde jetzt fallen. Und wenn es wirklich zum Kampf kam, dachte Odysseus bitter, hatte er ohnehin verloren. Selbst wenn er gewann.

Mit bewußt langsamen, umständlichen Bewegungen nahm er den Bogen aus Eumaios' Fingern entgegen, drehte ihn einen Moment scheinbar unschlüssig in Händen – und zog die Sehne mit einem einzigen, kraftvollen Ruck bis ans Ohr.

Ein ungläubiges Seufzen lief durch die versammelte Menge, erschrockene Rufe wurden laut, und der eine oder andere

prallte mit einem kaum mehr unterdrückten Schreckensschrei zurück.

Odysseus nahm von alledem kaum etwas wahr. Er konzentrierte sich völlig auf seine Aufgabe. Es war fast zwei Jahrzehnte her, daß er diese Waffe das letzte Mal in Händen gehalten hatte, und er hatte fast vergessen, wieviel Gewalt es brauchte, sie zu spannen. Selbst seine Kräfte versagten um ein Haar.

Er spürte, daß ihm nicht viel Zeit blieb zu zielen, und so tat er das einzige, was ihm blieb. Mit einer einzigen Bewegung riß er den Bogen herum und nach oben, richtete die messerscharf gehämmerte Eisenspitze des Pfeiles auf die hintereinandergestaffelten Äxte und ließ die Sehne fahren.

Ein heller, peitschender Ton, fast wie ein Glockenschlag, erklang. Der Bogen ruckte und zitterte wie ein lebendes Tier in Odysseus' Hand, und der Pfeil verwandelte sich in einen flirrenden Schatten, der zielsicher durch die Ösen der Beile huschte und klappernd an der gegenüberliegenden Wand des Saales zerbrach. Als das Splittern des Holzes verklang, war es so still im Saal, daß man das Fallen einer Nadel hätte hören können. Aller Augen richteten sich auf Odysseus, in dem nun der eine oder andere bereits den zu erkennen begann, der er wirklich war.

Schließlich war es Telemach, der das Schweigen brach. Rasch, aber ohne übertriebene Hast, trat er neben seinen Vater, schlug den Mantel zurück und zog sein Schwert. Seine Augen blitzten, als sich sein Blick auf Antinoos richtete. „Nun, ehrwürdiger Mann", sagte er spöttisch, „empfindet Ihr es noch immer als Beleidigung, gegen einen Bettler antreten zu sollen?"

Antinoos schluckte krampfhaft. Seine Hand spielte nervös am Gürtel, suchte das Schwert, irgendeine Waffe, und fand keine. „Das ist... Betrug", stammelte er. „Dieser Mann ist... ist kein... kein Bettler!"

„Das stimmt“, sagte Mentor ruhig. Auch er trat nun neben Odysseus und Telemach, ebenso wie Antiphos und Halitherses, und ebenso wie diese zog auch er nun sein Schwert, so daß sich Antinoos plötzlich gleich fünf Bewaffneten gegenübersah – sechs, denn nach kurzem Zögern gesellte sich nun auch Eumaios zu den Freunden und zog seinen Knüppel. Trotzdem waren sie im Grund ein erbärmlicher Haufen, wie Odysseus sehr wohl begriff, denn sie standen einer fast zwanzigfachen Übermacht gegenüber, was ihre Bewaffnung mehr als nur wettmachte.

„Wer bist du?“ keuchte Antinoos. Seine Augen quollen fast aus den Höhlen. Er wußte die Antwort, dachte Odysseus.

Aber er glaubte es nicht.

Statt einer direkten Antwort legte Odysseus den Bogen aus der Hand, riß sich mit einem einzigen Ruck die schmuddeligen Lumpen von den Schultern und nahm die Waffe wieder auf.

„Odysseus“, murmelte einer der Anwesenden. „Bei Zeus, das... das ist Odysseus! Er ist zurück!“

„Odysseus!“ Andere Stimmen nahmen den Ruf auf, und nach einem Augenblick erbebte der ganze Saal unter diesem Ruf. Aber der Chor verebbte so schnell wieder, wie er aufge-

kommen war, und abermals breitete sich eine fast unheimliche Stille über den Männern aus.

„Odysseus?“ murmelte Antinoos. „Ihr... Ihr seid Odysseus... der... der König von Ithaka?“

Odysseus nickte stumm.

„Dann seid Ihr gerade zurecht gekommen, um zu sterben!“ sagte Antinoos entschlossen.

Odysseus spannte ganz leicht den Bogen, aber wenn Antinoos die Warnung überhaupt bemerkte, so reagierte er nicht darauf; vielleicht machten ihn Furcht und Enttäuschung auch blind. „Du Hund!“ schrie er. „Verfluchter! Ich werde dich lehren, uns zu narren!“ Und damit riß er einen schweren Schemel vom Boden hoch, schwang ihn wie eine Waffe und drang mit einem gellenden Schrei auf Odysseus ein.

Odysseus' Pfeil und der Dolch, den Telemach schleuderte, trafen ihn gleichzeitig. Antinoos keuchte, ließ den Schemel fallen, griff sich mit beiden Händen an die Brust und brach sterbend zusammen. Er war tot, noch eher er mit dem Gesicht auf dem Boden aufschlug.

Aber noch bevor sein Körper die Fliesen berührte, lag schon der nächste Pfeil auf Odysseus' Bogen. Drohend richtete sich die Spitze auf Eurymachos, der Antinoos' Tod aus ungläubig aufgerissenen Augen verfolgt hatte. Jetzt starrte er Odysseus an, und sein Gesicht wurde grau vor Schrecken.

„Odysseus?“ stammelte er. „Ihr seid... Odysseus?“

„Der bin ich“, antwortete Odysseus grimmig. „Ich bin zurückgekommen, weil ich nicht glauben konnte, was man mir über die Zustände in meinem eigenen Hause erzählte. Man berichtete mir, daß fremde Könige und Krieger gekommen waren, um die Hand meiner Gemahlin zu werben, aber ich sehe nur Aasgeier und Schakale.“ Die Spitze seines Pfeiles richtete sich drohend auf Eurymachos' Gesicht, bereit, auch ihn zu durchbohren. Seine Muskeln begannen bereits zu schmerzen. Er spürte, daß er dem Zug der gewaltigen Sehne

nicht mehr lange standhalten konnte. Aber auch die Spannung hier im Saale würde nur mehr Augenblicke halten. Irgend etwas mußte geschehen, das spürte er.

Eurymachos seufzte. Sein Blick war frei von Furcht, aber Odysseus las eine große Entschlossenheit in seinen Augen; und Ernst. „Und nun bist du hier, um uns – “

„Um euch alle zu töten“, unterbrach ihn Telemach wütend. „Keiner von euch wird diesen Saal lebend verlassen, so wahr ich Telemach heiße!“

Eurymachos sah ihn mit dem gleichen, traurigen Ernst an, mit dem er zuvor seinen Vater gemustert hatte. „Das sind große Worte, Telemach“, sagte er ruhig. „Du sprichst vom Töten, dabei bist du kaum alt genug, das Leben zu kennen.“ Er seufzte. „Wir sind an die hundert, junger Held, und Ihr nur sechs.“

„Mehr als genug, für Aasgeier wie Euch!“ schrie Telemach aufgebracht. Mit einer wütenden Bewegung riß er sein Schwert in die Höhe und starrte Odysseus an. „Worauf warten wir noch, Vater?“ schrie er. „Laß uns diese Hunde niedermachen!“

Odysseus reagierte nicht. Sein Blick blieb unverwandt auf Eurymachos gerichtet. Er spürte, daß jetzt alles von ihm abhing. Antinoos hatte er töten müssen, denn er war wie ein tollwütiger Hund gewesen, der die anderen aus dem einzigen Grund angeführt hatte, weil er der Stärkste war und sie ihn fürchteten. Keiner von ihnen weinte ihm eine Träne nach; niemand würde Odysseus zur Verantwortung ziehen, für seinen Tod. Erschlug er auch Eurymachos, dann blieb ihm keine andere Wahl, als sie alle zu töten.

Aber weder Eurymachos noch er wollten dieses neuerliche, sinnlose Gemetzel.

„Ist es das, was du willst?“ fragte er leise. „Ihr seid an die hundert, Eurymachos, und wahrscheinlich hast du recht, wenn du glaubst, daß ihr uns überwinden könntet.“

„Vater!“ rief Telemach. „Was tust du?“

„Schweig!“ donnerte Odysseus. Dann wandte er sich wieder an Eurymachos. „Telemach ist kein Narr, aber er ist jung und hat daher das Recht, so zu reden“, fuhr er fort. „Du und ich aber, Eurymachos, wir sind Männer. Ich frage dich: Willst du den Kampf?“

„Und du?“ gab Eurymachos zurück. Er war nervös. Wie Odysseus spürte er genau, daß mit einem Male alles von ihnen abhing. Sie waren nur zwei, aber auf ihren Schultern lag mit einem Male die Verantwortung für mehr als hundert Menschenleben.

„Ich bin nicht zurückgekommen, um Ithaka in ein Meer von Blut zu verwandeln“, antwortete Odysseus. „Aber ich werde es tun, wenn du mich zwingst.“

Eurymachos lächelte traurig. „Dich zwingen?“ murmelte er. „Wie sollte ich. Wenn du wirklich Odysseus bist, so hast du das gute Recht, auf Rache zu bestehen. Aber der, den die größte Schuld trifft, liegt bereits erschlagen vor dir.“ Er deutete mit einer Kopfbewegung auf den Leichnam Antinoos'.

„Das ist wahr, Herr“, sagte Mentor leise. „Er war der Schlimmste von allen. Die wenigsten wären hier ohne seine Anstiftung.“

„Und auch mich trifft Schuld“, fuhr Eurymachos fort. „Denn ich hätte ihn zurückhalten müssen. Nimm mein Leben, wenn du willst. Töte mich, wenn es Blut ist, das du willst, aber laß die anderen gehen. Verwandele den Tag deiner Rückkehr nicht in einen Tag des Blutes.“

„Hör nicht auf ihn!“ sagte Telemach zornig. „Vier Jahre, Vater. Vier Jahre! Vier Jahre warte ich auf diesen Tag! Töte ihn! Erschlage sie alle!“

Aber Odysseus schoß nicht. Vielleicht waren es gerade Telemachs letzte Worte, die Inbrunst, mit der er seinen Vater beschwor, Eurymachos und die anderen zu töten. Aber er konnte es nicht. Jetzt nicht mehr. Wenn es etwas gab, was er

in den zehn Jahren seiner Irrfahrt gelernt hatte, dann, daß das menschliche Leben heilig war und daß es nur sehr, sehr wenige Gründe gab, die den Tod eines Menschen rechtfertigten. Er war sich nicht einmal sicher, ob er das Recht gehabt hatte, Antinoos zu erschlagen. Aber ihm war keine andere Wahl geblieben.

„Nein“, sagte er leise und senkte den Bogen. „Nein, Telemach. Nie mehr.“

Und damit legte er die Waffe aus der Hand, drehte sich um und trat langsam auf Penelope zu, die während all der Zeit stumm dagestanden und ihn beobachtet hatte. Telemach sagte irgend etwas, das er nicht mehr hörte, und Mentor antwortete sehr scharf darauf. Rings um sie herum begann sich die Spannung zu lösen; Männer atmeten erleichtert auf, Stuhlbeine und Schemel, die als Waffen ergriffen worden waren, senkten sich, und ein hundertstimmiges, erleichtertes Seufzen drang durch den Raum. Odysseus hörte von alledem kaum etwas.

Er hatte nur noch Augen und Ohren für Penelope.

Und als er in ihre Augen sah, wußte er, daß seine Entscheidung richtig gewesen war.

Für junge Leute

Die Höhle über dem Fluß

Eine packende Erzählung aus der ausgehenden Altsteinzeit und zugleich ein lebendiges Bild von Umwelt- und Lebensbedingungen der Menschen dieser Zeit.

Das Dorf am See

Eine dramatische Abenteuererzählung aus der Bronzezeit, die das Leben der damaligen Bewohner von Pfahlbaudörfern einfängt und auch ihre hochentwikkelte Kultur und Kunstfertigkeit widerspiegelt.

Die Stadt der Pferdegöttin

Eine auf gesicherten Forschungsergebnissen basierende Geschichtserzählung über die Kelten um 200 vor Christus und ihren erstaunlich hohen Kulturstand.

Geiseln für Cäsar

Eine spannende Geschichtserzählung, die ein lebendiges Bild vom Rom zur Zeit Cäsars vermittelt.